Christine Féret-Fleury

Dornröschentod

Christine Féret-Fleury

Dornröschen Tod

Aus dem Französischen
von Ilse Rothfuss

Ravensburger Buchverlag

Als Ravensburger Taschenbuch
Band 58485
erschienen 2016

MIX
Aus verantwortungsvollen Quellen
FSC® C114500

1 2 3 4 5 E D C B A

Deutsche Erstausgabe

Die Originalausgabe erschien 2014
unter dem Titel »Au Bois Dormant«

Lektorat: Diana Steinbrede
Umschlaggestaltung: Martina Eisele, München,
unter Verwendung eines Fotos von © Annette Shaff / Shutterstock.

Die im Text verwendeten Zitate stammen aus:
Franz Kafka: Die Verwandlung.
Aus: Franz Kafka, Sämtliche Erzählungen.
Anaconda Verlag, Köln 2007.

Charles Dickens: Oliver Twist. Übersetzung Gustav Meyrink.
Europäischer Literaturverlag GmbH, 2015.
Printed in Germany
ISBN 978-3-473-58485-7

www.ravensburger.de

Im Vertrauen auf die Gunst der Feen

Ich bin da, Ariane.

Eine seidenweiche Stimme, kaum mehr als ein Wispern. Und dennoch hallte sie ihr in den Ohren, als käme sie aus jedem Winkel des Raums. Aus dem Spiegel über dem kleinen Tisch. Den Gardinen. Dem Himmelbett mit den zugezogenen Vorhängen. So weiß im Dämmerlicht, so weiß …

Ich habe dich erwartet. Bald wirst du Frieden finden, Ariane. Für immer.

Ariane blieb stehen. Sie war die Treppe hinaufgestiegen, Stufe um Stufe, wie von einem Traum, einer Vorahnung emporgetragen. Hatte sie wirklich einen Ruf gehört? Einen Ruf, dem sie wie unter Zwang gefolgt war? Ihr Geist streifte diese Frage nur flüchtig, ließ sie sofort wieder fallen. Plötzlich hatte das alles keine Bedeutung mehr. Die Angst, die sie monatelang begleitet hatte, fiel von ihr ab, fast war sie erleichtert. Ihre Flucht war zu Ende. In wenigen Sekunden würde sie ihren Frieden finden, so wie der Schatten es ihr zugeflüstert hatte. Einen Frieden, der von nichts und niemandem gestört werden konnte. Tief. Ewig.

Ein Rascheln. Ganz leise. Im Badezimmer war eine Lampe angegangen. Das Licht zeichnete die Umrisse der Tür nach. Dort, hinter dem schön verzierten Türflügel, atmete jemand. Erwartete sie. Seit dem Tag ihrer Geburt. Er hatte sie aufwachsen sehen, wo auch immer er gelauert hatte, nah oder fern. Hatte sie unausweichlich auf sich zukommen sehen.

Und jetzt war er hier, um sein Opfer an sich zu reißen.

Die Spindel. Ariane wusste alles über ihn. Glaubte sie zumindest. Alles, was die Zeitungen nach jedem neuen Mord über ihn berichtet hatten. Die Sorgfalt, mit der die Opfer dieses Irren aufgebahrt und zur Schau gestellt worden waren. Die Detailversessenheit, das teure cremefarbene Briefpapier, auf dem er seine Warnung an die Eltern der Opfer schrieb, die kaum erblühte Rose in den erkalteten Fingern, der Einstich am linken Zeigefinger, die Dornenranken, das Parfüm, das noch lange in den Räumen hing, in denen die toten Mädchen auf ihre Entdeckung warteten.

Der unsichtbare Killer. Niemand sah ihn kommen

oder gehen. Er erschien wie aus dem Nichts, vollendete sein tödliches Werk und löste sich wieder in Luft auf.

Ein Phantom.

Unzählige Verdächtige waren verhört worden. Drei Profiler, die auf Serienmorde spezialisiert waren, hatten den Fall studiert und widersprüchliche Gutachten abgeliefert. Die Spindel ließ sich nicht fassen, nicht einschätzen. Eine schillernde Persönlichkeit mit zahllosen Masken. Ein genialer Lügner, ein Chamäleon.

Niemand hatte je sein Gesicht gesehen.

Arianes Atem ging langsam und regelmäßig. Friedlich sogar. Beinahe neugierig schaute sie auf den Türknopf.

Der sich jetzt drehte.

Dann ein kaum wahrnehmbares Klicken: Der Riegel war zurückgeglitten. Der Lichtschein wurde stärker und die Tür ging auf. Ganz langsam.

Ariane biss sich auf die Lippe, um nicht aufzustöhnen. *Nun mach schon!,* hätte sie am liebsten geschrien.

Komm endlich. Komm.

Ariane. Wie schön du bist, mein Kind.

Wieder die sanfte, leise Stimme, aber diesmal nur aus einer einzigen Richtung – von einer Gestalt in einem langen Umhang, die in dem Lichtkreis, der sie umgab, noch dunkler wirkte. Ariane kniff die Augen zusammen und versuchte die Gesichtszüge zu erkennen, die von der Kapuze überschattet wurden.

Die Straßengeräusche draußen verhallten. Nur der Fluss, der bereits seinen Eispanzer sprengte, drang in ihr Bewusstsein, wenn die Schollen mit gewaltigem Getöse zerbarsten. Der Frühling stand vor der Tür. Ein Frühling, den sie nicht mehr erleben würde.

Die Spindel beugte sich nach vorn, zündete eine Lampe auf einem Tischchen an und streifte die Kapuze zurück.

Arianes Züge erstarrten. Ein fassungsloser Ausdruck trat in ihre Augen – und erlosch sofort wieder.

Sie machte einen Schritt auf die Gestalt zu.

Mit offenen, ausgestreckten Händen.

Lächelnd.

Teil 1

Kapitel 1

Der Schulbus fuhr unter den Wohnzimmerfenstern vorbei. Ariane folgte ihm mit ihrem Blick und schaute zum dritten Mal nach, ob sie ihr Handy auch wirklich in der Tasche verstaut hatte.

»Und ruf mich an, wenn es ein Problem gibt, egal was«, drängte ihre Mutter.

»Na klar, wie üblich«, murmelte Ariane. »Als ob ich das nicht alles längst auswendig wüsste. Eure Liste der sechzig Notfälle … Oder halt, nein, ich meine natürlich, der dreihundertzweiundneunzig Notfälle. Ist alles in meinem Kopf abgespeichert und einsortiert. Lauter Sachen, über die andere sich totlachen würden, nur ich nicht.«

»Musst du immer so übertreiben?« Lise Prudent fummelte nervös an einem Zipfel des Vorhangs herum, der das Oberlicht über der Eingangstür verhüllte. An jedem Fenster im Haus gab es Vorhänge. Man konnte weder vom Garten noch von der Straße aus sehen, was im Inneren vorging. Höchstens sah man hin und wieder einen Schatten. Und trotzdem wurde Ariane sofort zurückgepfiffen, wenn sie sich nach Einbruch der Dunkelheit an eines der Fenster wagte. Dann wurden ihr die Gefahren aufgezählt, die draußen auf sie lauerten. Zum Beispiel Schlägerbanden, die durch die Straßen kurvten – tagtäglich stand etwas über ihre blutigen Kämpfe in der Zeitung. Der Park war mit infizierten Spritzen übersät. Harmlose Passanten wurden von verirrten Kugeln getroffen. Und was, wenn einer dieser Asozialen es auf Ariane abgesehen hatte?

»Wir leben in Toronto und nicht in der Bronx, Mama«, stöhnte Ariane genervt. »Die Banden, von denen du sprichst, existieren nur in deiner Fantasie.«

»Ich weiß, wovon ich rede«, beharrte ihre Mutter. »Hör einfach auf mich. Später wirst du verstehen, warum.«

»Später wirst du verstehen …« Immer derselbe frustrierende Satz. Wie oft hatte sie ihn schon gehört? Als Kind hatte sie geglaubt, dass mit »später« eine relativ nahe Zukunft gemeint war – wenn ihr letzter Milchzahn ausfiel, wenn sie auf die weiterführende Schule kam, wenn sie den Mathe-Durchschnitt schaffte oder ihren Erste-Hilfe-Kurs bestand. Aber die Jahre vergingen und sie wurde genauso streng bewacht wie eh und je. Sie durfte nicht mit dem Bus zur Schule fahren: Ihr Vater brachte sie morgens hin und mittags wartete ihre Mutter vor dem Tor auf sie. An Ausflügen durfte sie nur teilnehmen, wenn ihre Eltern dabei waren und sie mit Argusaugen bewachten, und sie durfte sich nicht einmal im Garten in die Sonne legen. Nur auf der kleinen Terrasse, neben der weit geöffneten Küchentür.

Mit acht hatte sie es schön gefunden, die »kleine Prinzessin« zu sein, die unbestrittene Hauptperson in der Familie, die Königin in ihrem behüteten Zauberreich, in dem nur drei Menschen lebten – Papa, Mama und Ariane. Ihre Eltern waren fast immer für sie da. Lise hatte ein paar Monate nach Arianes Geburt ihren Job als Lehrerin gekündigt, und Patrick, ihr Vater, arbeitete daheim in seinem Grafikstudio, das er sich in der alten Garage des Hauses eingerichtet hatte.

Des *jetzigen* Hauses. Denn davor hatte es andere gegeben. Ein einsames Schloss, fünfzig Kilometer vom nächsten Dorf entfernt, in dem Ariane ihre ersten Schritte gemacht hatte. Daran erinnerte sie sich natürlich nicht, aber sie erkannte auf den Fotos des Familienalbums den hohen Berg wieder, der wie ein Reißzahn aus dem dichten Wald aufragte. Als Nächstes hatten sie in einem hübschen Pavillon in der Nähe von Ottawa gewohnt. Dann auf einem alten Bauernhof in Nova Scotia, in einer Doppelhaushälfte in Calgary und in einem weiteren Doppelhaus in Edmonton … Ariane hatte längst den Überblick verloren. Alle ein, zwei Jahre hatte sie die Schule wechseln müssen. Und ihre Freunde zurücklassen – oder vielmehr die Kinder, mit denen sie eigentlich nur im Unterricht oder in der Sporthalle zusammen war. Sie hatte sich nicht nur immer wieder an ein neues Zuhause mit einer anderen Einrichtung gewöhnen müssen, sondern sogar an neue Klamotten. Wenn die Prudents umzogen, ließen sie alles hinter sich – Möbel, Geschirr, Bücher, Erinnerungen. Ariane kannte inzwischen die Vorzeichen, die einen dieser überstürzten Aufbrüche ankündigten: ein Blick, den ihre Eltern wechselten, zusammengepresste Lippen, ein Telefongespräch, das aus wenigen Worten bestand. Dann wusste sie, dass sich die ganze Familie am übernächsten Tag in ihren Van quetschen und nur die wichtigsten Papiere, ein paar Kartons und einen Koffer pro Nase mitnehmen würde. Wie oft schon hatte Ariane ihren Sachen nachgetrauert – ihren Ballettschuhen, ihrem Lieblingsspielzeug. Die neuen Dinge, die sie stattdessen bekam, würdigte sie anfangs keines Blickes, um sie nur ja nicht zu schnell ins Herz zu schließen. Sie hasste jedes neue Haus, bevor sie sich notgedrungen darin einnistete, wie ein Hund, der von seinen Besitzern in einer Scheune ausgesetzt worden war und sich resigniert ins Stroh wühlte.

»Bist du so weit?«

Die übliche Frage. Ihr Vater wartete auf sie, hatte bereits die Autoschlüssel aus der Tasche seines Dufflecoats genommen. Wenn Ariane nickte, öffnete ihre Mutter die Tür, um sie hinauszulassen, und schloss sie sofort wieder hinter ihnen. Dann ging sie ins Wohnzimmer und winkte ihnen vom Fenster aus nach, ein Lächeln auf den Lippen. Ein Lächeln, das mit den Jahren immer erschöpfter, immer ängstlicher geworden war.

»Ehrlich, Mama, du tust ja so, als würdest du mich nie wiedersehen«, hatte Ariane eines Tages gescherzt.

»Als Mutter hat man immer Angst«, hatte Lise geantwortet, ohne eine Miene zu verziehen. »Glaub mir.«

Aber die anderen Mütter waren nicht so besorgt. Sie kamen oft zu spät ans Schultor, meistens total außer Atem, den Hund an der Leine, die Arme voller Einkaufstaschen. Sie schrieben SMS wie »Warte bei Marjorie auf mich, die Sitzung dauert heute länger …«, und manchmal vergaßen sie sogar, eine Nachricht zu schicken. An heißen Sommertagen ließen sie ihre Töchter nachmittags mit anderen Mädchen ins Schwimmbad gehen, und sie drehten sich auf der Straße nicht ständig um, sondern spazierten fröhlich drauflos, als gehörte ihnen die ganze Stadt, grüßten lachend und winkend irgendwelche Freunde oder Nachbarn, die ihnen begegneten.

Arianes Mutter hatte es immer eilig, zog sie an der Hand hinter sich her und hielt sich dicht an den Häuserwänden – schnell, schnell, Papa wartet auf uns, die Straßen sind abends nicht sicher, der Bäcker macht gleich zu. Sie war nicht gern draußen. Manchmal fragte sich Ariane, ob ihre Mutter an einer Krankheit namens Agorophobie litt – die Angst vor weiten, offenen Plätzen –, weil sie am liebsten zu Hause blieb, in ihrem warmen, gemütlichen Nest, wo sie ihre beiden Lieben um sich und immer in Sichtweite hatte.

Die Fahrt zum Gymnasium war kurz, aber der Wagenstrom, der sich in die City ergoss, verstopfte sämtliche Kreuzungen. Patrick hielt gewissenhaft jede Geschwindigkeit und jede Vorfahrtsregel ein. Er rastete nie aus, wenn er von einem Verkehrsrowdy angepflaumt wurde, lenkte den Wagen behutsam und schaute ständig in den Rückspiegel.

»Oh, gut, die haben wir abgehängt«, platzte Ariane heraus, als er einem Lieferwagen auswich und in eine kleine Einbahnstraße einbog, was einen unnötigen Umweg bedeutete.

»Ach ja?«, brummte ihr Vater unwirsch. Seine Hände umklammerten nervös das Lenkrad.

»Na, die Typen vom FBI, die dich schon seit einer Ewigkeit verfolgen.«

»Ah ja. Das hatte ich ganz vergessen.« Er lächelte, und Ariane fragte sich, ob sie sich das alles nur eingebildet hatte – die verkrampften Hände, der verkniffene Mund, der hervortretende Kiefer – Dinge, die ihren Vater in einem ganz anderen Licht zeigten. Als wäre er ein lauernder Fremder, jederzeit zum Angriff bereit – vielleicht sogar gefährlich.

»He, ich werde nachher klatschnass«, stellte Ariane fest und verzog das Gesicht.

»Dann hättest du deinen Schirm mitnehmen sollen.«

»Also ehrlich, Papa! Etwa den mit den Pinguinen, den ich mit sechs von dir gekriegt habe? Ich bin bald sechzehn, schon vergessen?«

Wieder die verkrampften Hände am Steuer. »Ich weiß, Ariane«, sagte ihr Vater leise. »Und ob ich das weiß.«

Das französische Gymnasium von Toronto, ein wuchtiger Ziegelbau mit großen, weiß gerahmten Panoramafenstern, die das Ganze etwas aufhellten, lag nur einen Katzensprung vom Fairbank-Memorial-Park entfernt. Die Fenster des Physik- und Chemielabors – Ariane hatte sich am Anfang des Schuljahrs einen Arbeitsplatz in Fensternähe gesichert – gingen auf die weite, baumbestandene Rasenfläche hinaus. Die Sandwege dazwischen wimmelten bei schönem Wetter von Joggern, und im Winter, wenn der Park unter einer dicken Schneedecke lag, war alles voller Langläufer. Ariane hantierte mit ihren Reagenzgläsern und ließ dabei das Schauspiel des Lebens an sich vorüberziehen. Mal schlenderten plaudernde Freundinnen unter den Fenstern vorbei, mal knutschende Pärchen; hin und wieder bildeten sich kleine Menschentrauben, Grüppchen, die diskutierten, manchmal auch demonstrierten. Kinder rannten herum, spielten im Sand und bauten bröckelige Burgen, die sie hinterher mit ihren Schaufeln zertrümmerten.

Ariane fühlte sich ausgeschlossen von diesem Lebensstrom, der so viel Hoffnung, Wut und einfache Freuden, so viel verborgene, manchmal auch schreiende Not mit sich führte. Das Elend eines Obdachlosen, der mit leerem Blick auf einer Bank kauerte; ein schluchzendes kleines Mädchen, dessen Puppe in den Schlamm geworfen und zertrampelt worden war. Ariane hatte nie in einem Park oder auf anderen öffentlichen Plätzen gespielt. Ihr Leben fand ausschließlich zu Hause statt: Gesellschaftsspiele mit ihren Eltern, Musik- und Zeichenstunden, Kuchenbacken, Verkleiden, Weihnachtsschmuck basteln, Ostereier verzieren. In jedem der Häuser, in denen sie mit ihren Eltern gewohnt hatte, gab es eine gut ausgestattete Bibliothek voller Bücher und CDs, diverse Fitnessgeräte, einen riesigen Flachbildschirm, ein Töpferrad und das teuerste, modernste Spielzeug, das auf dem Markt war. Alles Schätze in einem Paradies mit eng gesteckten Grenzen, die sie auf keinen Fall überschreiten durfte.

Ein Paradies, in dem Ariane zu ersticken drohte, aus dem sie sich jetzt nur noch hinaussehnte.

»Schlagen Sie bitte Ihre Hefte mit den Versuchsanordnungen auf Seite 58 auf«, sagte M. Deschênes, der Nawi-Lehrer. »Erster Abschnitt, Aufgabe 3 und 4. Haben Sie alle Ihre Unterlagen? Noch Fragen? Die Arbeitsschritte sind einfach, Sie müssen sich nur an die Mengenangaben halten.«

Gedämpftes Stimmengewirr stieg in dem großen Saal auf. Ariane schaute aus dem Fenster. Dort, wo die Allee eine Biegung machte und ein »U« mit fast symmetrischen Seiten bildete, stand ein Mann, reglos und mit erhobenem Kopf. Wahrscheinlich einer der zahlreichen Amateur-Ornithologen. Aber dieser Mann stand mit leeren Händen da, während die anderen Vogelliebhaber, die durch den Park spazierten, alle paar Minuten ihre Ferngläser oder ihre Fotoapparate mit den Super-Zoomobjektiven zückten. Ariane beobachtete manchmal, wie sie ihre Stative am Seeufer aufstellten und eine Nikon oder Pentax – das neueste Modell natürlich – darauf befestigten. Beneidenswert. Mit so einer Ausrüstung würden ihr Aufnahmen gelingen, von denen sie vorläufig nur träumen konnte.

Fotografieren war eine Leidenschaft, die Ariane mit zehn Jahren entdeckt hatte. Ihr Vater hatte ihr zum Geburtstag eine kleine Digitalkamera geschenkt, die leicht zu bedienen war und mit der sie wild drauflosgeknipst hatte: ihre Geschenke, die Kerzenflammen, die sich auf den Fotos zu fantastischen Gebilden verzerrten, ihre Eltern und ihre Babysitterin, die in diesem Jahr auf sie aufgepasst hatte, wenn Lise und Patrick ausnahmsweise einmal ausgegangen waren. Wie hieß das Kindermädchen noch mal? Maria? Lizzie? Auf den Fotos war ihr Gesicht nur teilweise zu sehen, ein zartes, verlorenes Profil, eine erhobene Hand, ein Rücken, auf dem ein glänzender brauner Zopf baumelte, der fast so dick war wie ein Kinderarm. Ariane hatte noch ihr Parfüm in der Nase und das Lied im Ohr, das sie ihr immer vorgesungen hatte – ein Wiegenlied, dessen Text sie nicht verstand, vielleicht auf Spanisch oder Portugiesisch. Wenn Maria – oder Lizzie – dieses Lied gesungen hatte, war es Ariane so vorgekommen, als tanzten die Wörter, als veränderten sie ihre Farbe, schillerten im Licht des Sonnenuntergangs, um schließlich in einem Schauer aus Regenbogenfarben zu verpuffen.

Sie hatte sich von diesen ersten missglückten Porträts nicht entmutigen lassen: Immer wieder ließ sie ihre

Eltern posieren, die mit einer wahren Engelsgeduld ihre Anweisungen befolgten. Dann fotografierte sie die wenigen Ladenbesitzer, mit denen ihre Mutter hin und wieder ein Wort wechselte, den Polizisten, der häufig um ihren Block patrouillierte, die Studentin, die ihr Violinstunden gab. Doch bald war ihr spärlicher Bekanntenkreis erschöpft und Ariane musste sich neue Modelle suchen.

Auf diese Weise hatte sie vom Fenster aus ein dünnes kleines Mädchen entdeckt, mit straffen Zöpfen, die ihr fast waagrecht vom Kopf abstanden. Die Kleine kauerte an der Straßenecke, halb hinter einem Lieferwagen verborgen, und leckte die Eistropfen von ihrer Waffeltüte. Ihre Augen waren geschlossen, sie war ganz in ihren Genuss vertieft und hatte alles um sich herum vergessen. Nachdem Ariane sie eine Weile fasziniert beobachtet hatte, schlich sie sich unauffällig davon, um ihren kostbaren Fotoapparat zu holen.

Das Foto hatte sie heute noch – schlecht gerahmt zwar und etwas verschwommen, aber so lebendig! Das Mädchen auf dem Bild würde nie altern, war für immer in diesem Moment reiner Glückseligkeit eingefangen. Manchmal, wenn Ariane das Foto betrachtete, füllten sich ihre Augen mit Tränen. Ja, so müsste das Leben sein: fröhlich und unbeschwert, statt zwanghaft, eingeengt, in Watte gepackt, stumm.

Das Leben. Seit dieser ersten unvergesslichen Erfahrung jagte sie ihm unablässig nach, wo immer es ihr begegnete, aber ganz im Geheimen, als wäre es etwas Verbotenes. Sie fotografierte Händchen haltende Liebespaare, alte Frauen, die sich mit einem wohligen Seufzer auf eine freie Bank setzten, fluchende Taxifahrer, einen Bauern, der rauchend an seinem Traktor lehnte und dabei mechanisch die Karosserie streichelte, als wäre es ein erschöpftes Pferd, das ein bisschen Aufmunterung brauchte. Die besten Abzüge bewahrte sie in ihren Fotoalben auf, die sie oft durchblätterte und beim letzten Umzug verbissen verteidigt und in das neue Haus hinübergerettet hatte.

Der Mann war noch da. Was schaute er so intensiv an? Ariane reckte den Hals, um seinem Blick zu folgen. Vielleicht einen Vogel, der sich auf das Schuldach gesetzt hatte? Nein. Seine Augen wanderten von links nach rechts und von oben nach unten. Als zählte er die Fenster.

Komisch, dachte Ariane.

Vorsichtig ließ sie eine Hand in die Tasche ihres Laborkittels gleiten. Sie hatte sich gerade im Internet eine superflache Kamera gekauft, winzig, aber mit modernster Technik ausgestattet: Die Bilder, die ihr damit glückten, waren fast so gut wie die mit ihrer schweren

Leica. Die kleine Kamera war immer dabei. Auch im Unterricht.

Das Gesicht des Spaziergängers wurde von der Fahnenstange zerschnitten, die an der Fassade des Schulgebäudes angebracht war. Auf der sonnigen Hälfte funkelten eine rote Haarsträhne und ein grünes Auge, auf der Schattenseite schimmerte die Haut grau, und das Auge war mit einem trüben Film überzogen. *Engel und Teufel,* dachte Ariane. *Triumph und Verzweiflung.*

Wieder einen perfekten Moment eingefangen. Fantastisch.

Sie drückte auf den Auslöser.

Kapitel 2

»Ariane! Das Essen ist fertig!«

»Ich komme!«

Ariane schaltete den Laserdrucker ab und betrachtete zufrieden die Fotos auf dem großen Zeichentisch, der ihr als Schreibtisch diente. Sie hatte Glück gehabt. Alle Bilder, die sie heute Morgen in der Schule gemacht hatte, waren gut geworden. Drei. Mehr hatte sie nicht geschafft. M. Deschênes hatte bereits zu ihr hergeschaut, und sie wollte nicht riskieren, dass er ihre Kamera konfiszierte.

Der erste Abzug zeigte den Mann mit erhobenem Kopf vor einem hellen Hintergrund. Die Allee war messerscharf abgeschnitten, kein einziger Grashalm am Rand – sehr gelungen. Der Schatten des Fremden erstreckte sich hinter ihm auf dem Kies, schien ihn regelrecht einzusaugen, während der Schatten der Fahnenstange sein Kinn zerschnitt und eine durchbrochene

Linie bis hinauf zu seiner Stirn zeichnete. Das zweite Bild hatte von einem Sonnenstrahl profitiert, der plötzlich zwischen den Wolken hervorgebrochen war – das lichtüberflutete Auge funkelte, und ein katzenhaftes Lächeln spielte um die dünnen Lippen. Der Mann war nicht schön, aber mit den hohlen Wangen, der leicht vorspringenden Hakennase und den geblähten Nasenflügeln sah er irgendwie faszinierend aus.

Das dritte Bild, diesmal eine Großaufnahme, zeigte nur das halbierte Gesicht – wie eine Theatermaske, die widersprüchliche Gefühle zum Ausdruck bringen soll. Ariane studierte es gebannt. Das Gesicht war ihr seltsam vertraut, obwohl sie es noch nie gesehen hatte, das wusste sie genau. War es ihr vielleicht im Traum erschienen? Traumgeschöpfe hatten auch eine Nase, einen Mund, sie lachten und redeten, auch wenn sie nur Marionetten waren, Fantasiegebilde, die eine Botschaft zu überbringen hatten. Aus welchem unerschöpflichen Vorrat an Gesichtern, die im Gedächtnis gespeichert waren, stiegen diese Züge auf und fügten sich willkürlich neu zusammen? Vielleicht war ihr der Mann – oder jemand, der ihm ähnlich sah – im Supermarkt begegnet oder auf dem Weg zum Sportplatz? Oder in der Tankstelle, im Fernsehen? Und sie hatte ihn abgespeichert, für immer in ihrem Gedächtnis festgehalten, ohne es zu merken.

Erneut betrachtete sie die Fotos. Auf den beiden ersten Bildern richtete der Mann seinen Blick auf die Fenster im ersten Stock, über dem Physiksaal, in dem Ariane fotografiert hatte. Auf dem zweiten hatte er den Blick gesenkt und sich etwas nach links gewandt.

Ariane sog die Luft ein. Er schaute *sie* an. Das Schattenauge sah immer noch verloren und traurig aus; aber in dem anderen, dem Sonnenauge, lag etwas Spöttisches, fast wie eine Herausforderung.

»Fang mich, wenn du kannst«, murmelte Ariane.

»Führst du jetzt schon Selbstgespräche?« Ihr Vater war ins Zimmer gekommen und legte ihr eine Hand auf die Schulter. »Lise wird langsam ungeduldig – ihr Gratin wird kalt. Karotten und Zucchini, mit Comté-Käse überbacken, dein Lieblingsessen. Hast du neue Fotos gemacht?«

»Ja, schau mal. Die sind wirklich gut geworden.«

Ihr Vater beugte sich über den Tisch, ohne die Abzüge zu berühren. »Du hast Recht, sehr gelungene Bilder. Schöne Licht- und Schatten-Komposition. Wo hast du sie aufgenommen?«

Ariane legte einen Finger auf ihre Lippen. »In der Schule, vom Physiksaal aus. Direkt vor dem Unterricht. Sag's aber nicht Mama, sonst regt sie sich nur auf.«

»Vom Physiksaal aus …« Er streckte die Hand aus,

nahm das letzte Foto zwischen Daumen und Zeigefinger und hielt es auf Augenhöhe. »Wer ist das?«

Seine ganze Haltung hatte sich geändert. Das Foto vibrierte, wie von einem fernen Erdbeben, und Ariane duckte sich auf ihrem Stuhl.

»Niemand«, sagte sie hastig. »Nur so ein Typ im Park. Er hat mich doch gar nicht gesehen.«

»Aber er schaut dich an.«

Das war keine Feststellung, sondern ein Vorwurf.

»Nein! Er bewegt doch nur die Augen. Ich glaube, er hat die Fenster gezählt. Komisch, was?«

»War er lange da?«

Ariane verdrängte schnell die reglose Gestalt, die noch ziemlich lange nach ihrer ersten Versuchsreihe in ihrem Blickfeld geblieben war. »Ach, höchstens zehn Minuten«, log sie.

»Zehn Minuten«, wiederholte ihr Vater mit tonloser Stimme, und die vertraute Angst stieg in Ariane auf. Nein. Nicht schon wieder. Nur das nicht …

»Papa, bitte«, flehte sie.

Aber er hörte nicht mehr hin. Er war schon aus dem Zimmer gegangen und hatte das Foto mitgenommen.

Zwei Uhr morgens. Ariane stützte sich auf einem Ellbogen ab und fixierte die grünen Leuchtziffern ihres Radioweckers. Aus dem Wohnzimmer drangen gedämpfte Stimmen zu ihr herauf. Sie zog sich die Decke über den Kopf und wühlte ihr Gesicht ins Kissen, um das ominöse Gemurmel auszublenden. Um es zum Verstummen zu bringen. Zu vergessen.

Schlafen. Sie musste schlafen. Vielleicht war morgen alles wieder normal. Ihre Mutter würde Pfannkuchen oder Rührei und frisch gepressten Orangensaft zum Frühstück servieren, ihr Vater würde sie in die Schule fahren und sie würde den Französischaufsatz zurückbekommen, den sie vorige Woche geschrieben hatten. Das Thema hatte sie fasziniert: *Gibt es inakzeptable Meinungen?* Sie war gespannt auf die Note, die Mme. Labergé ihr gegeben hatte …

Nein. Es half nichts, sich etwas vorzumachen. Die Uhr tickte bereits. Morgen Früh würde ihre Mutter mit übernächtigtem Gesicht in der Küche sitzen und die Schule anrufen, um Arianes Fernbleiben zu entschuldigen. Ihr Vater würde schon die Kartons hervorholen – im Flurschrank lag immer ein Vorrat bereit – und seine Akten darin verstauen. Dann würde jeder von ihnen einen Koffer mit Kleidung und dem Allernötigsten packen. Hinterher würden sie schweigend im Wohnzimmer sitzen und auf das Läuten des Telefons warten. Zweimal. Dann Pause, und wieder zweimal. Ihr Vater würde den Hörer abnehmen und ein paar knappe Sätze sagen. Dann würde er in sein Arbeitszimmer gehen, um seine Mails zu checken. Er würde seinen Laptop ausschalten und in seiner Computertasche verstauen.

»Also, gehen wir.«

Wie oft hatte sie diese Worte schon gehört? Oder hilflos mit angesehen, wie ihre Eltern die Haustür abschlossen, das Gepäck in die Garage brachten und im Wagen verstauten, ohne einen Ton zu sagen? Wie oft hatte sie auf dem Rücksitz gelegen, unter einer Decke versteckt? Dann sprang der Motor an, sie hörte ein letztes Mal die Geräusche des Viertels, die schrille Stimme einer Nachbarin, einen Jazzsong oder ein Chanson, das Klappern einer Gartenschere, und schon waren sie unterwegs, fuhren und fuhren, manchmal stundenlang, manchmal kaum zwanzig Minuten. Irgendwann erreichten sie eine fremde Garage, die manchmal eher einem riesigen, verlassenen Hangar glich. Dort wartete ein anderer Wagen, der Schlüssel steckte, und das makellose Innere roch ganz neu.

»Deine neue Kutsche, Prinzessin«, scherzte ihr Vater dann.

Ihre Eltern hatten ihr die Umzüge als Abenteuer verkauft, mit diesem typischen verlogenen Lächeln. *Wir wechseln nur mal das Haus und den Wagen, das macht doch Spaß, oder?* Und früher hatte sie ihnen geglaubt. Fast jedenfalls.

Jetzt nicht mehr.

Wie lange war es her, seit sie zum letzten Mal bei Nacht und Nebel aufgebrochen waren? Drei, vier Jahre? Ariane hatte es fast vergessen. Hatte sich der Illusion hingegeben, dass sie eines nicht allzu fernen Tages ein ganz normales Leben führen würde, so wie andere Mädchen in ihrem Alter. Letzte Woche hatte sie eine Einladung zur Geburtstagsparty einer Klassenkameradin angenommen. Diesmal, hatte sie sich geschworen, würde sie sich nicht mit einer Ausrede abfertigen lassen. Wenn ihre Eltern sie nicht gehen ließen, würde sie eine Erklärung verlangen – die Erklärung, die sie nie bekommen hatte. Höchstens in Form von Märchen und Fabeln, in blumige Umschreibungen verpackt. Von ihrem Alter war die Rede gewesen, von besonderen Umständen. Was denn für Umstände, um Himmels willen? Warum diese ewigen Umzüge, die ihr mehr wie eine Flucht erschienen? Warum diese lückenlose Bewachung, die ihr das Gefühl gab, in einem goldenen Käfig zu leben? Und weil sie die ganze Zeit im Dunkeln tappte, hatte Ariane sich die abenteuerlichsten Szenarien ausgemalt: Ihre Eltern waren Geheimagenten und wurden von einem Verbrecher verfolgt, der auf der Flucht war, seit seine Familie bei einer brutalen Polizeiaktion ums Leben gekommen war. Oder sie selbst war die Tochter dieses Verbrechers und die Polizei hatte sie entführt … Sie konnte doch adoptiert sein? Vielleicht war sie auch eine reiche Erbin und wurde von der Mafia bedroht, die Tochter eines Großindustriellen aus der Schweiz oder Italien. Oder sogar Russland, warum nicht? Ihre Mutter, die in Wahrheit ihre treue alte Amme war, riskierte zusammen mit ihrem Mann tagtäglich ihr Leben, bis Ariane endlich volljährig wurde.

Im unteren Stock fiel scheppernd etwas auf den Boden. Arianes Mutter liebte diesen Fliesenboden, Burgunder Naturstein, und schwärmte immer, wie kostbar und selten er sei. Das Haus war riesig, alt, voll unerwarteter Winkel und Ecken, kleiner Stiegen, die die Zimmer miteinander verbanden, und tiefer Schränke. Es gab einen Speicher, einen Kamin, zwei riesige modernisierte Badezimmer und einen Whirlpool. Das alles mussten sie jetzt zurücklassen. Und dann wohin? Nach Halifax oder Regina? Eine neue Stadt, neue Gesichter, neue Landschaften. Wieder einmal würde sie sich völlig umgewöhnen, das Alte komplett vergessen müssen. Sie würde nie auf direkte Fragen antworten können, musste neue Erinnerungen sammeln, die so zerbrechlich und flüchtig wie die vorigen waren, und so immer weiter, bis …

Ja, bis wann?

Ariane schlug ihre Decke zurück und stand auf. Nein, diesmal blieb sie nicht im Bett wie ein verängstigtes

Kind und wartete ab, was ihre Eltern für sie beschließen würden. Diesmal würde sie hinuntergehen und ihnen die Fragen stellen, die ihr schon so lange auf der Zunge brannten.

Diesmal wollte sie es wissen.

Sie schlich auf den Treppenabsatz hinaus und spitzte die Ohren. Die Wohnzimmertür war zu. Ariane sah einen Lichtstrahl, der wie ein Pfeil quer über den Hausflur fiel. Eine Schranke, ein Verbot – eines der vielen, mit denen sie leben musste.

Aber davon ließ sie sich nicht aufhalten.

Sie war schon auf der zweiten Stufe, als unten die Tür aufging. Ihre Mutter kam mit einem Armvoll Wäsche heraus – Ariane erkannte die Servietten und das Tischtuch vom Abendessen – und ging damit in die Küche.

»Es hat doch keinen Sinn, um diese Zeit noch die Waschmaschine anzustellen. Du kannst ja doch nichts mitnehmen.« Die Stimme ihres Vaters. Er klang völlig erschöpft.

»Ich will wenigstens ein sauberes Haus zurücklassen«, entgegnete ihre Mutter. »Damit … Ach, ich weiß auch nicht, warum. Ich hoffe, die neuen Mieter werden hier glücklich sein.«

Ariane erstarrte, wagte kaum zu atmen. Wenn ihre Mutter jetzt den Kopf hob, würde sie sie sehen. Aber Lise ging weiter. Kurz darauf hörte Ariane das trockene

Klicken, mit dem die Wäschetrommel zufiel, dann ein Summen.

»Komm wieder rein und setz dich«, rief ihr Vater aus dem Wohnzimmer. »Ruh dich aus. Wir haben eine lange Nacht vor uns.«

»Ich weiß.« Ihre Mutter kam mit hängenden Schultern zurück. Sie schaute nicht zur Treppe und zog die Wohnzimmertür hinter sich zu, aber nicht ganz.

Der Lichtpfeil war jetzt ein schimmerndes gelbes Band, das sich dort, wo die Fliesen vom häufigen Gebrauch ausgetreten und nachgedunkelt waren, rosa färbte. Ariane starrte wie hypnotisiert auf diesen Lichtschimmer. Die Stimmen ihrer Eltern klangen zwar gedämpft, aber jetzt konnte sie verstehen, was sie sagten.

»Hast du das Foto eingescannt?«, fragte ihre Mutter.

»Ja, gleich danach. Ich habe es noch vor dem Abendessen abgeschickt.«

»Zum ersten Mal haben wir sein Gesicht gesehen.«

»Falls er es wirklich ist. Vertrau ihnen, sie werden es nachprüfen.«

»Wie üblich. Und wie üblich wird er ihnen entwischen.« Die Stimme ihrer Mutter versagte. Dann weinte sie.

»Hab keine Angst, Lise. Morgen sind wir in Sicherheit.«

»Fragt sich nur, wie lange.«

»Fünf Monate. Wir müssen nur noch fünf Monate durchhalten, bis zum zwanzigsten März. Wenn Ariane sechzehn ist, besteht keine Gefahr mehr. Die Spindel ist ein Psychopath. Sobald seine Opfer den sechzehnten Geburtstag überschritten haben, interessieren sie ihn nicht mehr. So wie dieses Mädchen in Sherbrooke.«

»Das war nur ein glücklicher Zufall. Und darauf möchte ich mich nicht verlassen.«

»Ich auch nicht. Aber dass sie an ihrem sechzehnten Geburtstag durchgebrannt ist, war unvorhersehbar. Selbst für den Mörder. Sie hat sich eine ganze Woche lang mit ihrem Freund in einer Hütte am Seeufer versteckt. Ihre Eltern sind fast gestorben vor Angst, aber ihr hat es das Leben gerettet.« Nach kurzem Schweigen fügte er hinzu: »Und ihnen auch.«

Arianes Mutter schnäuzte sich energisch. »Hast du an das Familienstammbuch gedacht? Und an Arianes Schulakte?«

»Ja, keine Sorge. Leg dich noch ein bisschen hin …«

»Nein, ich bleibe bei dir. Und ich hoffe, dass es unsere letzte durchwachte Nacht ist. Mach die Tür zu, Patrick. Ich möchte sie nicht aufwecken.«

Dann ertönten Schritte. Die Tür drehte sich langsam in den Angeln und der Lichtstreifen verschwand. Dunkelheit hüllte Ariane ein.

Kapitel 3

Morgens um fünf, als der Himmel über den Dächern langsam heller wurde, öffnete Ariane ihr Schlafzimmerfenster und ließ ihre große Reisetasche an der Wand hinunter. Sie hatte ein Seil um die Griffe geknotet, das schwarzgrüne, das sie im Flurschrank gefunden hatte. Dieses Seil war nur ein einziges Mal zum Einsatz gekommen, als Ariane mit ihrer Mutter an einer Kletterwand für Anfänger trainiert hatte. Lise war eine erfahrene Bergsteigerin und hatte in ihrer Jugend die schwierigsten Gipfel in Europa und den USA bestiegen – die Verdonschlucht in Frankreich, die Mauer von Céüse und El Capitan im Yosemite-Nationalpark. Sie war lange nicht mehr geklettert, wollte aber ihrer Tochter diesen Sport zeigen, der ihr früher so viel Spaß gemacht hatte.

Für Ariane war der Ausflug mit ihrer Mutter ein spannendes Abenteuer gewesen, das jedoch abrupt geendet hatte. Ein junger Betreuer war mit ihrer Mutter ins Gespräch gekommen, hatte die Touren aufgezählt, die er machen wollte, und sich nützliche Tipps von ihr geben lassen. Dann hatte er den Fehler begangen, nach Ariane zu fragen – nach ihrem Namen, ihrem Alter. Ariane hatte gesehen, wie das Gesicht ihrer Mutter sich verfinsterte. So wie die Schatten der Wolken in den weiten Ebenen Manitobas, die sie vorigen Sommer durchquert hatten, die leuchtenden Farben der Gräser ausgelöscht und die lichtdurchflutete Landschaft in eine trostlose, fast unheimliche Leere verwandelt hatten. Ohne Erklärung hatte ihre Mutter sie an der Hand genommen und zum Ausgang gezerrt. Arianes Proteste hatte sie völlig ignoriert.

Jetzt wusste sie, warum.

Ein dumpfes Geräusch drang zu ihr herauf – die Reisetasche war am Boden aufgetroffen. Ariane prüfte, ob ihre Fototasche sicher an ihrem Gürtel befestigt war; sie enthielt ihr ganzes Geld, dreihundert Dollar, die sie für ein neues Objektiv gespart hatte, und ihren funkelnagelneuen Pass. Sie zog den Reißverschluss ihrer Jacke zu und stellte den Kragen auf, um besser mit dem Dämmerlicht zu verschmelzen und neugierigen Blicken zu entgehen. M. Beauchamps, ihr nächster Nachbar, stand immer früh auf, um seine Tai-Chi-Übungen im Garten zu machen. Sie würde hinten herum gehen, obwohl es ein kleiner Umweg war, und dann die Richtung zum Busbahnhof einschlagen.

Ein letztes Mal drehte sie sich um und warf einen Blick auf ihr Zimmer. Das Bett war gemacht, der Schreibtisch aufgeräumt, der Computer auf Stand-by. Ariane hatte den Verlauf aller Seiten gelöscht, die sie in dieser Nacht aufgerufen hatte, und auf der Tastatur gut sichtbar einen Zettel mit nur zwei Sätzen zurückgelassen:

Ich liebe euch. Macht euch keine Sorgen um mich, ich komme zurück, wenn ich sechzehn bin.

Ihre Eltern würden es verstehen.

Das Seil schürfte ihre Handflächen auf; sie wagte nicht, ihre Füße an der Fassade abzustützen, um sich nicht zu verraten. Die Wohnzimmerfenster lagen auf der anderen Seite, zur Terrasse hin, aber die geringste Erschütterung der bemalten Schindeln würde durch das ganze Gebälk hallen. Ariane überkreuzte die Knöchel, umklammerte die lange Nylonschnur noch fester mit ihren Fingern und setzte ihren Abstieg fort. Nur gut, dass sie ihre Turnschuhe mit den dicken Sohlen trug. Sie war bequem angezogen, hatte neutrale Farben gewählt – Jeans, Sweatshirt, dunkle Jacke. Ihre Reisetasche enthielt Unterwäsche zum Wechseln, eine zweite Jeans, zwei

Baumwollhemden, vier T-Shirts, einen dicken Pulli. Den brauchte sie jetzt noch nicht, der Herbst war ungewöhnlich mild. Ein schöner Altweibersommer, hatte die Haushaltshilfe gesagt, als sie vor zwei Tagen die Küchenfenster geputzt hatte. Die Ahornbäume in der Straße hatten wie Rubine unter dem blauen Himmel gefunkelt. Ihr feuerrotes Laub hatte Ariane immer an brennende Fackeln erinnert. Aber jetzt fragte sie sich, ob sie die Bäume je wieder ansehen konnte, ohne an vergossenes Blut zu denken.

Das Blut der Mädchen, die der *Spindel* zum Opfer gefallen waren.

Fünf waren es schon. Fünf Mädchen, die am Abend ihres sechzehnten Geburtstags ermordet worden waren. Sie hatten ausgestreckt auf ihren Betten gelegen, umringt von der ganzen Familie. Alle tot. Die Eltern, manchmal auch Onkel oder Tanten, waren erwürgt vorgefunden worden – mit hervortretenden Augen, blauen Lippen und einer tiefen Rille im Hals. Ganz anders die Mädchen. Ihre Gesichter waren unversehrt, sie sahen aus, als schliefen sie. Nur ein paar Blutstropfen auf der Bettdecke und ein winziger Einstich am Zeigefinger ihrer linken Hand. Ein tödlicher Stich. Das Gift, ein hoch konzentrierter Manzinella-Extrakt, führte in wenigen Stunden zum Tod, manchmal sogar innerhalb von Minuten. Ariane hatte sich die Namen und Wohnorte der Mädchen eingeprägt. Alle waren gewarnt worden, zumindest hatte sie das in einem der zahlreichen Blogs über die Spindel gelesen. Eines Tages war ein Brief bei den Familien eingetroffen, mit einer Botschaft auf teurem cremefarbenem Papier, wie es normalerweise für Hochzeits- oder Geburtsanzeigen verwendet wurde. In sorgfältiger Handschrift stand darauf:

ICH HABE SIE IM AUGE.
SIE KÖNNEN MICH NICHT SEHEN, ABER ICH BIN DA.
BIS ZU IHREM SECHZEHNTEN GEBURTSTAG WIRD SIE IN SCHÖNHEIT HERANWACHSEN UND JAHR FÜR JAHR STÄRKER UND KLÜGER WERDEN.
ICH WERDE SIE VOR JEDEM UNHEIL BEWAHREN.
DOCH AN IHREM SECHZEHNTEN GEBURTSTAG,
BEVOR DIE SONNE AM HORIZONT VERSINKT,
KOMME ICH ZU IHR, UM SIE INS DUNKEL ZURÜCKZUSTOSSEN.
DANN GEHÖRT SIE MIR.

Der Kies unter Arianes Schuhen knirschte leise. Sie nahm ihre Tasche in die Hand und schlich zu dem kleinen Gartentor, das auf eine ruhige Seitenstraße führte. Das Tor war immer verriegelt, aber Ariane wusste, wo ihre Eltern den Schlüssel aufbewahrten. Er lag unter einem Stapel Backsteine verborgen, unter dem wuchernden wilden Wein am Schuppen, in dem sie ihr Werkzeug, Säcke mit Erde und Sämereien lagerten. Ihre Mutter war eine leidenschaftliche Gärtnerin, und Ariane verstand jetzt auch, warum – Schönheit und Leben erschaffen lenkte sie ein bisschen von ihren Ängsten ab.

Vorsichtig tastete sie unter den Blättern herum, bis ihre Finger auf den kalten Schlüsselschaft stießen. Ihr Blick fiel auf die Gartenschürze ihrer Mutter und den Strohhut mit der breiten Krempe am Fenstergriff. Ihre Augen füllten sich mit Tränen und das vertraute Bild verschwamm.

»Ich will nicht, dass er euch umbringt«, wisperte sie. »Ich verschwinde einfach, dann findet er mich nicht. Und selbst wenn, kann er wenigstens euch nichts tun.«

Mit der flachen Hand wischte sie ihre nassen Wangen ab, dann schüttelte sie den Kopf, um die letzten Tränen zu verscheuchen, und ging zum Tor.

ARIANES TAGEBUCH

Busbahnhof, 20. Oktober, 5:47 Uhr

Ich habe in letzter Sekunde noch mein Netbook ins Außenfach der Reisetasche gesteckt. Jetzt liegt es offen auf meinen Knien. Wenn ich auf den Tasten herumtippe, wirke ich wenigstens beschäftigt, seriös. Hoffentlich genügt das, damit niemand herkommt und mich fragt, was ich hier so früh am Morgen mache. Es sind nicht viele Leute da – ein Obdachloser, der auf einer Bank schläft, zwei Frauen, die leise

miteinander reden und sich irgendwelche Stoffmuster zeigen. Und ich natürlich. Ich sitze im dunkelsten Bereich, außerhalb des Warteraums, weit weg von den Anschlagtafeln und der Cafeteria, die noch geschlossen ist. Aber ich kann es nicht lassen, alle paar Sekunden den Kopf zu heben und verstohlene Blicke um mich zu werfen. Ich weiß, dass ich das nicht tun sollte – es ist die beste Methode, Aufmerksamkeit zu erregen. Auch auf der Straße habe ich mich immer wieder umgedreht, um nachzusehen, ob mir jemand folgt. Ich muss mich daran gewöhnen, jede meiner Gesten zu kontrollieren, meine Haltung und selbst meine Blicke sorgfältig abzuwägen.
Und nicht nur das. Ich muss mich auch daran gewöhnen, dass ich in Lebensgefahr schwebe. Wie macht man das? Wie lebt man damit, Tag für Tag?
Im Moment lässt es mich seltsam kalt. Ich bin wie betäubt. Weiß nicht, wann die Angst mich überwältigen wird. Und was dann? Fange ich an zu schreien, zu weinen? Oder stürze ich ins nächste Polizeirevier und flehe die Beamten an, mich einzusperren und zu beschützen?
Das wäre zwecklos. Meine Eltern haben mich mein Leben lang beschützt. Deshalb haben sie schlecht geschlafen, sind nachts durchs Haus gegeistert, in allen Häusern, in denen wir gelebt haben. Als kleines Mäd-

chen hörte ich immer ihre Schritte, so regelmäßig wie mein Herzschlag, und ich dachte mir Geschichten aus, von einem Monster, das aus den schwarzen Wassern der Vergangenheit aufsteigt, einem Riesen, der in der Rüstkammer seines Schlosses hin und her stampft und sein Schwert poliert, von einer alten Frau, die mit der Schuhspitze auf den Boden trommelt …

Eine alte Frau. Die böse Fee. Die böse Fee mit dem Spinnrad!

Mir ist schlecht. Atme, Ariane. Wenn du dich jetzt übergibst, fällst du auf. Und wer weiß, wer sich hier herumtreibt.

Der Mann auf dem Foto. Ist das wirklich er? Wenn ja, kenne ich sein Gesicht. Jeder Teil davon hat sich tief in mein Gedächtnis eingegraben. Ich werde ihn wiedererkennen.

Wo soll ich hin? Ich stelle mir die Orte vor, an denen er seine Opfer getötet hat, kleine Pünktchen auf der Landkarte, und die durchbrochenen Linien, die sie miteinander verbinden. Ergibt dieses Muster einen Sinn?

Die Spindel hat nur in Kanada getötet. Also muss ich über die Grenze. Nach New York, zum Beispiel.

Das ist eine riesige Stadt. Dort werde ich in der Menge verschwinden. Endgültig.

Auf der Abfahrtstafel blinkt eine neue Zeile auf. In ein paar Minuten steige ich in den Bus. Egal, wohin er fährt. Und später suche ich mir eine Anschlussverbindung.
Ich werde mein Leben retten.

Kapitel 4

Lara hasst ihren Geburtstag. Vor allem diese grässlichen Abendessen. Es läuft immer nach dem gleichen Schema ab: Ihre beiden kleinen Brüder hängen Girlanden im Esszimmer auf – die knallroten Weihnachtsgirlanden und das billige Halloween-Zeug, eine Kette aus zerfetzten Kürbissen, die mit Klebestreifen repariert ist. Und ihre Mutter stellt den Seidenblumenstrauß auf den Tisch. Ein Erbstück von ihrer Großmutter: Stiefmütterchen, deren Blüten von der Sonne ausgebleicht und vor Staub ganz grau sind, wie die Flügel eines Nachtfalters. Dann ziehen alle geräuschvoll ihre Stühle unter dem Tisch hervor und setzen sich. Die vollen Teller dampfen, aber niemand rührt das Essen an.

Alle warten.

Warten.

Er kommt immer zu spät, und wenn sie Glück haben, ist er nur ein bisschen angeheitert. Sobald der Schlüssel sich im Schloss dreht, wird Lara flau im Magen. Er hat es wieder vergessen. Und dabei hatte er letztes Jahr geweint und geschworen, dass er an ihrem Geburtstag nie wieder in der Kneipe versacken würde. »Großes Ehrenwort, Süße, ich schwöre es beim Leben meiner alten Mutter«, hatte er mit bebender Stimme gesagt und ihr seinen Terminkalender gezeigt, in dem das Datum mit schwarzem Stift dick unterstrichen war. Er hatte mit dem Kalender vor ihrer Nase herumgewedelt, so peinlich und würdelos, und ihr hoch und heilig versprochen, dass er sich nie wieder verspäten würde. »Hast du gehört, meine Kleine? Vertrau deinem Vater«, hatte er feierlich gesagt.

Vertrauen. Ein grässliches Wort, ein Lügenwort. Warum warfen es einem die Erwachsenen bei jeder Gelegenheit an den Kopf?

All die Jahre, immer dasselbe. Jedes einzelne Mal. An ihrem siebten Geburtstag, ein Alter, in dem man sich nichts mehr vormachen lässt. Dann der zehnte, eine zweistellige Zahl. Mit zwölf der Übergang zur weiterführenden Schule. Und jetzt sollte sie ihren sechzehnten Geburtstag feiern.

Aber nicht in diesem Haus. Nicht mit ihnen. Kein lauwarmes Hähnchen in Soße, keine aufgeweichten Fritten und keine zusammengesackte Geburtstagstorte, deren gelbe Buttercreme langsam um die Kerzen herum gerann, die ihre Mutter wieder mal schief in den Biskuit gesteckt hatte. Kein abgestandener Sekt, keine unterdrückten Tränen. Nie wieder wollte sie die Seufzer ihrer Mutter hören, das zaghafte Drängeln ihrer kleinen Brüder: »Mama, wann essen wir endlich? Ich hab Hunger.« Und nie wieder den Bieratem ihres Vaters spüren, wenn er sich über sie beugte, um sie zu küssen. Nie wieder wollte sie seine blutunterlaufenen Augen hilflos blinzeln sehen, sein Hemd, das sich über seinem Bauch spannte, mit den großen dunklen Schweißflecken unter den Achseln.

Nie, nie wieder.

Heute, am Tag vor ihrem Geburtstag, musste sie ihrer Mutter helfen, die Blaubeeren für einen Kuchen zu waschen und zu verlesen. Während sie am Küchentisch arbeiteten, die große Schüssel mit den Früchten zwischen sich, sagte ihre Mutter, ohne den Blick zu heben: »Du darfst deinem Vater nicht böse sein.«

»Ach ja?«

Die Luft war mild wie im Frühsommer, eine Fliege summte um Laras Haare, und sie schüttelte regelmäßig den Kopf, um das Tier zu verscheuchen. Sie vergrub ihre Hände in der Schüssel und schaute zu, wie die kleinen blauvioletten Kügelchen durch ihre Finger rieselten. Frisch und glatt. Sauber. Genau das wünschte sie sich. Ein sauberes Leben, nichts Aufregendes. Okay, sie hatte einen Vater, eine Mutter, zwei Brüder, ein Haus. Anderen Leuten hätte das vielleicht genügt. »Was willst du eigentlich?«, hatte ihre Großmutter sie immer gefragt, denn sie hatte als Kind die große Wirtschaftskrise erlebt und manchmal kaum genug zu essen gehabt. »Du weißt ja nicht, wie gut es dir geht, Lara – du lebst im Luxus! Wir hatten nur Bohnen zum Essen, und selbst das nicht jeden Tag, und einmal die Woche gab's Dosenfleisch.«

Aber die anderen Mädchen in der Schule spielten Tennis mit ihren Vätern oder machten Campingurlaub mit der Familie. Und sie mussten an Weihnachten und am Geburtstag nicht auf die torkelnden Schritte auf der Haustreppe lauschen, auf den dumpfen Aufprall, wenn ihr Vater in der Tür zusammensackte, was an den schwärzesten Tagen manchmal vorkam – Tage, die sie am liebsten aus ihrer Erinnerung gelöscht hätte.

»Es ist nicht seine Schuld.«

»Ach ja?«, wiederholte Lara und stieß die Schüssel zurück, die auf ihrem angeschlagenen Fuß kippelte. In diesem Haus war nichts, wie es sein sollte, weder die Küchenutensilien noch die Möbel noch die Menschen. Und die Wut, die in ihr aufstieg, war wie ein würgender grauer Nebel, der alle Farben, alle Konturen auslöschte. Sie konnte ihn beinahe auf der Zunge schmecken.

»Na dann bin ich wohl schuld, was? Oder du? Das glaubst du doch, stimmt's? Dass du nicht gut genug für ihn bist. Deshalb schuftest du auch wie eine Sklavin …«

»Du übertreibst«, protestierte ihre Mutter schwach. »Er bringt schließlich das Geld nach Hause.«

»Blödsinn, er versäuft sein Geld. Meinst du, ich bin blind? Denkst du, ich seh nicht, dass du nachts für die Nachbarschaft bügelst, damit du was in den Kühlschrank stellen kannst? Oder putzen gehst? Oder irgendwelchen alten Schachteln den Hintern abwischst?«

»Nicht in diesem Ton, Lara. Es ist wichtig, dass man sich um seine Mitmenschen kümmert, und …«

»Ach, mit dir kann man einfach nicht reden …« Lara stand auf, um die Flucht zu ergreifen – nur weg von hier, weg aus der Küche, dem Haus, der Stadt. Egal wohin, schrie eine wütende Stimme in ihrem Kopf, Hauptsache weg von hier.

Ihre Mutter hob gar nicht erst den Kopf. Nur ihre Finger bewegten sich, verlasen die Beeren, unermüdlich. »Und dann auch noch diese alte Geschichte«, fuhr sie fort. »Dieser Brief, den wir bekommen haben. Deinetwegen.«

»Was für ein Brief?«

»Ach, das ist lange her. Du warst zwei, vielleicht

drei … ich weiß nicht mehr so genau. Deinem Vater schlägt es immer noch aufs Gemüt. Dabei hab ich ihm hundertmal gesagt, dass es nur ein schlechter Scherz war. Was sonst?«

»Ich weiß nicht, wovon du redest. Du hast mir nie was erzählt.«

»Ach, gar nichts. Ein Spinner. Ein Brief ohne Marke, völlig aufgeweicht. Es hatte die ganze Woche geregnet und der Briefkasten war nicht wasserdicht, verstehst du? Ich wollte längst einen neuen kaufen, hab's aber immer wieder vergessen. Also jedenfalls war die Tinte verlaufen und die Hälfte davon war gar nicht mehr lesbar. Da stand drin, dass du ihm gehörst und dass er dich an deinem sechzehnten Geburtstag holen kommt. Mehr konnten wir nicht entziffern.«

»Was heißt ›er‹?«

»Na, der Kerl, der den Brief geschrieben hat. Ich sag dir doch, ein Spinner. Aber dein Vater war am Boden zerstört. So hab ich ihn noch nie erlebt. Er wäre fast zur Polizei gegangen. Die Vorstellung, dass ihm jemand seine geliebte kleine Prinzessin wegnehmen könnte … Und seither kann er die Geburtstage einfach nicht verkraften. Der Arme.«

Diesmal eierte die Schüssel bis zur Tischkante. Lara machte keine Anstalten, sie festzuhalten. Die Beeren prasselten auf den Fliesenboden.

»Jetzt schau nur, was du gemacht hast!«, jammerte ihre Mutter. »Du ruinierst alles.«

»*Ich?* Ich ruiniere alles?« Die Wut füllte ihren Mund mit Bitterkeit. Knirschend wie Sand. Sie stemmte die Hände in die Seiten und wunderte sich, wie ruhig und gleichmäßig sie sich hoben und senkten. Ihr kam es vor, als hätte sie zu atmen aufgehört. »Der arme Papa. Ja, klar. Mir kommen die Tränen. Da will ihm jemand sein kleines Mädchen wegnehmen, und was macht er? Taucht einfach nicht mehr auf an dem Tag, an dem es passieren könnte. Und du darfst dich allein damit herumschlagen, so wie mit allem anderen.« Ihre Stimme versagte. »Aber keine Angst, ich werde euch das Leben erleichtern. Dein Mann muss morgen nicht den ganzen Abend in der Kneipe herumhängen, nur weil ich Geburtstag habe. Ich hau ab. Tschüss!«

Ihre Jeansjacke hing über einer Stuhllehne, zusammen mit ihrem Rucksack. Lara riss beides an sich und lief in den Flur. Insgeheim wartete sie auf einen Protest, einen Aufschrei, hoffte, dass sie zurückgerufen würde. Aber es kam nichts.

Als sie die Tür zuknallte, löste sich das bereits angeknackste Fenster aus dem Rahmen und fiel herunter, zerbarst scheppernd in tausend winzige Splitter, wie die Schaumkrone einer erstarrten Welle.

Lara ging schnell. Es war noch nicht Mittag. Wann fuhr noch mal der nächste Bus? Seit sie denken konnte, seit ihren ersten Fluchtfantasien, kannte sie die Busverbindungen auswendig. 6:12 Uhr, 7:32 Uhr, 10:24 Uhr und schließlich 12:03 Uhr. Den konnte sie nehmen. Ihr blieb auch nichts anderes übrig, weil es der letzte war.

Der Bus. Die einzige Möglichkeit, aus diesem Loch herauszukommen. Die ewig gleichen Häuser hinter sich zu lassen, die Vorgärten mit ihren schnurgeraden Beeten, den schlecht bezahlten Job als Kassiererin bei K-Mart oder Starbucks, der auf sie wartete, den einzigen Kinosaal, die feuchten Hände der Jungs, die sich auf die Schenkel der Mädchen verirrten, immer höher und höher hinauf, ihr dummes Gelächter, die ehrenamtlichen Mitarbeiterinnen der Kirchengemeinde, die sie mit ihren guten Ratschlägen zutexteten, mit ihrem scheinheiligen, verlogenen Geschwätz – *Reinheit, Lara, hörst du? Dein kostbarstes Gut, du verstehst mich schon, nicht wahr?* Oder die Bibliothekarin, die in der Kirche Orgel spielte und so grottenfalsch sang, mit ihren Blümchenkleidern, ihrem verzückten Lächeln – *die Musik bringt uns Gott näher, nicht wahr, Lara?*

Wenn die Wut einen Geschmack hat, dachte Lara und beschleunigte ihre Schritte, *dann stinkt diese Mittelmäßigkeit zum Himmel. Und erst recht die Tatsache, dass die Leute sich damit abfinden.* Ein Geruch, der unverwechselbar war. Schwer. Klebrig. Eines Tages haftete er an einem und ließ sich nicht mehr abschütteln. Dann war es vorbei. Der Schmutz tropfte einem aus allen Poren, setzte sich in den Kleidern fest, drückte einem für immer seinen Stempel auf. Lara hob die Arme und hielt ihren Jackenärmel an die Nase. Die Falten hatten den Gestank bereits aufgesaugt. Sie musste die Jacke zurücklassen, damit sie sich nicht ansteckte.

Sie knüllte sie zu einer Kugel zusammen und schleuderte sie in die Hecken unterhalb der Bahngleise. Dann lachte sie laut. Vorsicht war etwas für Leute, die längst tot waren, wenn sie endlich ins Grab fielen. Nicht mit ihr. Sie hatte heißes, rebellisches Blut in den Adern, und es pulsierte bereits viel schneller, viel lebendiger, seit sie das Schild am Ortsausgang passiert hatte. Zumindest kam es ihr so vor.

Die Bushaltestelle war noch ein Stück weiter, hinter der Tankstelle. Zwei Minuten. Lara rannte jetzt. Dort wartete er schon. Die Sonne spiegelte sich in der blauweißen Karosserie. Ein leichter Nebel stieg von der Straße auf. Montréal, Boston, New York … Lara hatte nicht viel Geld. Aus dem Augenwinkel überflog sie die Liste der Orte, die auf der Busroute lagen, und entschied sich blindlings für einen, der nicht zu nahe war. Und dann? Ach, egal, sie würde sich irgendwie durchschlagen. Die Gewissheit, dass sie die richtige Entscheidung getroffen hatte, beflügelte sie; eine Euphorie, die ganz neu für sie war – fast wie eine Droge.

Nach vorne sehen. Die Vergangenheit mit Füßen treten. Warum hatte sie das nicht längst gemacht?

Die Luft in dem klimatisierten Bus war unerwartet kühl. Lara rieb sich die Arme und ließ ihren Blick über die Sitzreihen wandern. Fast alle Plätze waren belegt. Neben einem Mädchen, das ungefähr in ihrem Alter sein musste, war ein Sitz frei. Lara ging hin.

»Darf ich?«

Das Mädchen nickte, ohne sie anzusehen. Lara schlüpfte auf den Platz und hielt den Atem an. Bis zur Abfahrt des Busses bestand immer noch die Gefahr, dass sie erkannt wurde. Jeden Moment konnte jemand einsteigen, ein Ladenbesitzer aus dem Ort, eine Freundin ihrer Mutter, einer ihrer Lehrer. Und natürlich würde er sich wundern und Fragen stellen. Aber egal. Sie würde sich eine Geschichte ausdenken, eine kranke Cousine, eine Freundin, die zufällig auf der Durchreise im Nachbarort war. Spuren verwischen war nicht schwierig. Obwohl es natürlich besser war, wenn sie keine Ausreden erfinden musste.

Einfach in der Menge untergehen. Verschwinden. Wie dieser Nebel, der sich jetzt lichtete und an den kümmerlichen Bäumen am Straßenrand hochkroch.

Ihre Sitznachbarin schaute stur aus dem Fenster, das Teile ihres Gesichts widerspiegelte. *Komisch,* dachte Lara. *Wir sehen uns total ähnlich. Die gleichen schulterlangen aschblonden Haare, der gleiche Mittelscheitel, die gleiche gerade Nase und dunklen Augenbrauen.* Auch die gleiche Größe, soweit sie es beurteilen konnte. Wo wollte das andere Mädchen hin? Über ihrem Kopf lag eine prall gefüllte Reisetasche in der Gepäckablage. Fuhr sie zu ihren Eltern, ins Internat, zu ihrem Freund? Oder war sie auch von zu Hause ausgerissen? Nein, sicher nicht. Sie war nicht der Typ dafür. Kein Mädchen, das Ärger machte. Sie trug eine Designerjeans und ein feines Goldarmband. Verpatzte Geburtstage, Zank und Streit, kein Geld am Monatsende, sodass es nur Kartoffeln oder Dosensuppe gab – das kannte sie vermutlich nicht.

Und sie ignorierte sie total.

Ist mir egal, dachte Lara und rutschte tiefer in ihren Sitz. Der Motor sprang mit einem dumpfen Dröhnen an. Ein leichtes Vibrieren, das sich auf dem Boden mit dem grauen Teppichbelag fortsetzte. Lara hob die Beine, stemmte ihre Füße gegen die Rücklehne des Vordersitzes. Das Mädchen neben ihr warf ihr einen missbilligenden Blick zu. *Ist mir egal,* wiederholte Lara in Gedanken, ein leises Lächeln auf den Lippen. Die Türen schlossen sich mit einem schmatzenden Geräusch, wie ein Ansaugen. Als stieße der Bus die Luft nach draußen und damit zugleich den verhassten Gestank.

Langsam löste der Bus sich von dem Einfassungsmäuerchen der Haltebucht und rollte auf die Straße. Das Brummen des Motors wurde lauter. Lara schloss die Augen. Sie würde bis tausend zählen, und wenn sie die Augen wieder öffnete, würde sie in die Freiheit blicken.

In ihr neues Leben.

Kapitel 5

Ariane starrte auf die Landschaft, die vor dem schmutzigen Fenster an ihr vorbeizog, ohne wirklich etwas wahrzunehmen. Staubige Straßen, Birkenwälder, adrette Dörfer, riesige Reklametafeln. Die Sonne knallte ihr ins Gesicht. Sie schwitzte und versuchte umständlich, auf ihrem Sitz die Jacke auszuziehen. Dabei stieß sie mit dem Ellbogen gegen die Schulter ihrer Nachbarin.

»Entschuldigung«, murmelte sie.

»Kein Problem.«

Pause. Das Mädchen schaute sie an. *Oh, nein*, dachte Ariane. *Sie will ein Gespräch anfangen, das seh ich ihr an.* Hoffentlich musste sie nicht bis zur Endstation Smalltalk machen. Aber wahrscheinlich nicht, denn das Mädchen hatte kein Gepäck dabei. Sie stieg sicher früher aus.

Ariane warf ihre Haare zurück. Das Mädchen streckte

die Hand aus, erwischte eine Strähne und hielt sie an ihre Schläfe.

»Selbe Farbe.«

Ihre Augen funkelten. Was sollte das? Das Mädchen sah ganz euphorisch aus, strahlte sie an, als hätte sie ihr eine gute Nachricht zu verkünden.

»Unsere Haare«, fügte das Mädchen jetzt hinzu. »Nicht richtig blond. Was ich gut finde, weil ich Blondinen hasse. Ich bin Lara, und du?«

»Ariane«, brummte Ariane mürrisch.

»Fährst du weit?«

Ariane runzelte die Stirn. *Was geht dich das an?* »In die Nähe von Trois-Rivières. Hab dort Verwandte«, improvisierte sie. »Und du?«

Lara breitete die Arme zum Horizont aus. »So weit wie möglich.«

»Aha.«

Der Bus fuhr an einem See vorbei. Die glatte Wasserfläche schimmerte durch die Ahornbäume wie geschmolzenes Silber. Ein Junge, der auf einem Steg saß und die Beine baumeln ließ, winkte ihnen überschwänglich zu.

»Der träumt garantiert auch davon«, sagte Lara.

»Wovon?«, entfuhr es Ariane wider Willen.

»Na, vom Durchbrennen – so weit weg wie möglich. Davon träumt doch jeder. Aber ich mache es.« Sie streckte sich und schnitt eine Grimasse, dann zog sie an dem Gepäcknetz vom Vordersitz. Das Gummi spannte sich und schnellte mit einem trockenen Klacken wieder zurück. »Ich kann's kaum erwarten, bis ich da unten bin.«

»Da unten ... so weit weg wie möglich?«, spottete Ariane.

»Da unten«, wiederholte das Mädchen genüsslich, als lutschte sie ein Bonbon, »wo jemand auf mich wartet.«

Wo jemand auf mich wartet ... Ariane schauderte bei diesen Worten. Genau das Gleiche hätte sie auch sagen können, nur hätte es aus ihrem Mund einen anderen Sinn bekommen. Plötzlich zuckte ihr ein Gedanke durch den Kopf, eine grässliche Gewissheit, die ihr die Kehle zuschnürte. *Er* war da. Er war ihr gefolgt, hatte ihr aufgelauert, war hinter ihr in den Bus gestiegen. Der Greyhound-Bus konnte noch so rasend Kilometer fressen, er brachte sie doch nur Seite an Seite mit der tödlichen Gefahr ans Ziel, die sie hinter sich lassen wollte. Das Opfer und sein Mörder.

Ganz langsam drehte Ariane sich um. *Nichts anmerken lassen,* ermahnte sie sich. *Dir ist langweilig, die Fahrt dauert ewig, du hast genug davon, die Landschaft anzustarren. Du lenkst dich ab, indem du das Handgepäck zählst oder etwas in der Art. Aber das ist idiotisch. Das macht niemand.* Ihr Blick wanderte über die Decke, die Taschen, die in der Gepäckablage verstaut waren, die Sitze mit dem blauen Samtbezug. Die Fahrgäste schliefen oder lasen, einige tippten auf ihren Smartphones herum, eine Frau, die wie eine Südamerikanerin aussah, holte einen riesigen Ballen rosa Strickzeug aus ihrem Shopper. Sie hob den Kopf und lächelte Ariane zu, bevor sie die Maschen zu zählen begann. Ihre Lippen bewegten sich dabei. Ariane beobachtete sie einen Augenblick. *Ganz in ihre Handarbeit vertieft, die Frau. So friedlich.* Vor ihr schnarchte ein Waldarbeiter in Latzhose, mit offenem Mund, den Mützenschild über die Augen gezogen.

Das kann er nicht sein. Die Spindel schläft garantiert nie und sieht wahrscheinlich im Dunkeln, wie eine Katze.

Ariane verfluchte ihre eigene Dummheit. Die Spindel war nie gefasst worden. Der Mann musste ungeheuer intelligent sein, wenn er alle Fallen der Polizei umgangen hatte. Er war nie da, wo er erwartet wurde, war nicht greifbar. Ariane dachte an die Artikel, die sie gestern Nacht im Internet über den Killer gelesen hatte – die Umgebung der Familien war haarklein durchkämmt worden. Hunderte von Zeugen, Männer, Frauen, Freundinnen der Opfer und sogar Lehrer waren befragt worden, ohne das geringste Ergebnis. Einzig die Todesart verband die Morde miteinander.

Die sorgfältige Inszenierung des Tatorts, die grausige Märchenparodie.

Dornröschen. Ariane hatte das Märchen, das sie in der Schule gehört hatte, nie gemocht. Ihre Eltern hatten es ihr nie vorgelesen, und jetzt wusste sie natürlich, warum. Dornröschen war eine dumme Ziege. Schließlich war sie gewarnt worden – warum streunte sie dann an ihrem sechzehnten Geburtstag im Schloss herum, wenn sie das Schicksal nicht herausfordern wollte? Warum stieg sie in den Turm hinauf, wo die böse Fee unablässig an ihrem Spinnrad lauerte, in der Gewissheit, dass die Prinzessin vor Sonnenuntergang zu ihr kommen würde? Dornröschen hätte sich doch in einem fensterlosen Raum einschließen können, von tapferen Rittern bewacht, die sie bis zum letzten Atemzug verteidigt hätten.

Ein fensterloser Raum. Ariane hatte sechzehn Jahre lang darin gelebt.

Und jetzt hatte sie sich hinausgeschlichen – freiwillig, genau wie Dornröschen.

Elf Männer saßen im Bus. Keiner glich auch nur entfernt dem Unbekannten, den sie im Park fotografiert hatte. Außerdem drei Jugendliche unter vierzehn, die nicht zählten, zwei Frauen mit scharfen, ausgeprägten Zügen, sehr männlich. Die blonden Haare der einen waren so glatt und glänzend, dass Ariane sie im ersten Moment für eine Perücke hielt.

Aber nein, so einen groben Fehler würde er nie machen.

Die zweite Frau trug die Uniform einer Fastfood-Kette unter ihrem grünlichen Regenmantel. Sie funkelte Ariane an, anscheinend hatte sie gemerkt, dass sie angestarrt wurde.

»Hör auf«, flüsterte Lara.

»Womit?«

»Na, damit. Was du die ganze Zeit machst. Da kannst du ja gleich deine Kamera rausholen, wenn du schon dabei bist. Das wäre einfacher. Das würden sie wenigstens verstehen.«

Ariane lehnte sich verblüfft ans Fenster. »Woher weißt du, dass ich fotografiere?«

Lara setzte ein triumphierendes Lächeln auf – *ganz schön überheblich,* dachte Ariane wütend.

»Und?«, beharrte sie.

»Deine Augen.«

»Wie, meine Augen? Haben sie die Farbe gewechselt, oder was?«

»Quatsch. Ich meine deine Art zu schauen. Als wolltest du deine Umgebung verschlingen. Den Geist der Leute einfangen. Weißt du, dass manche Indianerstämme Fotografen für Seelendiebe halten?«

»Nicht Indianerstämme«, verbesserte Ariane sie

mechanisch. »Afrikanische Stämme.« Irgendwo hatte sie etwas über dieses Thema gelesen – Reiseberichte, Reisewarnungen … War es wirklich Afrika gewesen? Oder irgendeine abgelegene Gegend in China? »Und sie haben Recht!«, stieß sie plötzlich hervor. »Fotografen sind Seelenesser. Sie verschlingen die Seelen der Leute.«

»Man sagt ja auch: ›ein Foto schießen‹. Also ist es so was wie ein lautloser Mord.«

»Nein, eher Kidnapping.«

»Dann bist du eine Verbrecherin?«

»Ja.«

»Man sollte dich einsperren.«

Jetzt lachten sie beide. Das Eis war gebrochen. Ariane entspannte sich endlich. Seit Stunden hatte sie kein Wort mit anderen Leuten gewechselt, außer mit der Frau am Busbahnhof, die ihr das Ticket verkauft hatte. Reden war beruhigend, *normal*. Vor allem mit einem Mädchen in ihrem Alter. Ein dünner, aber realer Faden verband sie wieder mit der restlichen Menschheit, von der sie sich seit gestern Nacht so brutal abgeschnitten gefühlt hatte, als sie auf den Treppenstufen gelauscht und erfahren hatte, in welcher Gefahr sie schwebte.

»Wir sehen uns echt ähnlich«, sagte Lara. »Das ist verrückt. So was ist mir ja noch nie passiert.« Sie wühlte in ihrer Tasche und nahm einen zerknickten Bibliotheksausweis heraus. »Hier, schau mal! Das bist du, ich schwör's dir! Zeig mir mal deinen!«

»Ich hab keinen dabei«, wehrte Ariane ab.

»Ach komm schon.«

Ariane überlegte. Was schadete es schon, wenn dieses Mädchen ihren Namen erfuhr? In ein paar Stunden würde sie aus dem Bus steigen und sie würden sich nie wieder sehen. *Sie weiß nicht, wo ich hinwill. Sie weiß nichts von mir.*

Ariane öffnete das Außenfach ihrer Reisetasche und zog ihren Pass heraus. Lara nahm ihn und hielt ihn neben ihren Bibliotheksausweis.

»Meine Augen sind größer«, stellte sie fest. »Und meine Nase auch. Na, darauf hätte ich verzichten können. Aber ich hab einen schlankeren Hals. Okay, zumindest ein bisschen. Wir würden glatt als Schwestern durchgehen.« Sie zeichnete die beiden ernsten, starren Gesichter mit ihrem Finger nach, dann fügte sie hinzu: »Ich hätte gern eine Schwester gehabt.«

Ariane beugte sich vor. »Die Daten passen aber nicht. Du bist nur fünf Monate älter als ich.«

»Na und? Dann bist du eben zu früh gekommen. Deine Mutter – also *unsere* Mutter – hatte nicht damit gerechnet, dass sie so kurz nach der Entbindung wieder schwanger werden könnte. Deshalb hat sie sich gleich wieder aufs Pferd gesetzt, sobald sie mich abgestillt hatte …«

»Reitwanderung in den Rockys?«

»Genau. Und dann bist du geboren …«

»… im Sattel, im Tal des Todes.«

Wieder lachten sie. Lara streckte sich strahlend.

»Ich hab morgen Geburtstag«, verkündete sie. »Und mein Geschenk hab ich schon bekommen. Ein ganz besonderes Geschenk.«

»Ehrlich?«

»Ja. Ein Geschenk, das ich mir selber gemacht habe. Ich wollte nicht auf die der anderen warten. Ab jetzt sorge ich selber für mich. Und ich mache einfach, was mir passt und worauf ich Lust habe.«

Ariane kämpfte mit den Tränen. Lara wurde morgen sechzehn und musste keine Angst davor haben. Im Gegenteil. Sie konnte es kaum erwarten. Morgen begann ihr neues Leben. Morgen, wenn sie »dort unten« war …

»Wenn du wirklich meine Schwester wärst«, entfuhr es Ariane, »würdest du dann auch für mich sorgen?«

Lara warf ihr einen verwunderten Blick zu. »Na klar doch. Was für eine Frage!«

Bei den letzten Worten hatten sie beide wie auf ein Stichwort ihre Rücklehnen nach hinten gestellt. Die Klimaanlage surrte; eine dicke Fliege flog brummend gegen das Fenster. Arianes Lider wurden schwer. Sie fühlte sich auf einmal ganz weich und leicht … *ohne Dichte,* dachte sie verschwommen, *wie eine Pappfigur.* Bevor sie einschlief, spürte sie noch, wie ihr ein Kuss auf die Stirn gehaucht wurde, dann flüsterte eine Stimme mit zärtlichem Spott: »Schlaf gut, Schwesterchen. Ich wache über dich.«

Kapitel 6

Ariane versuchte sich aus einem wirren Traum herauszukämpfen. Ganze Schichten von nassen Laken lasteten auf ihr, sie wollte sie zurückstoßen, um nicht zu ersticken, aber ihre Hände waren kraftlos, die triefenden Falten klebten an ihrem Gesicht, ein salziger Geschmack füllte ihren Mund, der sich öffnete, um zu schreien, als ihr ganzer Körper wie wahnsinnig zu kreisen begann, hoch, runter, hoch, runter, bis sie blitzartig begriff, dass sie in einer Wäschetrommel gefangen war, das siedende Wasser wirbelte um sie herum, durchtränkte ihre Haare, ihre Kleider, Hilfe, sie würde ertrinken, blindlings tastete sie nach dem Bullauge, einem Fenster, das sie zertrümmern konnte, um das tödliche Kreisen zu beenden und wieder an die Luft zu kommen.

Ihre Finger umklammerten etwas Weiches, Warmes, das aber fest und elastisch wie ein junger Schössling war. Verzweifelt hielt sie sich daran fest, und diesmal hörte sie einen Schrei, der sie aufweckte.

Alles war schwarz. Eine stickige, feuchte Dunkelheit. Sie konnte noch so heftig blinzeln, sie sah nichts. Kein Licht, keine Silhouette, nicht einmal verschwommene Umrisse. Die feuchten Laken hüllten sie immer noch ein. Nein – das waren keine Laken, das war ein rauerer Stoff, dichter, mit einem Geruch getränkt, den sie wiedererkannte, ohne ihn zuordnen zu können. Nicht Schweiß, nein. Etwas anderes. Metallisch irgendwie. Ein Geruch, den sie mit Hinfallen in Verbindung brachte, mit Kindertränen, mit Kratzern, die behutsam mit Jod betupft wurden.

Schreie stiegen um sie herum auf. Ein mächtiger Chor, urtümlich, ein Klagen wie aus hundert Kehlen, von regelmäßigem, rauem Stöhnen durchbrochen. Ariane erkannte ihren eigenen Schrei. Er war schrill, anhaltend, und sie fragte sich einen Augenblick, ob es in ihrer Macht lag, je wieder damit aufzuhören.

Dann schwiegen die Stimmen und sie hörte das Keuchen, das Röcheln, die Angst.

Wo war sie? Sie hatte es vergessen. Ein stechender Schmerz fuhr ihr in die Schultern, bis in den rechten Arm. Sie lockerte ihren Griff, spürte warme Haut mit kurzen, stachligen Haaren.

Ein Bein. Sie hielt ein Bein fest.

Ein Knirschen. Immer wieder. Als würde eine Eisentür aus den Angeln gerissen. Auf jedes Knirschen folgte ein Stöhnen. Dann eine Reihe von dumpfen Stößen und schließlich ein Geräusch wie splitterndes Glas.

Wo war sie nur?

Mit ihrer freien Hand tastete sie nach ihrem Gesicht und spürte einen glatten, fließenden Stoff – ihre Jacke –, an dem sie zerrte. Dann ein Windstoß, der sie ganz benommen machte. Vor ihr ragte eine blaue Wand auf. Die Rücklehne eines Stuhls, wie ihr plötzlich klar wurde. Und jetzt erinnerte sie sich: der Bus. Sie hatte geschlafen. Wie lange?

Sie war müde … so müde. Nur einen Moment die Augen schließen und ausruhen …

Aber sie konnte den Blick nicht von dem Sitz vor ihr – nein, über ihr – abwenden. Der plüschige Samt war jetzt nicht mehr so blau. Eine Spur von Rosa mischte sich hinein, breitete sich rasch aus. Es sah schön aus. Ariane versuchte sich zu konzentrieren: Ja, die Farbe veränderte sich. Ein scharlachrotes Rinnsal schlängelte sich um die Kopfstütze. Dann bildete sich ein Tropfen, zitternd, vollkommen rund hing er da, bis er schließlich herunterfiel. Ariane spürte den leichten Aufprall direkt neben ihrer Nase. Der Tropfen rollte zu ihrem Mundwinkel, wo er zerfloss. Mechanisch leckte Ariane sich über die Lippen.

Blut. Das war Blut!

Voller Ekel drehte Ariane sich zur Seite und übergab sich. Ein wenig Gallenflüssigkeit verätzte ihr die Wange. Sie hatte nichts in den Magen bekommen seit … seit wann? Sie wartete, bis die Krämpfe nachließen. Glänzende Pünktchen tanzten vor ihren Augen, über den mit Splittern übersäten Teppich.

Sie musste aufstehen, musste hier raus. Vorsichtig bewegte sie ihre Beine. Etwas Schweres, vielleicht ein Koffer, lastete auf ihr, aber sie konnte die Knöchel bewegen, die Knie beugen. Sie war zwischen zwei Sitzen eingeklemmt und ihr Körper war mit einem anderen verkeilt. Einem Körper, der sich nicht rührte, nicht reagierte.

»Lara?«, rief sie mit schwacher Stimme.

Keine Antwort.

»Lara?«

Dann heulte eine Sirene. Ariane hörte wieder Schreie. Sie kamen von draußen – hoch und fern. Dann näher. Äste knackten, Steine rollten und hüpften wie riesige Knochen. Wenn sie die Augen schloss – und sie hatte große Lust dazu, wollte sich gehen lassen, in Bewusstlosigkeit versinken –, konnte sie ihre Flugbahn sehen, ihren Aufprall, die kleinen Kieshäufchen, die sich zu beiden Seiten der Trittspuren auftürmten …

Das Knirschen begann von Neuem, diesmal noch

stärker. Ariane spürte, wie ihr Körper leicht ins Schaukeln geriet, es war beinahe beruhigend, dieses Wiegen, vielleicht konnte sie ein bisschen schlafen …

»Mademoiselle? Mademoiselle? Hören Sie mich?«

Eine Hand an ihrem Gelenk. Warm. Eine Hand, die leicht zudrückte. Zwei Finger, die ihren Puls suchten.

»Ja.« Ihr Mund war so trocken, dass sie die Worte kaum hervorbrachte.

Sie hatte Durst. Noch nie in ihrem Leben hatte sie solchen Durst gehabt. Das Blut. Das Salz. Der Durst. Sie brauchte Wasser.

»Trinken«, krächzte sie.

»Ja. Gleich.«

Dann ein Durcheinander, ein Rumoren. Sie nahm ein trockenes Geräusch wahr, wie ein Reißen. Ihr Arm in einem Schraubstock. Ariane stöhnte. Der Druck ließ nach.

»Die Werte sind in Ordnung. Also dann … Aber vorsichtig.«

»Sie will nicht loslassen.«

»Mademoiselle? Lassen Sie bitte Ihre Freundin los. Hören Sie? Lassen Sie los. Wir kümmern uns um sie. Und haben Sie keine Angst.«

Haben Sie keine Angst. Das war beinahe komisch.

Meine Angst ist so groß, dass ich alles ertrage. Weißt du das nicht? Aber ich kann mich nicht rühren. Ich kann nicht. Was ich halte, lasse ich nicht los. Das ist wichtig. Ich weiß nicht, warum, aber es ist wichtig.

Lassen Sie mich.

Ariane kam wieder zu sich, als ihr der Regen ins Gesicht pladderte. Sie drehte den Kopf nach links und öffnete die Augen. Im dichten Nebel bewegten sich Gestalten hin und her, bückten sich, richteten sich wieder auf, setzten Lasten ab. Ein flackerndes blaues Licht erhellte die Karosserie des umgekippten Busses, zwei Räder ragten in den Himmel.

Ein Mann in Rettungsuniform kniete sich neben sie. Er hatte ein breites sonnengebräuntes Gesicht und wache Augen.

Das ist er nicht. Bestimmt nicht.

Es kann jeder sein.

»Ah, sie kommt zu sich«, sagte der Rettungshelfer. »Das ist gut. Wissen Sie, wo Sie sind?«

Ariane schüttelte den Kopf und ihr Gesicht verzerrte sich vor Schmerz. Ihr Hals tat weh, fühlte sich dreimal so dick an wie sonst.

»Nicht bewegen. Sie haben Prellungen, nichts Schlimmes, glaube ich. Wir haben Ihnen eine Halskrause angelegt und Sie müssen sich vorsichtshalber röntgen lassen. Wir bringen Sie ins nächste Krankenhaus.« Er schob ein Stethoskop unter Arianes T-Shirt, ließ die kühle Scheibe einen Augenblick über ihre Haut gleiten. »Okay. Wir sind vier Kilometer von Sainte-Anne-de-Bellevue entfernt. Ihr Bus hatte einen Unfall. Ist von der Straße abgekommen, warum, wissen wir noch nicht. Erinnern Sie sich an etwas?«

»Nein«, murmelte Ariane. Ihre Stimme war nur ein heiseres Flüstern. »Ich habe geschlafen, glaube ich.«

»Wie heißen Sie?«

Sag nichts. Vielleicht ist er *es.*

Weinen fiel ihr nicht schwer. Seit letzter Nacht hatten sich die Tränen in einem schmerzhaften Knoten angestaut, der ihr die Kehle zuschnürte. Sie öffnete den Mund, schloss ihn wieder. Zwei lauwarme Rinnsale flossen über ihre Schläfen.

»Eine partielle Amnesie ist nichts Ungewöhnliches nach einem Schock«, sagte der Sanitäter beruhigend. »Ihr Gedächtnis kommt nach und nach wieder.«

Mein Gedächtnis. Müsste ich mich an etwas erinnern? Oder an jemanden? Das ist wichtig. Ich habe sie festgehalten, und sie haben mich gezwungen, sie loszulassen. Ich habe sie festgehalten …

Er legte etwas rechts neben sie.

»Das ist Ihre Tasche. Sie ist aus dem Gepäcknetz gefallen. Ihr Bibliotheksausweis lag am Boden, ich habe ihn ins Außenfach gesteckt.«

Ich habe keinen Bibliotheksausweis. Nur einen Pass.

Ich hatte ihn ganz unten in meine Tasche getan, nachdem ich ihn …

»Lara?«

Sie haben mich gezwungen, sie loszulassen. Wo ist sie?

»Sehen Sie«, munterte der Sanitäter sie auf. »Ihr Gedächtnis kommt schon zurück. Können Sie mir sagen, wie alt Sie sind? Denken Sie nach.«

»Sechzehn. Noch nicht ganz.«

»Aber sehr bald, Ihrem Ausweis nach. Morgen. Herzlichen Glückwunsch! Und das schönste Geschenk ist, dass Sie noch am Leben sind. Sie hatten großes Glück.« Er schaute sie prüfend an und zögerte, weiterzusprechen. »Das Mädchen neben Ihnen … Wie gut kannten Sie sie? War das eine Freundin?«

Ariane versteifte sich. *Warum fragt er mich das?*

»Nein«, antwortete sie vorsichtig. »Sie ist nach mir eingestiegen. Ich hatte sie noch nie gesehen.«

Er seufzte. Erleichtert?

»Warum?«

»Sie hatte nicht so viel Glück. Ihr Kopf ist gegen das Fenster geprallt. Sie war sofort tot. Sie hat nicht gelitten«, fügte er hastig hinzu. »Aber sie hatte keine Papiere bei sich. Wissen Sie Ihren Namen? Können Sie uns irgendetwas sagen, das uns bei der Identifizierung helfen könnte?«

Ariane schloss ihre Augen wieder. Lara. Lara tot.

Nein. Das war doch nicht möglich. Lara war so glücklich gewesen. So voller Lebensfreude, voller Zukunftspläne.

Ich kann's kaum erwarten, bis ich dort unten bin … wo jemand auf mich wartet.

Was war das? Sie bekam keine Luft. Etwas lastete auf ihr, unerträglich, glühend, drohte sie zu zermalmen. Gleich würde sie ins Dunkel zurückstürzen, in das Davor, als sie noch von nichts gewusst hatte.

Aber der Mann neben ihr ließ sie nicht gehen. Er hielt sie an den Schultern fest, zwang sie, sich aufzurichten, den Mund zu öffnen. Etwas Frisches, Flüssiges rann ihre Kehle hinunter. Sie hustete.

»Gut so. Atmen Sie langsam. Wird gleich besser, Schätzchen, na also, geht ja schon wieder. Ich weiß, das muss schrecklich für Sie sein. Ein Mädchen in Ihrem Alter.«

Vor ein paar Tagen – am Sonntagnachmittag – hatte sie mit ihrem Vater zusammen einen Film angeschaut. Eine Doku über eine Trinkwasserverseuchung, die durch die kriminellen Machenschaften eines Großindustriellen entstanden war. Die Opfer lebten in einem kleinen Dorf in den Rockys; sie wurden per Hubschrauber evakuiert. Eine Frau in Schwesterntracht stand unter den Rotoren, die die Luft aufwirbelten, und hielt die Kinder an der Hand. Unermüdlich wiederholte sie: »Alles gut, es geht schon wieder.« Auf ihrem Kopf bewegte sich kein einziges Haar. »Lächerlich«, hatte Arianes Vater geknurrt. »Was weiß denn diese Idiotin davon? Die Filmleute hätten sich weiß Gott mehr Mühe geben können, findest du nicht?« Ariane hatte lachend zugestimmt. »Hast du ihre Haare gesehen? Die müssen Kleber ins Haarspray getan haben.«

»Na komm schon, Lara. Mach die Augen auf.«

Er hält mich für Lara.

»Ich bin nicht …«

Halt bloß den Mund!

Der Befehl war ihr durch den Kopf geschossen, als hätte jemand anders die Kontrolle über ihren Verstand übernommen.

Sie hob die Lider und begegnete dem Blick des Rettungshelfers. Er wurde langsam ungeduldig. Notgedrungen. Er konnte nicht den ganzen Tag dableiben und ihre Hand halten. Er musste sich um die Schwerverletzten kümmern, die seine Hilfe dringender brauchten als sie.

Ariane zwang sich zu einem Lächeln. »Es geht schon wieder«, sagte sie nun ihrerseits.

Kapitel 7

Ariane saß mit zwei anderen offenbar unverletzten Busfahrgästen in einem Rettungswagen, der sich in die lange Wagenschlange zum Krankenhaus Sainte-Anne-de-Bellevue einreihte. Die vielen flackernden Blaulichter verstärkten ihre Kopfschmerzen noch, trotzdem wollte sie der Versuchung nicht nachgeben, ihre Augen zu schließen. Sie wollte, nein, *musste* wach bleiben, auf der Hut. Und sie musste nachdenken. Während sie darauf gewartet hatte, dass sich jemand um sie kümmerte – der Bus hatte die Leitplanke durchbrochen und sich mehrmals überschlagen, bevor er ungefähr fünfzig Meter weiter unten im Gestrüpp hängen geblieben war, sodass es nicht einfach gewesen war, die Fahrgäste herauszuholen –, hatte sie den Bibliotheksausweis aus dem Außenfach ihrer Reisetasche genommen und rasch überflogen, um sich die spärlichen Informationen darauf einzuprägen: Name, Geburtsdatum, Adresse.

Lara Rochette, geboren am 21. Oktober 1998.

Morgen wurde sie sechzehn, wie der Sanitäter gesagt hatte. Und damit war sie über das gefährliche Alter hinaus.

Und sie hatte eine neue Identität.

Von Lara hatte sie nur noch die Umrisse gesehen – eine Gestalt in einer blauen Hülle. Die Leichen waren alle aus dem Bus geholt und auf dem zugewucherten Brachland aufgereiht worden, auf dem der Bus zum Halten gekommen war. Ariane war aufgestanden, um hinzugehen, aber einer der Sanitäter hatte sie am Arm festgehalten. Ein pickeliger junger Typ mit schönen grauen Augen.

»Nein«, hatte er gesagt. »Das würde ich an deiner Stelle nicht tun.«

»Warum nicht? Ich will mich von ihr verabschieden. Ist das verboten?«

Er hatte den Kopf schief gelegt, als überlegte er, wie er es ihr möglichst behutsam beibringen konnte.

»Natürlich nicht. Aber sie … sie hat … Behalte sie lieber so in Erinnerung, wie sie vorher war. Das ist besser für alle Beteiligten.«

Ariane hatte den Berg von zertrümmertem Glas betrachtet, der sich im welken Gras auftürmte. Ein Teil davon war rot verschmiert. Wortlos drehte sie sich um. Sie hatte verstanden.

Du hättest nicht gewollt, dass ich dich so sehe … so entstellt. Lara! Lara! Was soll ich jetzt tun? Ihnen deinen Namen nennen? Dann verständigen sie deine Eltern, und sie müssen herkommen und dich identifizieren.

Das Bild von Lara, das ihr in diesem Moment erschienen war, hatte nichts Geisterhaftes: Ariane sah sie ganz deutlich, wie sie auf der Böschung saß und ihre Turnschuhe ausschüttelte, die voller Sand waren. Mit einem genervten, verächtlichen Blick zu Ariane sagte sie: »Spinnst du? Lass sie bloß in Ruhe. Die haben doch nur noch ihre Illusionen, die sie am Leben halten. Und nutz deine Chance. Die kommt nicht wieder, glaub mir. Schau nur mich an. So eine Verschwendung, ehrlich.« Dann runzelte sie die Stirn und zupfte ihren zerknitterten Jeansrock glatt. »Ich seh grässlich aus. Und jetzt kann ich wohl eine Ewigkeit nicht mehr duschen.«

Ariane hatte gelacht. Ein schrilles Lachen, das ihren ganzen Körper schüttelte. Ein Lachen, das sie nicht in den Griff bekam. Mit aufgerissenem Mund und Tränen in den Augen. Ihr Blick verschwamm.

»Das ist der Schock«, hatte eine Stimme neben ihr gesagt. »Das ist normal. Arme Kleine.«

»Gebt ihr ein Glas Wasser.«

Nach und nach konnte sie wieder atmen. Weiter oben an der Straße ging das Blaulichtgeflacker weiter. Um das Buswrack wurden Absperrseile gespannt. »Warum?«, hätte Ariane fast gefragt. »Da ist doch niemand mehr drin. Lasst ihn einfach wegrollen, in den Wald, der ihn verschlingt. Der Wald verschlingt alles.«

Dann hatte ihr jemand geholfen, die Böschung hinaufzuklettern. Auf dem Standstreifen hatte sie sich ein letztes Mal umgedreht. Männer und Frauen in gestreiften Neonwesten, mit Schutzhelmen auf den Köpfen, schwärmten um das Blechmonster herum. Die Leichenhüllen waren mit einer Plane abgedeckt worden.

Ariane hatte stumm die Lippen bewegt.

Leb wohl, Lara.

Kurz bevor sie in den Rettungswagen stieg, war der erste Sanitäter, der sie betreut hatte, mit einem Notizbuch in der Hand zu ihr gekommen.

»Es geht schon wieder«, hatte sie mechanisch wiederholt.

»Ja.« Nach kurzem Zögern hatte er hinzugefügt: »Dieses andere Mädchen, Ihre Sitznachbarin … Wissen Sie ihren Namen wirklich nicht?«

»Doch«, hatte Ariane geantwortet. »Jetzt erinnere ich mich wieder. Also jedenfalls an ihren Vornamen. Sie hieß Sylvie.«

Langsam, ganz langsam wurde ein Zipfel der großen Plane angehoben. Der Finger, der sich in die Metallöse schob, war mit blickdichtem Plastik bedeckt – zwei übereinandergezogene Chirurgenhandschuhe. Die andere Hand tastete am Rand entlang bis zur Mitte der Leichenreihe. Da war sie, eine schmale, blau verhüllte Gestalt.

Ein Irrtum war ausgeschlossen. Lara Rochettes Größe und ihre Maße waren ihm bis ins Kleinste bekannt. Ebenso ihre Schulnoten, ihre Lieblingsgerichte, der Name ihres ersten Freundes, die Daten ihrer Kinderkrankheiten. Alle diese Informationen waren in einem Spiralheft mit blauem Deckel notiert und der Name des Mädchens stand in kunstvoller Schrift auf der ersten Seite. Computerdateien waren zu riskant, die konnten gehackt oder verfälscht werden, während die Hefte, die an einem sicheren, trockenen Ort lagerten, ein ganzes Leben lang halten würden, möglicherweise sogar darüber hinaus. Er konnte sie jederzeit durchsehen und wiederlesen. Allein das Umblättern der Seiten bescherte ihm einen wohligen Schauer, der selbst nach Jahren nicht nachließ. Eine zittrige Schriftzeile rief ein vergessenes Gefühl wach, ein durchgestrichenes Wort einen sofort wieder unterdrückten Wutanfall. Alles ließ sich beherrschen, Wut, Begierde, Versagensangst. Selbst diese unerträgliche Enttäuschung – *du bist mir entkommen, du bist vor der Zeit verschwunden* – würde früher oder später überwunden sein.

Es dauerte nur wenige Sekunden, den Reißverschluss aufzuziehen. Ja, sie war es. Kaum wiederzuerkennen.

Die Nase war eingedrückt und berührte fast die Stirn. Die Wangenknochen waren zerquetscht. Zwei eingetrocknete Blutspuren zeichneten ein groteskes Clownslächeln auf ihr entstelltes Gesicht.

Ein kaum hörbares Flüstern: »Ich hätte dich besser behandelt. Du hättest deine ganze Schönheit behalten. Hundert Jahre, Lara. Ein Jahrhundert in ewiger Schönheit. Aber nur Geduld, mein Kind. Ich werde dich erlösen. Ich lasse nicht zu, dass sie dich wegbringen.«

»He, du da! Was zum Teufel machst du da?«

Eine Rettungshelferin kam auf ihn zu. Ungefähr vierzig. Aufgedunsen, selbstsicher, mit stechendem Blick. Eine ins Kraut geschossene Kreatur, die nur den tiefsten Abscheu zu erregen vermochte.

»Ich dachte, ich hätte sie wiedererkannt. Aber sie ist es nicht, hab mich getäuscht.«

»Okay. Schade. Aber verschwinde jetzt lieber. Du hast doch sicher was Besseres zu tun.«

Das kannst du laut sagen.

Der Rettungswagen, der sein zweites Opfer wegbrachte, war gerade um eine Kurve verschwunden. Aber egal. Er würde ihr bald wieder auf die Spur kommen. Nur gut, dass er der kleinen Rochette in den Bus gefolgt war. Lara hatte in ihrem Zorn Ariane gefunden, die in letzter Zeit zu streng bewacht worden und von zu Hause ausgerissen war.

Aber der Spindel entkommt niemand, Ariane. Wir sehen uns wieder.

Das Wort »wiedersehen« entlockte ihm ein Lächeln. Die Frau in der bordeauxroten Uniform runzelte die Stirn, schüttelte den Kopf und entfernte sich.

Der Zipfel der Plane fiel herunter.

Kapitel 8

Der Flur der Notfallambulanz war endlos lang und von grellen Neonröhren erleuchtet. Einige davon flackerten und erloschen hin und wieder ein paar Sekunden lang ganz. Ariane folgte der Schlange der Unfallpatienten und setzte sich auf einen grauen Plastikstuhl. Ärzte und Krankenschwestern eilten hin und her, und ständig trafen neue Schwerverletzte ein, sodass die anderen warten mussten. Das erklärte ihnen die Empfangssekretärin, eine hektische Brünette mit schweißglänzender Stirn. Alle paar Sekunden strich sie sich die Haarsträhnen, die aus ihrer Delfinspange rutschten, hinter die Ohren.

»Waren deine Eltern mit im Bus?«, fragte sie Ariane.

»Nein«, murmelte Ariane nach kurzem Zögern.

»Dann müssen wir sie benachrichtigen … Kannst du mir bitte ihre Telefonnummer geben?«

»Ich … ich weiß nicht mehr«, murmelte Ariane in gespielter Verwirrung. »Hab sie vergessen. Das ist wie … wie ein schwarzes Loch in meinem Gedächtnis, verstehen Sie? Totales Blackout …«

»Mach dir nichts draus. Das kommt oft vor, aber normalerweise ist es nur vorübergehend. Hast du die Nummer vielleicht irgendwo notiert? In einem Adressbuch oder in deinem Handy?«

Sie streckte ihre Hand nach der Reisetasche aus und Ariane stieß sie schnell mit dem Fuß unter den Stuhl.

»Nein, ich hab schon nachgesehen.«

»Erinnerst du dich vielleicht an was anderes? Deinen Familiennamen, deine Adresse?«

»Ja … ich glaube ja.«

Sie nannte einfach irgendeine Stadt, Lamarche, und den häufigsten Nachnamen, der ihr im Moment einfiel: Tremblay. Es musste mindestens fünfzig Tremblays in Lamarche geben. Das verschaffte ihr einen kleinen Vorsprung.

Die Sekretärin lächelte fröhlich. Ausgezeichnet, verkündete ihr Gesichtsausdruck.

»Das ist fantastisch, Schätzchen. Ich kümmere mich darum. Und du wartest hier schön auf mich.«

Sie redet mit mir wie mit einer Sechsjährigen, dachte Ariane, aber sie nickte, plötzlich wachsam. Lara war zurückgekommen, sie merkte es daran, dass der Stuhl links neben ihr, der die ganze Zeit frei gewesen war, ein kaum wahrnehmbares Knarzen von sich gab. Das Plastikpolster senkte sich leicht, was außer Ariane sicher niemand bemerkt hatte. Stumm diktierte Lara ihr den Fluchtplan: *Ja nicht rühren, schlafend stellen. Langsam bis fünfzig zählen. Nein, noch langsamer. Dann leicht auf dem Stuhl umdrehen, seufzen und scheinbar widerstrebend aufstehen.*

»Ich muss mal zur Toilette.«

Eine Schwesternhelferin zeigte zum anderen Ende des Flurs. »Da lang. Dritte Tür rechts.«

»Soll ich auf deine Tasche aufpassen?«, fragte eine Frau, deren rechter Arm in einer Schlinge steckte.

Ariane schüttelte den Kopf. »Ich brauch was Bestimmtes draus … Sie wissen schon …«

»Ah, ja. Die schlimmen Tage. Das hab ich hinter mir, und ich bin heilfroh drüber, das kannst du mir glauben, Schätzchen. So lästig. Ganz zu schweigen vom Kinderkriegen. Aber das wirst du schon irgendwann selber rausfinden.«

Ariane zwang sich zu einem Lächeln. Das gab es also wirklich: Diese Verschwörung unter Frauen, die kleinen und großen Wehwehchen, die vor den Männern verborgen werden, über die man nur unter sich redet. Flüchtig schoss ihr der Gedanke durch den Kopf, ob sie künftig auf die Solidarität ihrer Geschlechtsgenossinnen zählen konnte, aber Lara flüsterte ihr ins Ohr:

Da wäre ich vorsichtig. Die sind doch alle vom Typ Sozialarbeiterin ... die meisten jedenfalls ...

Die Toilette war riesig und konnte von zwei Seiten betreten werden – direkt von der Ambulanz aus oder durch eine Schwingtür, die in die Eingangshalle des Krankenhauses führte. Ariane wusch sich die Hände, kramte einen Schal aus ihrer Tasche und schlang ihn um ihre Halskrause – selbst bei der Hitze konnte man sich schließlich erkältet haben –, dann trat sie durch die zweite Tür in die Halle hinaus. Sie schob ihre freie Hand, die voller Schürfwunden war, in ihre Jackentasche und ging mit ruhigen Schritten zu den Glastüren, die lautlos vor den Besuchern beiseiteglitten. Keine Stimme erhob sich in ihrem Rücken, niemand rief sie zurück. Unglaublich, wie einfach das war. *Ich muss nur geradeaus gehen. Zielstrebig, als wüsste ich, wohin ich will. Als hätte ich ein Zuhause, in das ich zurückkehren, wo ich meine Tasche abstellen und meiner Mutter in die Arme fallen kann, um mich von ihr trösten zu lassen.*

Hör auf, sagte Lara. *Denk einfach nicht dran.*

Okay, du hast Recht.

Kurz darauf ging sie durch eine Straße mit hübschen Häuschen, die von völlig identischen Gärten umgeben waren. Dann durch eine weitere Straße. Sie fühlte sich wie eine Zielscheibe in diesem leeren, sauberen Vorort:

den Blicken ausgeliefert, so auffällig wie eine dicke Fliege auf einem weißen Tuch.

Sie musste schleunigst in der Menge untertauchen. In einem betriebsamen, quirligen Viertel, in dem das Leben nie wirklich zur Ruhe kam.

Zögernd stand Ariane auf dem Parkplatz eines kleinen Supermarkts. Eine Frau verstaute gerade ein paar prall gefüllte braune Papiertüten im Kofferraum ihres Wagens und versuchte gleichzeitig, ihren kleinen Jungen zu beruhigen, der sich schluchzend an ihre Jacke klammerte. Das Nummernschild verriet Ariane, dass die Frau in der Provinz Québec wohnte, und auf einem Sticker stand: »Ich liebe Montréal«. Gut. Sie würde ihr Glück versuchen.

»Kann ich Ihnen vielleicht helfen?«, fragte sie.

In der Krankenhaustoilette hatte sie sich auch gekämmt und ihre Haare im Nacken mit einer schlichten Spange zusammengefasst. Sie wirkte vertrauenerweckend, das wusste sie. Sie lächelte die junge Mutter an. »Ich hab einen kleinen Bruder im gleichen Alter«, log sie. »Der hält auch nie still!«

Die Frau entspannte sich. »Du sagst es! Wenn du ihn vielleicht einen Moment halten könntest, bis ich das alles eingeräumt habe …«

»Kein Problem. Wie heißt er?«

»Patrick.«

»Wie mein Vater. Hallo, Patrick. Kommst du mal zu mir?«

Ariane nahm den pummeligen, warmen kleinen Körper in ihre Arme und drückte ihn an sich, plötzlich von Heimweh überwältigt. An Liebe und Zärtlichkeit hatte es ihr nie gefehlt, aber auf einmal trauerte sie den Zeiten nach, als sie noch nicht zu alt war, um sich an einen Erwachsenen zu schmiegen, der jeden Kummer verscheuchte. Schade, dass sie keine Geschwister hatte. Warum hatten ihre Eltern keine weiteren Kinder bekommen? Vielleicht weil sie ihnen das grausame Schicksal ersparen wollten, das sie an ihrem sechzehnten … Ein schreckliches Bild blitzte in ihrem Kopf auf, so deutlich, dass sie zusammenzuckte: ein kleiner Junge wie der hier, blond, moppelig, an einem Bettende auf dem Rücken ausgestreckt, mit blauen Lippen und hervorquellenden Augen, die kleinen Hände noch verkrampft, als wollte er den Tod abwehren.

Patrick fing an zu zappeln und verzog den Mund.

»Du drückst ihn zu fest«, sagte die Mutter.

»Oh, tut mir leid. Er ist so süß!«

»Fehlt dir dein kleiner Bruder?«

»Ein bisschen.«

Jetzt oder nie.

»Ich fange eine Ausbildung als Friseurin an … in

Montréal. Aber ich hab meinen Bus verpasst. Bin zum ersten Mal von zu Hause weg …«

Das war jedenfalls nicht gelogen.

»Wenn du willst, kann ich dich mitnehmen. Ich muss meinen Sohn zu seinem Vater bringen, der in der Nähe von Côte-des-Neiges wohnt. Weißt du, wo das ist? Nicht weit von der Universität.«

»Ja«, sagte Ariane.

Auch das war nicht gelogen, sie wusste es wirklich. Sie hatte lange genug die Stadtpläne studiert, die ihr Vater zu Hause »in der kleinsten Bibliothek der Welt« stehen hatte – ganze Nachmittage und später auch Nächte hindurch. Es waren Pläne von den Städten, in denen sie kurze Zeit gelebt hatten, aber auch von vielen anderen – Vancouver, Paris, London, Berlin, Madrid, Rom, Montevideo, Québec, Montréal. Der Stadtplan von Montréal war ziemlich abgegriffen und mit handgeschriebenen Anmerkungen versehen, auf die Ariane sich nie einen Reim hatte machen können. Damals hatte sie keine Fragen gestellt, obwohl ihr das nie verboten worden war, aber sie hatte alle Tabus stillschweigend respektiert.

Sie dachte daran, wie oft sie mit dem Finger die Straßen von Montréal nachgefahren und den grünen Fleck des Mont Royal umkreist hatte, bis an den Strom hinunter. Der Fluss mit seinen Inseln zog sie magisch an. Obwohl er im Würgegriff der Stadt gefangen war, entrann er immer wieder und strömte ins Weite hinaus, nach Tadoussac, zum Ozean, wo die Wale sangen. Ariane kannte die Straßennamen auswendig, nicht alle, aber die meisten, zählte sie oft im Stillen auf, morgens im Auto, wenn ihre Eltern sie in die Schule fuhren. Ein kleines, stummes, tröstliches Lied.

»Wo willst du denn genau hin?«

»In die Carlton-Allee«, antwortete Ariane wie aus der Pistole geschossen. »An der Kreuzung zur Victoria-Allee. Meine Mutter hat mir bei einer Freundin, die dort ein Reihenhaus besitzt, ein Zimmer gemietet. Das ist viel besser als im Wohnheim, finden Sie nicht?«

Kurz darauf saß sie hinten im Wagen neben dem Kindersitz und wedelte mit einem Plüschhasen vor Patrick herum. *Wie leicht es ist, das Vertrauen anderer Menschen zu gewinnen,* dachte sie. *Zu leicht.* Man musste nur harmlos genug aussehen. Vielleicht verließ sich die Spindel darauf, wenn er sich an seine künftigen Opfer heranmachte. Versteckte er sich hinter der vertrauenswürdigen Fassade eines Kinderarztes, Lehrers … womöglich Gärtners? Oder war er vielleicht sogar Polizist? Ein Kommissar, dessen Job es war, die Verbrechen aufzuklären, die er selbst begangen hatte?

Unser Gärtner in Edmonton, der so nett war. Ein alter

Mann – jedenfalls kam er mir damals so vor, mit seinem grauen Schnurrbart. Vielleicht war das eine Tarnung? Vielleicht war er *das?*

Die Müdigkeit kehrte zurück. Sie ließ weiter den Plüschhasen tanzen, dass die langen Ohren nur so herumschlappten, und schloss die Augen. Sofort sah sie wieder die Bäume vorübergleiten und die Sonne in der glatten Wasserfläche des Sees funkeln. Der Junge hob wieder den Arm – ein Gruß, ein Ruf, eine Warnung?

Vorsicht, der Tod geht um … er versteckt sich hinter der nächsten Straßenbiegung …

Eine Stimme summte leise. Ein Lied für den kleinen Patrick? Für sie? Sie kannte dieses Lied … erkannte es wieder …

Ich hab was vergessen. Was Wichtiges. Sag mir, was es ist, Lara. Bitte sag's mir.

Dann schlief sie ein.

Teil 2

Kapitel 1

Ariane stieg an der Ecke Victoria-Allee aus und verharrte einen Augenblick reglos, während sie dem Auto nachwinkte. Sie fror plötzlich. Im gut geheizten Wagen, eingehüllt in ihren belanglosen Smalltalk mit Jane und das Geplapper des kleinen Jungen, hatte sie sich geborgen gefühlt, fast wie zu Hause in der Familie.

Ich hätte ihr sagen sollen, dass ich ein Zimmer suche. Vielleicht hätte sie mich als Babysitterin engagiert, dachte sie mit einem Anflug von Bedauern.

Aber dazu war es jetzt zu spät. Die Rücklichter des Wagens waren bereits im Verkehrsstrom verschwunden. Das Dämmerlicht tauchte die Fassaden der Backsteingebäude zu beiden Seiten der Straße in ein bläuliches Licht. Im Erdgeschoss der Häuser waren jamaikanische, thailändische und srilankische Geschäfte untergebracht, die ihre Waren – Früchte, Gewürze – auf dem Gehsteig draußen feilboten. Männer und Frauen kamen heraus, hielten behutsam Tüten mit noch heißem Essen in den Händen. Der Geruch von Curry und frischem Koriander hing in der Luft. Arianes Magen fing an zu knurren. Sie hatte nichts mehr gegessen, seit … seit wann eigentlich? Bei einem der ersten Aufenthalte war sie ausgestiegen, um auf die Toilette zu gehen, und hatte sich einen Bagel mit Grillgemüse und Käse gekauft. Das war am Vormittag gewesen und jetzt war es fast 20 Uhr. Gestern um diese Zeit hatte sie mit ihren Eltern zu Abend gegessen. Danach hatten sie eine DVD angeschaut. Einen alten Schwarzweißfilm, »Die Schöne und das Biest« von Jean Cocteau. Das Monster trug ein seidenes Wams; es hatte eine tiefe, warme Männerstimme und ein gutes Herz. Was wohl in ihren Eltern vorgegangen war, als sie mit angesehen hatten, wie das Monster sich in einen Prinzen verwandelte? Hatten sie an ein anderes Monster in Menschengestalt gedacht, das vielleicht jetzt, in diesem Moment, um ihr Haus schlich? Wenn ja, dann hatten sie es sich nicht anmerken lassen. Es war ein friedlicher Abend gewesen – nein, langweilig, hätte sie wohl eher gesagt. In solchen Momenten hatte sie manchmal von einem großen Erdbeben geträumt, das die ganzen eingefahrenen Gewohnheiten, den öden Alltagskram einfach wegfegen würde, und jetzt war diese Bitte in Erfüllung gegangen – weit über alle Erwartungen hinaus. In weniger als vierundzwanzig Stunden war ihr ganzes

Leben über den Haufen geworfen worden. Sie hatte kein Dach über dem Kopf und keine Ahnung, wo sie schlafen sollte; sie durfte ihre wahre Identität nicht preisgeben, musste jedem, der sie danach fragte, einen falschen Namen nennen; in der Tasche, die zwischen ihren Beinen stand, war alles, was sie noch hatte.

Na und? Ist doch gut so. Mit leichtem Gepäck reist man besser.

Laras Atem ließ eine Haarsträhne hinter Arianes Ohr aufflattern. Eine flüchtige, aber tröstliche Berührung. Ariane bückte sich, nahm ihre Tasche hoch und blickte sich um.

Erst mal was essen. Dann eine Bleibe für die Nacht finden. Ein schmerzhaftes Kribbeln, wie von elektrischen Stromstößen, lief ihr über den Nacken und die Schultern. Wahrscheinlich hatte sie überall blaue Flecke. Ein billiges Hotel musste vorerst genügen. Sie hatte nicht viel Geld. Morgen …

Morgen würde sie über alles nachdenken. Nicht heute Abend. Sie konnte nicht mehr, sehnte sich nur noch nach einem Bett, sauberen Laken, einem Kissen, auf das sie ihren schmerzenden Kopf legen konnte. Sie sah es ganz deutlich vor sich, und das Bild war so verlockend, dass ihr Tränen in die Augen traten.

Sie holte tief Luft und ging zum nächsten Lebensmittelladen.

Trübes graues Tageslicht sickerte durch die dichten Vorhänge ins Zimmer, das ekelhaft nach kaltem Zigarettenrauch stank. Ariane öffnete die Augen: ein helles Dreieck glitt langsam über die Decke, als hätte draußen jemand einen riesigen Spiegel vor ihr Fenster gestellt. Im Erdgeschoss knallte eine Tür, und in dem kleinen Hof unten ertönten Stimmen, laut genug, dass sie ein paar Worte verstehen konnte.

»Minderjährig, so viel steht fest … nervös … Kratzer im Gesicht und an den Händen … dachte mir … ausgerissen … oder vielleicht … misshandelt … hab sie erst mal schlafen lassen …«

»… das Richtige getan … welcher Stock?«

»Dritter …«

Dann knallte die Tür erneut. Ariane stand bereits auf ihren wackligen Beinen. Ihr Herz klopfte wild. Die Männer dort unten redeten über sie. Wahrscheinlich Polizisten. Und sie waren schon hier, im Haus. Sie musste fliehen, aber wie?

Sie war noch angezogen, war gestern Abend in ihren Kleidern eingeschlafen. Nach einem endlosen Irrweg durch die Stadt hatte sie endlich ein Hotel in ihrer Preisklasse gefunden. Sie war so schrecklich müde gewesen. Kaum im Zimmer angekommen, hatte sie ihre Jacke über einen Stuhl geworfen und sich aufs Bett gelegt. Nur fünf Minuten, hatte sie sich geschworen, nicht mehr. Danach wollte sie sich die Zähne in dem winzigen Bad putzen und sich richtig schlafen legen. Die alten Reflexe funktionierten offenbar immer noch, die Reflexe einer braven, behüteten Tochter, das immer gleiche Abendritual, *drei Minuten, mein Schatz, denk nur an Karies, und du hast doch so schöne Zähne. Und vergiss nicht, dein Gesicht mit Reinigungsmilch zu waschen.*

Aber der Schlaf hatte sie überwältigt … nein, sie hatte sich ins Vergessen gestürzt, wie in ein Meer aus weicher, undurchdringlicher, wohltuender Dunkelheit. Wie spät war es jetzt? Ariane nahm sich nicht die Zeit, auf ihre Uhr zu schauen, sondern packte ihre Jacke und ihre Tasche – sogar die Turnschuhe hatte sie nachts anbehalten. Dann öffnete sie die Zimmertür einen Spaltbreit. Der Flur, in dem nur ein Nachtlicht brannte, war leer. Sie hörte ein Summen – der Lift. Sie kamen schon herauf.

Die Treppe war direkt gegenüber, unter dem Leuchtschild mit der Aufschrift »Notausgang«. Hastig zog sie die Tür hinter sich zu und lief durch den Flur. Der dicke Teppich dämpfte ihre Schritte. Einen Augenblick zögerte sie. Nach oben oder nach unten? Der Hotelmanager war vielleicht am Empfang zurückgeblieben. Er würde sie nicht einfach gehen lassen. Aber wenn sie weiter hinaufstieg, würde man sie früher oder später finden. Es sei denn …

Ariane klemmte ihre Tasche unter den Arm und schlich die beiden letzten Stockwerke hinauf, dann stieß sie eine Brandschutztür auf und stand in einem Flur, der genauso aussah wie der weiter unten. Die gleichen mit Messingziffern markierten Türen, die gleiche staubige Flurtapete, der gleiche erdbeerrote Teppich. Am einen Ende standen ein Wäschewagen und diverse Besen an der Wand. Keine Zimmermädchen in Sicht. Wahrscheinlich machten sie gerade Kaffeepause und warteten, bis die ersten Gäste ihre Schlüssel zurückgaben.

Also hatte sie noch ein paar Minuten Vorsprung. Auf dem Wagen lag säuberlich zusammengefaltet eine Bluse mit hellgelben Streifen. Wenn sie die überzog, schaffte sie es vielleicht, unbemerkt das Gebäude zu verlassen. Sie hatte die Bluse bereits in der Hand und wollte sie anziehen, als sie bemerkte, dass die letzte Tür offen stand. Im Halbdunkel erkannte sie Regale mit Putzmitteln, Eimer, Wischmopps mit weichen grauen Schöpfen – und ein Fenster. Ein Luftzug fuhr unter zwei Blätter Küchenpapier, die in der Luft flatterten wie die Flügel eines gefangenen Vogels. Eines der Blätter flog zu ihr hinüber und landete zu ihren Füßen. Mechanisch bückte sie sich, um es aufzuheben.

Da entdeckte sie die Feuertreppe.

Mit zwei Schritten war sie dort und beugte sich ins

Leere. Die Treppe lag auf der rechten Seite; sie war verrostet und mit Unkraut überwuchert, aber sie sah stabil aus. Und was blieb ihr auch anderes übrig?

Sie hievte ihre Tasche auf den kleinen Absatz hinaus und stieg über den Sims. Dann schlang sie ihre Jacke um die Hüften und verknotete die Ärmel, so fest sie konnte. Die Treppe knarzte. Sie nahm ihre Tasche wieder an sich und stellte den Fuß auf die erste Stufe.

Ganz vorsichtig jetzt. Bloß keine Aufmerksamkeit erregen!

Ariane schüttelte den Kopf. Ja. Ein Sturz wäre fatal, aber der Lärm ... Hoffentlich kam keiner der Hotelgäste auf die Idee, zum Himmel zu schauen, wenn sie gerade an seinem Fenster vorbeikletterte. Ihre Lippen bewegten sich in einem stummen Stoßgebet. Aber ihr Flehen war an Lara gerichtet.

Beschütze mich.

Vor ihr lag nur noch eine Treppenflucht. Unter ihren Füßen konnte sie bereits den rissigen Asphalt des Hinterhofs erkennen, die zerknüllten Papiere, die vom Wind aufgewirbelt wurden, eine vertrocknete Orangenschale, die sich um einen einsamen Strauch gewickelt hatte. Plötzlich ertönte ein Schrei über ihrem Kopf.

»Da ist sie!«

Das Geländer vibrierte, die Treppe fing an zu wackeln und einer der Polizisten jagte hinter ihr her! Er polterte die Stufen herunter und rief ihr zu: »Bleib stehen! Wo zum Teufel willst du hin? Wir tun dir nichts … wir möchten nur mit dir reden … dir helfen.«

Die Treppe wackelte immer heftiger. In ihrer Panik ließ Ariane das Geländer los und sprang. Was total idiotisch war, wie ihr im selben Moment bewusst wurde: Der Polizist musste noch drei Stockwerke herunterlaufen und sie nur sechs oder sieben Stufen!

»Warte!«

Sie traf unglücklich auf, spürte, wie ihr Knöchel umknickte, und stürzte schwer auf die Knie. Der Aufprall raubte ihr den Atem, aber trotzdem stand sie auf, drückte ihre Tasche an sich und hinkte zur Straßenecke.

»Komm sofort zurück!« Jetzt brüllte ihr Verfolger. »Joisneau! Na los, schwing die Hufe! Wir müssen sie einfangen!«

Hinter dem Hotel kreuzten sich zwei Straßen: Die eine verschwand unter einer Schnellstraße, die andere führte zwischen zwei höheren Gebäuden hindurch, in Richtung Stadtzentrum. Ariane wusste nicht mehr, wo genau sie war, ging aber instinktiv in diese Richtung. Auf gut Glück bog sie nach links ab, dann noch mal nach links, dann nach rechts und schlängelte sich zwischen zwei riesigen Recycling-Containern durch. Sie hörte keine Rufe mehr. Hatten ihre Verfolger aufgegeben? Oder waren sie in die falsche Richtung gerannt?

Oder warteten sie vielleicht an der nächsten Kreuzung auf sie? Sie versuchte fieberhaft, sich an den Stadtplan zu erinnern: Irgendwie musste sie zu einer Metrostation kommen, ohne geschnappt zu werden. Wenn sie das schaffte, konnte sie sich unter die Schüler und die Angestellten mischen, die frühmorgens zur Arbeit mussten. Sie würde einfach bis zur Endstation fahren und eine Jugendherberge suchen, zumindest für die nächsten Tage.

Wenn …

Ariane beschleunigte ihre Schritte, trotz des dumpfen Pochens in ihrem Knöchel, und bog noch einmal rechts ab.

Ein Fehler, wie sie im selben Moment begriff – der erste, der ihr unterlief. Sie war in einer Sackgasse gelandet. Der hohe Blechzaun einer Baustelle versperrte ihr den Weg. Dahinter drehte sich ein Kran, der mit langen Metallpfeilern beladen war, langsam im Kreis. An dem riesigen Kranarm blinkten kleine rote Lichter.

Sie machte auf dem Absatz kehrt.

Bitte, Lara. Sag mir, dass da niemand ist. Dass ich noch Zeit genug habe, um zu verschwinden.

Sie fing an zu laufen.

Aber es war zu spät.

Kapitel 2

»Seit sechsundzwanzig Stunden vermisst. Wir wissen ja, was das bedeutet. Die Spindel hat sechsundzwanzig Stunden Vorsprung.«

»Heißt das, wir suchen jetzt schon eine Tote?«

»Nein. Der wartet. Er tötet sie immer erst an ihrem Geburtstag.«

»Und darauf sollen wir uns verlassen? Einem Mörder vertrauen?«

Inspektor Jude Beauvoir hob den Kopf und begegnete seinem eigenen Blick in dem Spiegel über dem Waschbecken. Er war in weniger als sechs Stunden von Montréal nach Toronto und zurück gefahren und dann sofort ins Kommissariat gekommen, ohne einen Abstecher nach Hause zu machen und sich umzuziehen. Mit den Eltern reden. Die reinste Zeitverschwendung. Warum hatte Kommissar Nadon ihn überhaupt hingeschickt? Um ihnen Hoffnung zu machen? Als ob er jemandem Trost spenden könnte! Er war nicht wie sein Chef, der die Leute durch seine bloße Gegenwart beruhigte. Jude konzentrierte sich auf das Wasser, das aus dem Hahn floss, aber sein Spiegelbild in dem Metallrahmen verhöhnte ihn noch immer. Eisblaue Augen, regelmäßige Gesichtszüge, tiefschwarze Haare, sodass er ständig gefragt wurde, ob sie gefärbt seien.

Und dann diese Narbe, die seine rechte Wange zerschnitt und unter dem Bart kaum zu sehen war. Er fasste sich mit der Hand ans Kinn, verzog das Gesicht und schüttelte den Kopf. Stoppelig, aber egal. Er würde sich später rasieren, nach der Besprechung – oder gar nicht. Ein anderes Gesicht konnte er sich sowieso nicht geben.

»Da kommt der Eisblock.« Dieser Satz versetzte ihm jedes Mal einen Stich, nicht sehr schmerzlich, aber es lähmte ihn irgendwie, und dann verwandelte er sich in eine Wachspuppe. Reglos. Stumm. Verschanzte sich hinter einer undurchdringlichen Glaswand, die ihn von der wirklichen Welt trennte, dieser Welt, in der andere Leute sich verliebten und mit ihren Freunden herumzogen, oder manchmal auch litten.

Er selbst litt nicht. Nicht wirklich. Wenn er es nur könnte!

Der Besprechungsraum war klein, wie immer eiskalt und schlecht beleuchtet. Wieder einmal fragte sich Jude, ob der heruntergekommene Zustand der Räumlichkeiten nur dem Geldmangel zuzuschreiben war oder ob eine bewusste Strategie dahintersteckte. Vielleicht sollte das Team dadurch gezwungen werden, sich nicht allzu lange im Kommissariat aufzuhalten, sondern in den Außendienst zurückzukehren. Dorthin, wo die »wahre Arbeit« auf sie wartete, wie der Kommissar zu sagen pflegte. Dominique Nadon galt als aufgehender Stern bei der Kripo von Québec. Deshalb wurden ihm meistens die sogenannten »heiklen« Fälle anvertraut und man ließ ihm immer freie Hand – fast immer. Bei diesen Fällen zählte einzig der Erfolg.

Ariane Prudent, die junge Ausreißerin, gehörte auch dazu. Was nicht an ihr selbst lag, sondern an den besonderen Umständen, unter denen ihr kurzes Leben begonnen hatte und von denen sie selbst nichts ahnte.

Denn Ariane war ein potenzielles Mordopfer. Das letzte bekannte eines Serienkillers, der so raffiniert und methodisch vorging, dass er praktisch unangreifbar war.

Die Spindel. Der regelmäßig wiederkehrende Albtraum des Kommissars.

Und der Eltern aller blonden Mädchen unter sechzehn.

Die Prudents hatten Jude im Wohnzimmer ihres Hauses am Bridle Path empfangen. Ein schicker Vorort, trügerisch friedlich. Man hätte meinen sollen, dass die Mütter hier, die fast alle Hausfrauen waren, und die Nannys, die für sie arbeiteten, auf die Kinder im Viertel aufpassten. Aber nein, sie blieben lieber unter sich. Gymnastikkurse, Homeoffice, gesellschaftliche Verpflichtungen, Bridge, amerikanische Serien. Die Hecken zwischen den Gärten waren hoch und dicht, die Straßen praktisch menschenleer. Ein junges Mädchen wie Ariane konnte leicht durch die Maschen schlüpfen und verschwinden.

Er hatte ihre Spuren bis zu dem Werkzeugschuppen hinter dem Haus verfolgt und das Schloss an der kleinen Tür untersucht, das keinerlei Einbruchspuren aufwies. Am Busbahnhof hatte sich eine Angestellte erinnert, dass sie einem hübschen blonden Mädchen ein Ticket verkauft hatte. »Nicht sehr gesprächig, die Kleine«, hatte sie hinzugefügt. »Ja, allein. Sie hatte geweint, das konnte man sehen. Ich dachte, vielleicht hat sich ihr Freund von ihr getrennt oder sie hat eine schlechte Note in der Schule bekommen.« Wohin sie gefahren sei? Das hatte die Frau vergessen. Jude hatte nichts dazu gesagt und sich damit begnügt, die Verkaufslisten anzufordern. Die Listen würden ihm schnellstmöglich nach Montréal gemailt werden, hatte ihm die Busgesellschaft versichert. Das Telefongespräch hatte kaum drei Minuten gedauert. Und Jude hatte sich zum x-ten Mal gefragt, was er hier, bei den Prudents, überhaupt verloren hatte.

Denn er wusste genau, dass Lise Prudents Blick ihn bis in seine Träume verfolgen würde. Das und ihre mageren, vertrockneten Hände, die sie anfangs unter die Schenkel geklemmt hatte, als wolle sie sie wärmen. In Wahrheit wollte sie nur ihr Zittern verbergen. Patrick Prudent hatte hinter ihr gestanden, aschfahl und mit fest zusammengepressten Lippen, und ihre Schultern umfasst. Die Frage war nur, wer von beiden den anderen stützte.

Lise hatte den Inspektor nicht aus den Augen gelassen, keine Sekunde lang. *Hilf mir,* hatte sie ihn stumm angefleht. *Ich brauche dich.*

Nein, dachte Jude. *Ich bin nicht der Richtige für diesen Job. Ich will nichts davon hören. Ich kann den Schmerz nicht an mich heranlassen …*

Nicht schon wieder.

Er hatte sich Notizen gemacht und dann wortlos das Haus verlassen. Denn er wäre an seinen Worten erstickt. Hätte seine Schwäche verraten. Seine Erinnerungen aktiviert.

Jude hängte seine Lederjacke über eine Stuhllehne und warf einen Blick auf die Pinnwand. Mehrere Fotos hingen dort, zusammen mit den Listen und zerknitterten

Rundschreiben. Normalerweise hätte er den Kopf abgewandt, aber das zentrale Foto zeigte nicht die Position einer Leiche am Tatort oder verstreute menschliche Körperteile, die auf einem Parkplatz gefunden worden waren. Nein, das hier war ein Porträt.

Er trat näher und nahm das Foto in die Hand. Ein Passfoto, auf DIN-A4-Format vergrößert. Die Kopie war ziemlich grobkörnig, was die Wangen des jungen Mädchens flaumig wirken ließ. Halblanges dunkelblondes Haar, regelmäßige Gesichtszüge, nichts Außergewöhnliches, abgesehen von den Augen. Dunkel und ernst, ein Blick, der Jude mitten ins Herz traf. Die Augen flehten nicht, sie stellten eine Frage. Eine unausgesprochene Frage, aber mit einer solchen Dringlichkeit, dass Jude erschrak. Er glaubte zu sehen, wie die Lippen des Mädchens sich bewegten. Was natürlich Quatsch war. Ihr Mund war zu einem leichten Lächeln gekräuselt, aber fest geschlossen. Er musste es geträumt haben. Trotzdem konnte er seine Augen nicht von dem stillen Gesicht losreißen. *Still wie ein Hochgebirgssee,* dachte er, *ein See, in dessen Tiefen Fische lebten, die älter als das Gedächtnis der Menschheit waren, Wesen, die seit Jahrtausenden kein Tageslicht mehr gesehen hatten.*

Er drehte das Foto um. Auf der Rückseite waren ein paar Zeilen mit Bleistift hingekritzelt und unterstrichen.

Ariane Prudent. Letztes bekanntes Zielobjekt. Verschwunden am 20. Oktober aus dem Haus ihrer Eltern in Toronto. Dringlichkeitsstufe 1.

Er überflog die anderen Anschläge. Eine Beschreibung der Kleidung, die das Mädchen am Tag ihres Verschwindens getragen, und der Sachen, die sie zum Wechseln mitgenommen hatte. Besondere Kennzeichen. Besondere Vorlieben. Außerdem eine Fotokopie der Nachricht, die sie hinterlassen hatte. Die Schrift war rund und zittrig, wie von einem Kind, das zum ersten Mal seine Hausaufgaben machen muss.

Ich liebe euch. Macht euch keine Sorgen um mich, ich komme zurück, wenn ich sechzehn bin.

Patrick Prudent hatte ihm den Zettel gezeigt und Jude war ein kleiner Fleck direkt nach »liebe« aufgefallen. Ariane musste bei diesem Wort geweint haben, eine Träne war an ihrer Nase heruntergelaufen, und sie hatte sich nicht die Zeit genommen, sie wegzuwischen.

Jude legte einen Finger auf das Foto. Ganz behutsam zeichnete er die Spur dieser einsamen Träne in dem weichen Gesicht nach. Bei den lächelnden, geschlossenen Lippen hielt er inne.

Du siehst ihr so ähnlich!

Dann stürmte Nadon zur Tür herein und knallte eine Akte auf den Tisch. Mit einem Blick in die Runde vergewisserte er sich, dass auch alle da waren, und sagte: »Setzt euch.«

Jude drehte sich um. Er kannte zwei der vier Mitarbeiter, die am Tisch Platz nahmen: Inspektor Denis Diémé, ein Koloss mit trügerisch unschuldigen Augen, und Sophie Saint-Laurent, die nach zwei Jahren undankbarer Jobs wie Empfang, Akteneinordnen und Bearbeitung kleinerer Delikte zur Kriminalmeisterin befördert worden war. Die anderen waren ihm unbekannt. Zwei Frauen um die dreißig. Eine pummelige Blonde mit kurzem Haar in einem zu engen Kostüm und eine Asiatin, die mit verkniffenen Lippen auf ihrem Tablet herumtippte.

Der Kommissar machte sich nicht die Mühe, sie einander vorzustellen. Er fläzte in seinem persönlichen Sessel, einem Ungetüm aus poliertem Holz, das auf seinem Standfuß knarzte, und blätterte in der Akte. Einige Minuten verstrichen. Nur das Rascheln der Seiten, die in regelmäßigen Abständen hochgehoben und auf einer Ecke des Tischs abgelegt wurden, durchbrach die Stille. Eine Fliege setzte sich auf eines der Papiere und putzte sich sorgfältig, rieb ihre zerbrechlichen Beine aneinander, immer und immer wieder. Jude betrachtete sie fasziniert: Sie hatte sich auf ein großes O gesetzt, genau in die Mitte, als wollte sie einen Ringwall um sich errichten, der sie vom Rest der Welt trennte. *Ich bin wie diese Fliege,* dachte Jude plötzlich. *Ich gehe meinen belanglosen Geschäften nach, gut geschützt hinter einer Mauer, die ich selber hochgezogen habe. Aber es ist ein trügerischer Schutz, so sinnlos wie dieser Kreis auf dem Papier. Da kommt jeder rein.*

Und ich komme raus, wenn ich will.

Plötzlich ein lauteres Knarzen. Der Kommissar war herumgewirbelt und starrte auf die Pinnwand.

»Was haltet ihr von diesem Mädchen? Jude?«

Jude zuckte zusammen. Die Frage hatte ihn überrumpelt. »Von welchem Mädchen?«

Kein guter Schachzug, dachte er im selben Moment. *Ich reagiere wie ein kleiner Junge, der bei einem Ladendiebstahl ertappt wird.*

Der Kommissar fasste sich an die Stirn. »Na, das auf dem Foto natürlich. Nicht deine neueste Freundin. Falls du überhaupt eine hast. Was meint ihr, wo sie hingegangen ist? Das ist nicht die typische Ausreißerin, wie ihr sicher wisst. Ihr habt die Akte gelesen. Ach ja, übrigens – das hier ist Sergeante Yuko Oko…«

»Okada«, verbesserte die Asiatin ihn ruhig und hob den Kopf.

»Und Inspektorin Annabelle Lambert. Ich dachte, wir könnten in dieser Angelegenheit ein bisschen frisches Blut gebrauchen. Oder eine neue Perspektive, wenn euch das lieber ist.«

»Ja, ist mir lieber«, betonte Sophie Saint-Laurent.

»Mir auch«, stimmte Annabelle zu.

Die beiden Frauen lächelten sich an. Kaum da, und schon sind sie die besten Freundinnen, dachte Jude ohne Bitterkeit. Ihm war nicht entgangen, dass die Plätze rechts und links von ihm leer geblieben waren, während die drei Frauen alle nebeneinandersaßen. Okay, er hatte sich den Platz selber ausgesucht. In diesem Fall. Aber auch sonst war niemand wild darauf, neben ihm zu sitzen. Er wurde nie gefragt, ob er am Wochenende schon etwas vorhatte, und niemand lud ihn ein, nach einem harten Arbeitstag noch irgendwo ein Bier trinken zu gehen. Eigentlich redete überhaupt niemand groß mit ihm, höchstens mal ein paar Worte im Vorübergehen oder wenn es die Arbeit verlangte.

Der Eisblock.

Er suchte die Bestätigung eines Blickes, und sei er noch so teilnahmslos, fand aber keinen und streckte die Hand aus, um sich einen Becher Kaffee von dem Tablett in der Mitte zu nehmen.

Der Kaffee war lauwarm. Jude nippte angewidert daran.

»Warum habt ihr diesen Irren nicht längst verhaftet?«, fragte Annabelle unverblümt.

Der Kommissar schaute sie an. »Weil er uns keine Chance dazu gegeben hat. Nicht eine einzige! Und er ist kein Irrer, Annabelle, jedenfalls nicht im wörtlichen Sinne. Die Spindel ist ein ungewöhnlich intelligenter Killer – präzise und methodisch bis zur Besessenheit. Für ihn zählt jedes Detail. Er macht keine Fehler, hinterlässt keine Spuren. Keine Fingerabdrücke. Keine identifizierbare DNA.«

»Aber diese Inszenierung … Dieses Ritual, das Parfüm, die Rosen … Das ist doch eine Fährte, oder nicht? Die Blumen muss er doch irgendwo kaufen? Und die Dornenranken, die er um das Bett drapiert … Oder das Gift? Wie besorgt er sich das?«, beharrte Annabelle.

Der Kommissar stieß ein freudloses Lachen aus. »Glaubst du im Ernst, wir haben uns diese Frage nicht auch gestellt? Wir haben in dieser Angelegenheit eine Außendienstarbeit geleistet, für die man normalerweise zwei Sokos gebraucht hätte. Aber wir haben nichts gefunden. Nichts. Nicht den winzigsten Hinweis, der uns weitergebracht hätte. Jeder hinterlässt Spuren, du, ich, die meisten Leute … Immer und überall. Nur er nicht. Das ist ein Phantom. Es ist, als würde er sich für einen kurzen Moment am Tatort materialisieren und dann wieder in irgendeiner Parallelwelt verschwinden, wo immer die auch sein mag. Wir können nichts anderes tun, als aufs Geratewohl Leute zu befragen und alle Tatmuster zu überprüfen, die wir anderswo beobachten konnten. Und das alles ohne den geringsten Erfolg.«

»Und seit wann geht das so?«

»Seit mehr als zehn Jahren. Ich will euch etwas zeigen.«

Jude erstarrte.

Er wusste, was jetzt kommen würde.

Kapitel 3

Der Mann tauchte aus einer Nische zwischen zwei Gebäuden auf. Er knöpfte seine Hose zu, und als er Ariane auf sich zurennen sah, hob er abrupt den Arm.

»Wo willst du hin?«

Ariane wich einen Schritt zur Seite, aber er kam ihr zuvor und stieß sie gegen die Backsteinmauer, die mit jeder Menge Graffitis bedeckt war.

»Ich hab dich noch nie gesehen«, verkündete er mit lüsterner Stimme.

Sein Atem ging schnell und pfeifend. Seine Oberlippe, die mit einem rötlich blonden Flaum bedeckt war, zitterte. Er kniff die Augen zusammen und legte den Kopf schief. »Wie alt bist du, Süße?« Ohne auf eine Antwort zu warten, fuhr er fort: »Fünfzehn, sechzehn, schätze ich. Genau mein Ding. Komm schon.«

Ariane öffnete den Mund, um zu schreien, aber sie brachte nur ein unterdrücktes Stöhnen hervor.

Der Mann fing an zu lachen. »Du willst es doch, ich seh's dir an.«

Er schob seine Wollmütze nach hinten und sie blähte sich wie ein Ballon auf seinem Hinterkopf. Das eine Auge, das mit einem schwarzlila Veilchen verziert war, blieb halb geschlossen. Das andere war weit aufgerissen, starr und glänzend wie eine Glasmurmel.

Das ist er, dachte Ariane, gelähmt vor Angst. *Das ist er. Der Mann aus dem Park. Er hatte grüne Augen. Er hat mich wiedergefunden.*

»Ich werd mich schon um dich kümmern.«

Er verwandelte sich, wurde *der andere*, sie sah, wie er auf sie zuglitt, geschmeidig, lautlos, wie eine Qualle, die sich durch den Sand schlängelt, eine Muräne mit spitzen Zähnen. Seine Finger, die jetzt dicht vor ihrem Gesicht waren, bewegten sich, er tastete in der Luft, die er mit seinen langen, gebogenen Nägeln zu kneten schien, gleich würde er sie anfassen … gleich …

Ein beißender Schweißgeruch drang ihr in die Nase, der Gestank seines Urins, der ihm auf den schmutzigen, zerknitterten Hosenlatz getropft war, der Geruch seines Pullovers mit dem großen Kragen. Es stank nach nasser Wolle, Tabak, Barbecue-Sauce – Ariane konnte jede ihrer Wahrnehmungen genau analysieren und benennen, aber sie war unfähig, sich zu rühren oder zu wehren. Er hielt sie mit seinem Blick fest, mit seinem einen Auge, das immer weiter aufging, immer näher kam …

»Das reicht jetzt. Lass sie in Ruhe.«

Die Stimme war nicht sehr laut, eine Frauenstimme, ernst und gelassen. Der Mann lachte weiter.

»Hau ab, Alte. Ich scheiß auf dich.«

»Nein, *du* haust ab.« Sie stand am Eingang der Sackgasse, eine Frau um die sechzig in einem leuchtend roten Parka, mit kurzen Haaren, die im Wind flatterten. »Ich rufe die Polizei«, sagte sie.

Der Mann brüllte vor Wut und ballte die Faust auf seinem Pullover, als würde das Kleidungsstück ihm die Haut versengen. Plötzlich fuhr seine andere Hand in die Hosentasche. Eine Klinge blitzte auf, er wirbelte herum und stürmte los, geduckt, mit zuckenden Nackenmuskeln. Der Typ sah rot und hatte offenbar nur noch einen Gedanken: sein Messer in die Frau zu rammen, sie zu verletzen, zu töten.

»Achtung!«, schrie – nein, flüsterte – Ariane.

Es war nur ein Hauch, schwach und tonlos, aber die Frau hörte es, hob einen Ziegelstein hoch, der auf einem Schutthaufen lag, und im selben Moment, als das Messer ihren Ärmel zerfetzte, knallte sie den Stein mit aller Kraft auf die Schläfe des Typs.

Er brach zusammen, landete mit dem Gesicht im Schutthaufen. Die fettigen langen Haare lösten sich aus der Mütze und wanden sich wie aufgescheuchte Schlangen, die sich einen Weg zwischen den zertrümmerten, zementverkrusteten Bausteinen zu bahnen versuchten.

»Alles in Ordnung?«, fragte die Frau mit dem roten Parka.

Ariane klapperte mit den Zähnen. Sie fror entsetzlich. Noch nie in ihrem Leben war ihr so kalt gewesen, und das in dieser milden Luft; sie war gerade im Eis versunken, in einer Spalte mit funkelnden blauen Wänden, in einer Todeskälte, im endgültigen Vergessen, und sie ertrank darin, überließ sich der Schwärze, hörte auf zu atmen …

»Hallo? Du wirst mir doch nicht ohnmächtig werden?«

Ariane spürte ein Gewicht auf den Schultern, die Frau hatte ihren Parka über sie geworfen und schaute auf den linken Ärmel ihres weißen Rippenpullis, auf dem sich drei blutige, parallele Striemen abzeichneten.

»Scheiße. Dieser Dreckskerl hat mir … Komm, Kleine. Oder willst du warten, bis er wieder aufwacht?«

Ariane schüttelte den Kopf, stellte mit leiser Verwunderung fest, dass ihre Beine sie noch trugen, setzte erst den einen Fuß vor, dann den anderen.

»Gut so. Mein Wagen steht in der Werkstatt um die Ecke. Wir gehen nicht weit … nur zu meinen Freundinnen, ein paar Blocks von hier. Ich brauche einen Verband und einen Kaffee, und du … eine ganze Menge, scheint mir. Und jetzt ab durch die Mitte. Ach ja, übrigens – ich bin Clara. Clara Caballos.«

Eine Viertelstunde später saß Ariane im Wohnzimmer eines verwunschenen Hexenhäuschens, oder zumindest erschien es ihr so. Es war das verrückteste Haus, das sie je gesehen hatte.

Von Weitem glich es einem Spukschloss mit unzähligen Giebeln, Erkern und spitzen Schindeltürmchen. Im Erdgeschoss gab es eine Wäscherei, einen Friseursalon und eine winzige Buchhandlung. Clara Caballos hatte die Tür zu letzterer aufgestoßen und war mit der völlig benommenen Ariane im Schlepptau hineingegangen. Ein Glöckchen hatte schwach gebimmelt, gefolgt vom hallenden Westminster-Geläut einer antiken Standuhr im Hinterzimmer.

»Beth! Marga!«, hatte Clara gerufen. Dann noch lauter: »Reine! Komm mal raus aus deinem Hinterstübchen!«

Keine Antwort. In dem engen Laden klangen alle Geräusche gedämpft. Als wäre die Zeit stehen geblieben. Seltsamerweise hatte Ariane nicht die geringste Angst. Die überladenen Bücherregale nahmen die gesamten Wände ein, selbst hinter der hohen, altmodischen Kasse, deren geschnitzter Holzsockel mit einem Schweinekopf verziert war. Der Schweinekopf hatte die Augen geschlossen und machte einen freundlichen Eindruck mit seinem runden Rüssel und den sorgfältig ausgeformten Ohren.

»Die Kasse stammt aus einer Metzgerei in meinem Viertel, die zumachte, als ich noch ein Kind war. Und das Schwein soll Glück bringen. Keiner unserer Kunden tritt hier über die Schwelle, ohne es zu streicheln. Du kannst es anfassen, wenn du willst.«

Dann erschien eine winzige Frau auf der Wendeltreppe, die in den oberen Stock führte. Auch auf der Treppe türmten sich Bücher in mehr oder weniger wackligen Stapeln. Die Buchhändlerin sprang von Stufe zu Stufe und wich ihnen geschickt aus, wobei die Metallbrille auf ihrem Stupsnäschen zitterte. Sie hielt einen dicken, aufgeschlagenen Wälzer in der Hand und einen Stift, der so scharf gespitzt war, dass er wie eine dicke schwarze Nadel aussah.

»In welchen Schlamassel hast du dich jetzt wieder reingeritten?«, rief sie ihrer Freundin zu und schaute sie durchdringend an.

Clara fing an zu lachen, aber ihr Lachen ging bald in ein Husten über. »Hab den tapferen Ritter gespielt. Und dabei meine funkelnde Rüstung ein bisschen beschmutzt, wie du siehst.«

Reine schnaubte. »Kommt hoch.«

Die Treppe endete in einem winzigen Absatz mit vier Türen aus poliertem Eichenholz. Die Buchhändlerin stieß die dritte von links auf und ließ sie in ein lichtdurchflutetes Wohnzimmer eintreten. Durch die riesigen Erkerfenster – ohne Vorhänge – blickte man auf ein Meer von Herbstlaub in leuchtenden Farben hinaus. Auch hier nahmen Bücher jeden verfügbaren Platz ein – aufgestapelt in Schränken, in Kisten oder unter dem Tisch, an den Sesseln und auf sämtlichen Möbeln. Üppig wuchernde Pflanzen liebkosten mit ihren Blättern die Leder- oder Pappbände, und auf einem riesigen, mit geblümtem Chintz überzogenen Kanapee saßen zwei andere Frauen und tranken Tee aus hauchdünnen Porzellantässchen.

»Clara«, sagte die erste.

»Ich hab's mir schon gedacht«, brummte die zweite. »Hab heute Nacht von einer weißen Eule geträumt.«

Wie auf Kommando stellten beide ihre Tassen auf den niedrigen Tisch und neigten die Köpfe. Die eine Frau war weißhaarig und trug einen kurzen Bob, die blonden Haare der anderen waren zu einer kunstvollen Frisur hochgesteckt.

»Möchten Sie auch einen Tee?«, fragte die erste Ariane.

»Und etwas Sandgebäck?«, fügte die zweite hinzu.

»Es kommt direkt aus dem Ofen. Setzen Sie sich nur zu uns aufs Kanapee, da ist noch genug Platz.«

Dann verschwand sie und kam kurze Zeit später mit einem schweren Tablett zurück.

»Plätzchen, Gaze, Desinfektionsmittel, Karamellbonbons. Clara, zeig mir deinen Arm. Hier, nehmen Sie ein Karamellbonbon, Kindchen. Mit gesalzener Butter. Das ist gut gegen den Schock.«

Ariane schüttelte den Kopf. Sie brachte jetzt beim besten Willen nichts hinunter.

»Lass ihr doch ein bisschen Zeit«, sagte Clara, die den Ärmel ihres Pullis hochgekrempelt hatte.

Die weißhaarige Frau, Marga, tupfte die Schnittwunde mit einem Wattebausch ab, den sie in ein Desinfektionsmittel getunkt hatte. Sie lächelte Ariane an.

»Wenn Sie jetzt nicht da wären, würde Clara fluchen wie ein Kesselflicker. Auf Spanisch, zum Glück. Sie ist so was von wehleidig.«

»Was plapperst du da wieder für Blödsinn. Wenn sie nicht da wäre, dann wäre ich jetzt nicht verletzt.«

»Tut mir schrecklich leid«, murmelte Ariane.

Ein Tränenschleier trennte sie plötzlich von dem sonnigen Zimmer. Sie schlug sich die Hände vors Gesicht und fing an zu schluchzen.

»Ah, bravo«, sagte Reine. »Jetzt hast du sie zum Weinen gebracht.«

»Nein, ich doch nicht«, verteidigte sich Clara. »Und außerdem tut ihr das gut.«

Ariane spürte, wie sich ein Arm um ihren Rücken legte. Sie schmiegte ihre Wange an eine Schulter, die zart nach Lavendel duftete, und ließ die Tränen ungehindert strömen.

Kapitel 4

Jude ging hoch erhobenen Hauptes durch den winzigen Garten, der sein Haus von der Straße trennte. Die beiden Ahornbäume warfen allmählich ihre Blätter ab, eines nach dem anderen. Als Kind hatte er den Moment abzupassen versucht, wenn das erste Blatt sich rot färbte; jeden Morgen und jeden Abend hatte er jedes einzelne genau studiert, mit einer Besessenheit, über die sein Vater lachen musste. Papa Beauvoir war seine ganze Dienstzeit über uniformierter Polizist gewesen und hatte die »Schreibtischtäter« im gehobenen Dienst verachtet, ohne den geringsten Hehl daraus zu machen.

»Also wenn das kein Kandidat für die Kriminalwissenschaft ist«, hatte er gespottet. »Der kann mal Karriere bei diesen Spinnern machen, die den ganzen Tag ins Mikroskop starren und Haare analysieren. Und so was hab ich in die Welt gesetzt!«

Aber zu Judes Enttäuschung hatte sich das Wunder

immer über Nacht vollzogen – als wäre ein geheimnisvoller Unbekannter mit einem Eimer Farbe durch die Stadt gelaufen, um im Schutz der Dunkelheit hier und da einen Farbtupfer anzubringen.

Jude wartete schon lange nicht mehr auf »das erste Rot«, wie er es im Stillen genannt hatte, sein persönliches Fest, das er ganz alleine feierte. Aber das reglose Feuer der großen Bäume vor der schindelbedeckten Fassade faszinierte ihn immer noch. Die Ahornbäume waren wie seine kleine Schwester Églantine: Wenn man sie anschaute, konnte man nicht lange traurig sein.

Er betrat den engen Flur, warf seine vollgestopfte Aktentasche auf den Fußboden aus unbehandeltem Fichtenholz und ging in die Küche. Dort saß Églantine vor einem aufgeschlagenen Buch, das an einer Müslipackung lehnte, ein Brot in der einen und ein Glas kalifornischen Wein in der anderen Hand.

»Ich kapier das alles nicht«, sagte sie und deutete mit dem Kinn auf die Seite. »Das ist einfach zu viel für mein armes Hirn. Hilfst du mir nachher?«

»Wieso nachher?«, fragte Jude zerstreut.

Er riss den Kühlschrank auf und inspizierte kurz den Inhalt. Ein angebrochenes Glas Erdnussbutter. Ein Glas Essiggürkchen. Ein mit Alufolie abgedeckter Teller – Lasagne, der Rest vom gestrigen Abendessen. Früher war er ganz wild auf Erdnussbutter mit Essiggurken gewesen. Süß und sauer. Weich und knackig. Ein reizvoller Kontrast.

»Im Wohnzimmer wartet ein Mädchen auf dich. Eine gewisse Yuko ... Ihren Nachnamen hab ich nicht verstanden.«

»Okada.«

»Ja, genau. Ich hab ihr gesagt, sie soll sich hinsetzen, aber seit ein paar Minuten tigert sie pausenlos hin und her. So regelmäßig wie ein Metronom. Ich hätte glatt meine Tonleitern üben können, statt Kriminalpsychologie zu pauken. Das hätte mir geholfen.«

»Hat sie gesagt, was sie von mir will?«

»Nein, natürlich nicht. Aber wahrscheinlich steht sie auf dich, wie alle Mädchen an der Uni. Sie finden dich schön und geheimnisvoll. Du weißt gar nicht, wie viel Glück du hast.«

Jude zuckte die Schultern. Schön, was bedeutete das schon? Églantine war schön. Strahlend. Ihr niedliches Stupsnäschen, ihre wilden roten Locken, ihre Grübchen spiegelten ihr sonniges Naturell wider – ein Mensch, der mit sich und der Welt im Reinen war. Églantine liebte hautenge Pullis in knalligen Farben – kirschrot, smaragdgrün, indigoblau –, die ihre Kurven betonten, und war überall in ihrem Element: zu Hause auf der Couch, draußen auf der Skipiste, im Konzert oder an der Uni unter den anderen Studenten. *Sie ist wie ein*

Feuer, das mitten im Winter in einem kahlen braunen Wald lodert, dachte Jude, während er sich ein Glas Wasser einschenkte. Man fühlte sich unwiderstehlich von ihr angezogen, wollte die Hände nach ihr ausstrecken, um auch ein wenig von ihrem Licht und ihrer Wärme abzubekommen.

Was leider ein Traum war, der nie in Erfüllung gehen würde. Wie die meisten anderen.

Seufzend stellte Jude sein leeres Glas auf die Theke, verließ die Küche und schloss die Tür hinter sich. Yuko wartete auf ihn – eine Kollegin, von deren Existenz er bis heute Morgen nichts geahnt hatte. Sie wollte ihm wahrscheinlich etwas Dringendes über Arianes Verschwinden mitteilen. Und Églantine durfte dieses Gespräch auf keinen Fall mithören. Nicht weil er ihr nicht traute – er wusste, wie verschwiegen seine Schwester sein konnte, und erzählte ihr oft von seinen Fällen. Für Églantine war das ein Spiel, eine Art Echtzeit-Cluedo, und zugleich eine praktische Übung. Sie studierte Psychologie, wie zuvor ihr Bruder, und bereitete sich zur Zeit auf ihre Magisterprüfung zum Thema »Kriminelle Persönlichkeitsstörungen« vor. Sie litt zutiefst mit den Opfern und vergoss Ströme von Tränen, bis ihr hübsches Näschen ganz rot war, aber dann spürte sie den Indizien nach, so ausdauernd wie ein Jagdhund, der die Fährte eines Hasen aufgenommen hat. »Na super«, spottete Jude manchmal. »Die Nachfolge ist gesichert. Papa wäre stolz auf dich – du bist die geborene Polizistin. Ganz im Gegensatz zu mir.«

Aber aus diesem Fall würde er sie heraushalten.

Und er hatte gute Gründe dafür.

Der Kommissar lässt jetzt ein zweites vergrößertes Passfoto herumgehen. Jude würdigt es keines Blickes, reicht es nur mit spitzen Fingern an Annabelle weiter, die es verblüfft betrachtet.

»Die Erste. Aurore. Prinzessin Aurora – wie in dem Märchen, das ihm als Vorlage dient. Dornröschen.«

»Aber sie sieht doch …«, fängt Annabelle an, nachdem sie das Foto ausführlich betrachtet hat.

»Ja, sie sehen sich alle ähnlich. Mehr oder weniger blond und sehr hübsch. Die Augenfarbe ist unterschiedlich. Das liegt ihm offenbar weniger am Herzen.«

»Was dann?«

Der Kommissar deutet auf einen dicken Umschlag mit einem Stapel Fotos, die von einem Gummi zusammengehalten werden. »Das hier«, sagt er. »Es ist nicht in der Akte, die ihr bekommen habt.«

Mit einer raschen, nervösen Bewegung breitet er die Fotos auf dem Tisch aus. Jude hält den Atem an. Er weiß, was Annabelle und Yuko gleich zu sehen bekommen. Dieselbe Szene, immer und immer wieder. Ein weißes Himmelbett mit einem jungen Mädchen, das nackt darin ausgestreckt liegt, die Hände auf der Brust gefaltet, eine rote Rose zwischen den Fingern. Die Haare des Opfers, das in tiefem Schlummer zu liegen scheint, sind sorgsam Strähne für Strähne auf dem Kissen ausgebreitet, sodass es aussieht, als trüge sie ein goldenes Krönchen auf dem Kopf. Andere Fotos zeigen einen größeren Ausschnitt des Tatorts: zwei, drei oder vier weitere Leichen am Boden, in einer Haltung, die sich auch hier, bei den Nebenfiguren, jedes Mal wiederholt. Die Männer setzen immer ein Knie auf den Boden, den Kopf ans Fußende des Bettes gelehnt, die Arme ausgestreckt. Die Frauen sind in Embryohaltung zusammengekauert, haben das Gesicht in den Händen verborgen.

Das Ganze ist von Dornenranken eingefasst. Ineinandergeflochtene und von allen Blättern befreite Zweige. Schwarze, stachlige Ranken zwischen dem Leichnam und der Tür – eine dünne Dornenhecke.

Yuko studiert die Bilder mit undurchdringlicher Miene. Vielleicht versucht sie ihre Betroffenheit zu verbergen?

»Kinder sind nicht dabei«, stellt sie schließlich fest.

»Du sagst es«, stimmt der Kommissar zu. »Die Mädchen waren alle Einzelkinder, das ist die einzige Gemeinsamkeit zwischen ihnen, außer dass sie sich ähnlich sehen. Was uns leider nicht weiterbringt.«

»Nicht alle waren Einzelkinder«, verbessert Jude ihn mit neutraler Stimme.

»Ja, dazu komme ich gleich. Es gibt eine einzige Ausnahme: das erste Mordopfer, Aurore. Warum, wissen wir nicht. Wir sprechen das später noch durch, wenn du nichts dagegen hast.«

Die zweite Fotoserie zeigt geöffnete Gräber. Einen Friedhof. Die Grabsteine liegen umgestürzt auf dem Rasen, mitten zwischen den frisch ausgehobenen Erdhügeln. Yuko runzelt die Stirn.

»Was ist das?«

Der Kommissar presst die Lippen zusammen. Er kämpft mit den Tränen, denkt Jude erstaunt.

»Ihre Gräber.« Er hält einen Augenblick inne, zieht die Luft ein und fährt widerstrebend fort: »Er öffnet sie. Verstehst du? Er begnügt sich nicht damit, sie zu töten. Er stiehlt ihre Leichname.«

Yuko hatte aufgehört, im Wohnzimmer hin und her zu gehen, und stand jetzt reglos an einem der Fenster. Als Jude hereinkam, drehte sie langsam den Kopf zu ihm.

»Schöne Aussicht«, sagte sie.

»Ja, stimmt. Ich kann mich nie dran sattsehen. Aber deshalb bist du doch sicher nicht hier?«

Yuko lächelte leicht. »Du bist ziemlich direkt.«

»Ja, eine meiner Spezialitäten. Was willst du? Einen Informationsbonus? Hast du das Gefühl, dass man dir nicht alles gesagt hat?«

»Nein. Ehrlich gesagt … aber ich weiß nicht, ob das wirklich eine gute Idee ist.«

»Dazu kann ich mich erst äußern, wenn du mich aufklärst, worum es geht.«

»Sophie Saint-Laurent hat mir den Tipp gegeben, dass du den oberen Stock in deinem Haus vermietest.«

Jude war so erleichtert, dass er sich fast dafür schämte. Zum Glück war es nichts Dienstliches. Über den Fall sprechen, das hätte ihm jetzt gerade noch gefehlt. Dann doch lieber Kriminalpsychologie oder Kochen oder den Immobilienmakler spielen.

»Ja«, antwortete er. »Das Obergeschoss ist in drei Apartments aufgeteilt und eins davon ist momentan frei. Interessierst du dich dafür?«

»Ich wurde eben erst hierherversetzt. Ich brauche eine Bleibe, bis ich mich entschieden habe, ob ich mein Haus verkaufen oder vermieten soll. Meine Möbel sind alle noch dort.«

»Das Apartment ist möbliert und voll ausgestattet. Willst du es dir anschauen?«

»Wenn es dir nichts ausmacht.«

»Überhaupt nicht. Dafür bin ich doch schließlich da«, fügte er ohne übertriebene Freundlichkeit hinzu.

Er ging vor ihr die Treppe hinauf und fragte sich, warum er so aggressiv war. Dieses Mädchen, die Neue im Team, war sehr hübsch, und ihre Kommentare in der Besprechung hatten gezeigt, dass sie einen wachen Geist besaß. Vielleicht lag es an ihrer Haltung, ihrem Gang, der Art, wie sie andere Leute musterte, als wüsste sie bereits alles über sie – ohne sich dazu zu äußern. Als würde sie sich im Geist Notizen machen. Jude hasste es, abtaxiert und in eine Schublade gesteckt zu werden. Wenn Yuko zu der Sorte gehörte, die unbedingt die Oberhand bekommen wollte und die Schwächen der Kollegen ausnützte, um ihr eigenes Süppchen zu kochen, dann sollte sie ruhig merken, dass er nicht die Absicht hatte, sich von ihr manipulieren zu lassen.

Er beobachtete, wie sie durch die Wohnung ging, die Küchenschränke öffnete und die Fenstergardinen zurückzog.

»Dieselbe Aussicht wie vom Wohnzimmer«, betonte er. »Sogar noch besser: Von hier hast du den Uni-Turm, den sogenannten ›Phallus‹, direkt im Blick. Von unten sieht man ihn nicht. Und du kriegst fast den ganzen Tag Sonne. Ist der hellste Raum im Haus.«

Yuko warf ihm einen schiefen Blick zu. »Hast du hier mal gewohnt? Ich meine, war das dein Zimmer, als du noch klein warst?«

Jude schluckte. Na bitte, das musste ja kommen. Er wunderte sich über die Enttäuschung, die in ihm aufstieg.

»Nein«, sagte er trocken. »Meine Eltern hätten sich

ein Haus in diesem Viertel nicht leisten können.« Er wirbelte herum und riss die Tür weit auf, um Yuko zu bedeuten, dass sie hinausgehen sollte. »Gib dir keine Mühe, hier findest du nichts. Keinen Hinweis, keine Spuren. Nichts, was dich an die Spitze der Hierarchie katapultieren könnte. Und damit das gleich mal klar ist: Ich finde es zum Kotzen, dass du unter so einem lahmen Vorwand hergekommen bist, um bei mir herumzuschnüffeln.«

»Das war kein Vorwand. Und damit das auch gleich mal klar ist: Ich finde, du dürftest gar nicht an diesem Fall arbeiten.«

»Das kannst du dem Kommissar sagen.«

»Hab ich schon.«

»Ach ja? Und was hat er geantwortet?«

»Das Gleiche, was du mir auch gern ins Gesicht schleudern würdest: dass es mich nichts angeht. Und dass *er* entscheidet, wer an welchem Fall mit wem zusammenarbeitet. Aber das überzeugt mich nicht. Eine Abfuhr ist kein Argument.« Sie zögerte, ließ einen Finger über die Tischplatte gleiten, als wollte sie die Staubkörnchen darauf zählen. »Ich sag dir mal, was ich denke, auch wenn du mich dann rauswirfst. Du bist nicht qualifiziert für diesen Fall. Du bist nicht objektiv und das kann sich negativ auf das ganze Team auswirken. Schließlich war deine große Schwester das erste Opfer der …«

»Du hast Recht«, unterbrach Jude sie. »Ich werfe dich raus. Jetzt sofort.«

»Okay, ich gehe.«

Sie ging an ihm vorbei und stieg die Treppe hinunter. Er ließ sich Zeit beim Abschließen der Tür. Seine Hände zitterten. Er fragte sich nicht, woher der Hass kam, der in ihm hochkochte, welcher Damm da gerade gebrochen war und seine jahrelang verdrängte Verzweiflung, seine selbstzerstörerische Wut freigesetzt hatte. Jetzt musste er vor allem ruhig bleiben, die lästige Kollegin loswerden. Er musste einen Augenblick allein sein und durchatmen, bevor er sich Églantine und ihren arglosen Fragen stellen konnte.

Mitten auf der Treppe drehte Yuko sich um. »Ach ja, ich nehme es.«

»Was?«

»Das Apartment. Ich nehme es. Keine Angst, ich werde nie an deiner Tür klingeln und mir ein halbes Pfund Butter ausleihen oder so. Du wirst mich gar nicht sehen. Und ich bezahle bar.«

Er gab keine Antwort. Yuko hatte gewonnen – dieses Mal.

Das wussten sie beide.

Kapitel 5

»Gefällt es dir?«

Ariane drehte den Kopf nach rechts und nach links. Die Unbekannte im Spiegel machte dasselbe. Die pechschwarzen, kinnlang geschnittenen Haare streiften ihre Wangen. Seidig. Mit einem fremden Duft getränkt.

»Ich erkenne mich kaum wieder«, murmelte sie.

Beth jubelte. Sie kämmte ein letztes Mal den kurzen Pony durch und zupfte eine widerspenstige Strähne zurecht.

»Dann ist es perfekt. Niemand kennt dich besser als du selbst. Also wird dich auch niemand anders erkennen.«

»Wenn ich mir da nur sicher sein könnte …«

»Das ist unmöglich, Schätzchen«, mischte sich Clara ein, die auf dem Badewannenrand saß und Arianes Verwandlung mit angesehen hatte.

Beth hatte das Färben und Schneiden der Haare übernommen; Marga hatte Arianes Augenbrauen dunkler gefärbt und zurechtgezupft. Reine hatte in ihren Koffern und Schränken gewühlt und Kleider, Schals, Tücher und Blusen hervorgekramt.

»Du brauchst einen ganz anderen Stil. Und ich werde sowieso nie genug abnehmen, um da wieder reinzupassen.«

Ariane, die sich allmählich an ihr neues Aussehen gewöhnte, lächelte ihrem Spiegelbild zögernd zu. Ein anderer Stil: Das war die Untertreibung des Jahrhunderts. Das Mädchen im Spiegel sah aus, als wäre es einer Doku über das legendäre Woodstock-Festival entsprungen. Langer Pannesamt-Rock mit bunten Volants, eine bestickte Tunika, Fransenschal, und erst die Farben! Kupferrot, violett, tiefblau, jadegrün … Die langen Ohrringe klimperten leise bei jeder Bewegung und an ihren Handgelenken klirrten massenhaft Armreifen.

»So kannst du unbesorgt durch die Stadt spazieren«, fing Clara wieder an. »Die Leute sehen doch sowieso nur, was sie sehen wollen. Einen Wirbel aus Farben … einen Sonnenstrahl, der sich in deinen Ohrringen verfängt … Eine Silhouette. Eine Persönlichkeit.«

»Aber *er* nicht«, sagte Ariane mit gedämpfter Stimme. »Er weiß, was er sucht.«

»Nach allem, was du uns erzählt hast, ist er auf Mädchen fixiert, die sich ähneln. Du hast ihre Fotos im

Internet gesehen. Ich wette, dass er Brünette keines Blickes würdigt.«

»Und außerdem«, fügte Reine hinzu, »ist es ja nur noch eine Frage von Monaten. Du bleibst hier bis zum Frühling. Und an deinem Geburtstag …«

»… wachen wir über dich«, versicherte Marga.

»… bis zum Sonnenuntergang«, fügte Beth hinzu. »Und auch noch danach.«

Nicht weit von ihnen, im Untergeschoss eines imposanten viktorianischen Gebäudes, dessen zahlreiche Fenster auf den Mont-Royal-Park gerichtet und hinter schweren Damastvorhängen verborgen waren, ging die Neonbeleuchtung an. Im grellen Licht zeichnete sich der nackte Körper eines jungen Mädchens ab, der ausgestreckt dalag und mit getrockneten Blutspuren überzogen war. Der Körper sah flach, fast zweidimensional aus – wie eine leere Hülle.

Die Gestalt im Chirurgenkittel beugte sich über den Operationstisch und warf einen riesigen Schatten auf das entstellte Gesicht.

»Ich gebe dir deine Schönheit zurück, Lara.« Die Stimme war sanft, strömte über vor Zärtlichkeit. »Für die Ewigkeit, das verspreche ich dir. Ich brauche nur ein wenig Zeit. Aber Zeit haben wir ja, du und ich, nicht wahr?«

Dann übertönte das Klirren des Chirurgenbestecks alle weiteren, noch zärtlicher geflüsterten Worte. Die Leichenhülle wurde unter dem Körper weggezogen und glitt mit einem leisen Rascheln auf die makellos sauberen Fliesen. Aus den kleinen Duschköpfen, die an die Decke montiert waren, sprühte Wasser. Die Haut kräuselte sich unter den vielen Schauern, während das getrocknete Blut sich auflöste, die schwarzen Klumpen erst leuchtend rot wurden und dann wieder verblassten, um schließlich mit der kaum noch rosa gefärbten Flut im Ausguss unter dem Tisch zu verschwinden. Ein lebloser Arm bewegte sich unter dem scharfen Strahl einer Handdusche – die verkrampften Finger lösten sich, wie in einem vergeblichen Protest.

Ein neues Summgeräusch.

Der glänzende Körper der Toten, deren helles Haar wie ein Heiligenschein um ihren Kopf lag, wurde jetzt von der heißen Luft aus fünf regulierbaren Düsen getrocknet. Er näherte sich ihr nicht mehr, kreiste nur in respektvollem Abstand um den grell erleuchteten Tisch. Die behandschuhten Hände erhoben sich, zeichneten Formen in die Luft – oder Liebkosungen.

»Jetzt.« Das Wort war kaum mehr als ein Flüstern.

Die Hand zögerte über den Instrumenten, die sorgfältig in einem sterilen Bereich ausgebreitet waren, dann ergriff sie ein Skalpell und führte den ersten Schnitt.

Die Haut teilte sich, ohne dass ein einziger Blutstropfen hervorquoll. Dann kam die feine gelbliche Fettschicht.

»Wir können anfangen. Lara ... Ich habe schon einen Platz für dich. Dort wirst du glücklich sein. In Frieden ruhen. So geliebt wie noch nie in deinem Leben.«

Ariane hielt sich dicht an den Häuserwänden. Auf dem Trottoir liefen Kinder oder trödelten an der Hand eines Erwachsenen herum. Die Schule war gerade aus. Sie ging mit baumelnden Armen, fühlte sich ausgeliefert. Beobachtet.

Ich hätte nie diese Hippieklamotten anziehen dürfen.

Aber keiner der Passanten warf ihr mehr als einen kurzen Blick zu. Manche schauten sie belustigt an, andere gereizt. Oder mitleidig. Manchmal fing sie auch ein Lächeln auf. Mit der Zeit wurde ihr klar, dass nicht ihre Kleider Aufmerksamkeit erregten, sondern ihre Haltung. Sie ging mit langsamen, fast schlurfenden Schritten, den Kopf ängstlich zwischen die Schultern gezogen. Ihr Verfolger schlich vielleicht irgendwo im Viertel herum. Sie hatte Clara davon abgehalten, zur Polizei zu gehen. Für Ariane war das der Albtraum – sich zeigen, eine Anzeige machen, auf Fragen antworten. Beth und Marga hatten versucht, sie zu überreden. Reine war irgendwo im Hintergrund geblieben, in ihr

Buch vertieft, und hatte auf ihrem Bleistift gekaut. Nach einer Weile hatte sie den Kopf gehoben.

»Lasst sie in Ruhe. Sie wird schon ihre Gründe haben. Wen hast du eigentlich umgebracht?«

Ariane hatte wieder Laras Bein in ihren Armen gespürt, dieses bereits tote Fleisch, an das sie sich nach dem Unfall geklammert hatte. Diesmal hatte sie vergeblich gegen die Tränen angekämpft.

Am Ende blieb ihr nichts anderes übrig, als alles zu erzählen.

Lara. Seit den paar Tagen, die sie in der kleinen Wohnung über der Buchhandlung verbracht hatte, spürte sie ihre Gegenwart nicht mehr.

Ich brauche dich hier, jetzt gleich. Wo bist du? Warum hast du mich verlassen?

Weggehen. Allein. Beth hatte ihr einen zusammengefalteten Geldschein in die Hand gesteckt und sie sanft zur Tür hinausgeschoben.

»Kannst du vielleicht schnell mal in den Lebensmittelladen an der Straßenecke gehen? Ich brauche Butter, Sahne … und noch zwei Kilo Kartoffeln.«

Ariane hatte nicht protestiert. Sie wusste ja selber, dass sie sich nicht die ganze Zeit bis zum Frühling in dem Haus mit den roten Türmchen verkriechen konnte. Herumsitzen und zuschauen, wie der Schnee die Büsche und Hydranten zudeckte, wie das Eis die Äste in eine durchsichtige Kruste hüllte, wie der Wind die Schneeflocken herumwirbelte, als wäre es ein aufgescheuchter Bienenschwarm. Auf das Tauwetter warten, oder dass ein Blick sie im Fenster festnagelte, hinter dem sie saß, hilflos ihrem Schicksal ausgeliefert.

Die Buchhändlerinnen hatten ihre Geschichte ohne jeden Einwand akzeptiert, hatten keinerlei Zweifel daran geäußert. Ariane hatte ihnen Webseiten über die Spindel gezeigt, und sie hatten schweigend die manchmal völlig aus der Luft gegriffenen Informationen aufgesaugt, die darin auftauchten. Sie hatten weder Mitleid noch krankhafte Neugier zur Schau gestellt. Stattdessen handelten sie.

Und dafür war Ariane ihnen zutiefst dankbar.

Außerdem war da noch Clara. Clara hatte sie an jenem Morgen in der Sackgasse gerettet. Aber Ariane las in ihrem Blick eine gewisse Distanziertheit. Vielleicht auch Ratlosigkeit. Hielt Clara sie für eine Lügnerin? Wusste oder vermutete sie etwas, wovon Ariane nichts ahnte?

Aber es war zwecklos, darüber nachzudenken. Im Moment hatte sie andere Sorgen. Die Straße jagte ihr Angst ein. Die fremden Körper. Die Bewegungen der Passanten, die an ihr vorbeistreiften. Selbst die Vögel. Ein paar Krähen schwebten über ihrem Kopf; ihr lautes, misstönendes Krächzen machte sie ganz benommen. Sie kreisten in der Luft, dann ließen sie sich auf einem Rasen nieder, auf der anderen Seite des Zaungitters, und legten ihre Flügel an. Mit kleinen Schritten stolzierten sie herum, fett, arrogant und düster. Eine von ihnen drehte sich zu ihr und klappte mit dem Schnabel. Ariane schloss die Augen und lehnte sich an die Wand, um die aufsteigende Übelkeit zurückzudrängen. Nein. Es ging nicht. Sie würde sich umdrehen und zurückrennen.

Plötzlich spürte sie eine Hand an ihrer Schulter.

Kapitel 6

Denis Diémé streckte sich, als er aus dem Besprechungszimmer kam, und hob einen Arm über den Kopf.

»Drei Stunden Nonstop-Einsatzbesprechung, das ist ja noch schlimmer als Hockey-Training. Mir tut der Hintern weh, Mann, aber wie.«

Er hüpfte ein paarmal auf der Stelle. Jude lächelte. Denis war eins neunzig groß und hundert Kilo schwer – kein Wunder, dass er sich überall eingezwängt fühlte. Er war ein richtiger Schrank mit samtschwarzer, babyweicher Haut und entkrausten schwarzen Haaren. Seine runde Metallbrille rutschte ihm ständig von der Nase. Er war fünfunddreißig, sah aber zehn Jahre jünger aus.

Jetzt seufzte er theatralisch. »Ich kann nicht mehr. Ich brauch einen Kaffee.«

»Ich auch«, sagte Jude.

Sie gingen zur Cafeteria, einem L-förmigen Raum,

der auf einen vollgerümpelten Innenhof führte, wo Céline, die Empfangssekretärin, ein paar Topfpflanzen zog, allerdings ohne großen Erfolg. Denis wedelte mit einem Stapel Fotokopien vor Judes Nase herum.

»Nadon ist genauso durchgeknallt wie sein Killer. Lässt uns diesen ganzen Krempel auswendig lernen, der sowieso nichts bringt. Die Adressen der Eltern, ihr Kfz-Kennzeichen, die Marke des Waschmittels, mit dem sie die Strampelhosen ihrer Babys gewaschen haben … Der spinnt doch, Mann.«

Jude blieb so abrupt stehen, dass Annabelle Lambert, die hinter ihnen ging, voll in ihn hineinlief. Er ignorierte ihre Proteste und seufzte: »Es reicht, Denis.«

»Was?«

»Na, die Nummer, die du abziehst. Wir wissen doch, dass du gut bist, sehr gut sogar. Und perfektionistischer als alle hier. Und ich muss dir auch nicht erklären, dass der ›ganze Krempel, der sowieso nichts bringt‹, manchmal den entscheidenden Hinweis liefert. Das weißt du viel besser als ich. Also spiel nicht den Ahnungslosen, verdammt noch mal.«

Denis blinzelte und schob seine Brille auf der Nase hoch. Ein Lächeln breitete sich in seinem Gesicht aus.

»Gut gebrüllt, Löwe. Da steckt Grips drin.« Er klopfte Jude auf die Stirn, dann ließ er beide Daumen in seine Jeanstaschen gleiten.

»Und du? Warum spielst du den Vampir?«, fragte er schroff.

»Ich spiele nicht den Vampir.«

»Ach ja? Wohlgemerkt, ich rede nicht von Graf Dracula. Bram Stoker war ein super Schriftsteller, sein Blutsauger hatte noch Format. Und einen schönen, schaurigen Totenschädel. Ich meine die Vampire, von denen kleine Mädchen träumen – süß, bleich, geheimnisvoll, mit ihrem tiefgründigen Saphirblick. Verstehst du, was ich sagen will? Typen, die Abstand halten, die Sorte ›Rühr mich nicht an, ich bin ge-fähr-lich‹. So wie du.«

»Aber ich …« Jude verstummte.

Denis lachte schallend und schlug ihm auf die Schulter. »Volltreffer! Ich kann dir sagen, warum du diese Arschlochrolle spielst. Und warum ich mich so benehme, als käme ich direkt aus dem Busch. Wir sind Opfer unseres Aussehens, Kumpel. Du mit deiner hübschen Narbenfresse und deinem Männer-Vogue-Look, und ich mit dem da …« Er kniff sich in die Wange. »Wir machen beide, was die anderen von uns erwarten. Wir spielen die Rollen, die uns aufgezwungen wurden. Wir deklamieren einen Text, den uns die Feen in die Wiege gelegt haben. Kapiert?«

Jude wich einen Schritt zurück und massierte sich stirnrunzelnd die Schulter. »Übertreib doch nicht so. Ich hab nicht den Eindruck, dass es bei dir so ist.«

Denis war wieder ernst geworden. »Du hast Recht. Ich deale nicht, ich rase nicht wie ein Blöder auf den Straßen herum, ich zerre keine Mädchen in meine Höhle. Meinst du vielleicht das?«

»Nein, ganz bestimmt nicht.«

»Oh doch, und ob. Aber mach dir nichts draus – ich bin dran gewöhnt.« Denis drehte sich um. »Ich geh jetzt wieder an die Arbeit. Schade um den Kaffee. Denk doch mal nach, Jude. Frag dich mal, wer du eigentlich sein willst. Wenn du das nämlich nicht weißt, gibt's hier für dich nichts zu gewinnen – außer einen guten Grund, dir eine Kugel in den Kopf zu jagen. Aber vielleicht willst du ja genau das.«

Professor Clara Caballos trug Hemdblusen oder Pullis mit langen Ärmeln, wenn sie unterrichtete – aus einem einfachen Grund, den sie den Erstsemestern zu jedem Vorlesungsbeginn erklärte.

»Die Texte, die wir durchnehmen, sind so schön, dass ich Gänsehaut davon bekomme – und zwar im wahrsten Sinne des Wortes«, verkündete sie und ließ ihre blitzenden schwarzen Augen über die Reihen der ihr zugewandten Gesichter wandern. »Und ich hab's satt, dass jedes Mal die ganze erste Reihe losprustet, wenn ich von meinen Gefühlen überwältigt werde. Habt ihr das verstanden oder soll ich euch noch eine Zeichnung machen?«, fügte sie mit schiefem Lächeln hinzu. »So, das wäre geklärt – und jetzt an die Arbeit.«

Jude stieß die Tür zum Hörsaal auf und huschte so unauffällig wie möglich an der beige tapezierten Wand entlang. Der Kurs war noch nicht zu Ende. Er entdeckte sofort die flammend rote Haarmähne seiner Schwester, die zwei Reihen weiter unten saß. Sie hob die rechte Hand und bewegte zwei Finger. Sie hatte sein Hereinkommen bemerkt, ohne sich umzudrehen. Jude suchte sich einen freien Platz am Ende der letzten Reihe und quetschte seine langen Beine unter den Tisch. Dann verschränkte er die Arme und fixierte das Holzfurnier, dessen Maserung zu regelmäßig war, um echt zu sein. Er musste nachdenken. Denis' letzte Worte hatten ihn getroffen wie eine schallende Ohrfeige. *... außer einen guten Grund, dir eine Kugel in den Kopf zu jagen ... aber vielleicht willst du ja genau das.* Und Yuko gestern Abend: *Du bist nicht qualifiziert für diesen Fall. Du bist nicht objektiv und das kann sich negativ auf das ganze Team auswirken.* Wie kam sie dazu, so mit ihm zu reden? Was wusste sie schon von ihm? Jahrelang – seit er fünfzehn war – hatte er alles getan, um sich hinter seiner Objektivität zu verschanzen. Hatte alle Emotionen unterdrückt und sich zuerst voll in sein Studium gestürzt, dann in die Arbeit. Einen Täter aufspüren, egal was er verbrochen hatte, das war sein Ding. Eine Fährte verfolgen, die Verkettung der Umstände analysieren, die oft sehr primitiven Motive. Getötet wurde im Wesentlichen aus drei Gründen: Liebe, Geld, Macht. Den Rest – die Varianten, Abstufungen – überließ er den Profilern. Er selbst hielt nichts von diesem Psychoquatsch, obwohl er das vor seinen Professoren sorgfältig verborgen hatte. Nein, er verließ sich auf Spuren, konkrete oder virtuelle, und auf den kaum wahrnehmbaren, aber realen Wirbel, den auch der vorsichtigste Täter hinterließ, so wie jedes Schiff sein Kielwasser hinter sich herzog. Dem entging niemand.

Nicht einmal die Spindel. Jude klammerte sich an diese Gewissheit. Eines Tages würde der Killer einen Fehler machen. Ein winziges Versehen. Aber das reichte aus.

Und dann …

»Seite 5 in eurer Ausgabe«, verkündete die Professorin. »Pauline, lies bitte vor.«

Das Rascheln der Seiten drang an Judes Ohr.

»*… Über dem Tisch, auf dem eine auseinandergepackte Musterkollektion von Tuchwaren ausgebreitet war – Samsa war Reisender –, hing das Bild, das er vor Kurzem aus einer illustrierten Zeitschrift ausgeschnitten und in einem hübschen, vergoldeten Rahmen untergebracht hatte. Es stellte eine Dame dar, die, mit einem Pelz-*

hut und einer Pelzboa versehen, aufrecht dasaß und einen schweren Pelzmuff, in dem ihr ganzer Unterarm verschwunden war, dem Beschauer entgegenhob.«

Madame Caballos nahm ihre Brille ab und putzte sie mit einem Hemdzipfel. Angestrengt runzelte sie die Stirn, als versuchte sie sich an etwas Wichtiges zu erinnern. Jude fiel auf, dass der Ärmel ihres Hemds am linken Handgelenk aufgeknöpft war; durch den Spalt schimmerte etwas wie ein Stoffstreifen oder ein dicker Verband hervor.

»Die Hand, die ihm hingehalten wird, verschwindet«, kommentierte die Professorin abrupt, als die Studentin innehielt. »Aber der Anblick ist immer noch gegenwärtig. Die Frau *blickt* Gregor *an*. Fragt euch, warum. Seite 56 … letzter Abschnitt. Benjamin?«

»… da sah er an der im Übrigen schon leeren Wand auffallend das Bild der in lauter Pelzwerk gekleideten Dame hängen, kroch eilends hinauf und presste sich an das Glas, das ihn festhielt und seinem heißen Bauch wohltat. Dieses Bild wenigstens, das Gregor jetzt verdeckte, würde nun gewiss niemand wegnehmen.«

Jude dachte an das Foto von Ariane. Er hatte es von der Pinnwand genommen und in einen Hefter getan, in dem er seine Notizen über laufende Fälle sammelte. Warum hatte er das Foto behalten? Warum war ihm plötzlich der Gedanke unerträglich erschienen, andere könnten das Foto sehen, es in die Hände nehmen und nicht besser oder schlechter behandeln als jedes x-beliebige andere Ermittlungsobjekt? Kommissar Nadon konnte sich jederzeit eine Kopie davon besorgen.

»Die meisten Arbeiten, die diesen Text unter einem psychoanalytischen Blickwinkel betrachten, einer verdrängten Libido, um genau zu sein, heben diese Passage hervor. Der in einen Käfer verwandelte Gregor liegt auf dem Rücken und blickt sich in seinem Zimmer um. Was ihn unter anderem noch mit seiner menschlichen Identität verbindet, ist dieses Bild, das er in einer Zeitschrift gefunden hat. Später erfahren wir von seiner Mutter, dass Gregor den Rahmen selbst angefertigt hat. Das verrät bereits sein Interesse an dem Porträt, das er beschützt, indem er sich draufsetzt, als seine Mutter und Schwester das Zimmer leer räumen. Es ist auch die einzige Stelle, in der er seiner Schwester gegenüber aggressiv wird, denn er ist fest entschlossen, sich notfalls auf sie zu stürzen, sollte sie Anstalten machen, ihm das Foto wegzunehmen. Was stellt dieses Bild eurer Meinung nach dar? Worin besteht die Faszination, die es auf Gregor ausübt?«

»Es ist eine Frau«, verkündete Benjamin im Brustton der Überzeugung.

Gelächter im Saal. Clara Caballos lächelte verschmitzt.

»Ja, natürlich … Eine Frau kann immer als Objekt der Begierde durchgehen, selbst wenn nichts weiter darauf hindeutet, kann man sich an diese einfache Erklärung halten. Aber darüber hinaus?«

Jude hörte nicht mehr zu. Das Gesicht des jungen Mädchens schwebte vor ihm, ein Kopf ohne Körper, nur auf ein Lächeln reduziert, ein sanftes Kräuseln der Lippen, das sowohl Freude als auch zärtliches Mitgefühl ausdrücken konnte. Hatte sie, die Verschwundene, Mitleid mit ihm? Wollte sie ihm auf diese Weise eine stumme Botschaft übermitteln?

Ariane. Sie hieß Ariane. Nach Ariadne, der Tochter des kretischen Königs, die Theseus am rettenden roten Faden gehalten hatte, dem Faden, der ihn durch das gefährliche Dunkel des Labyrinths leiten sollte. Ariadne hatte mit klopfendem Herzen hinter dem Türsturz des gewaltigen Portals gewartet, zu den Göttern gefleht und auf das gedämpfte Gebrüll des Minotaurus und die Entsetzensschreie ihres Geliebten gelauscht.

Welche Farbe hatten noch mal ihre Augen? Hellbraun, haselnussbraun oder einfach nur schwarz? Hatte sie ein Muttermal auf der Wange? Das alles erschien ihm plötzlich so wichtig, dass er sofort nachsehen musste. Der Ordner war mit anderen Dokumenten in der alten Aktentasche verstaut, die sein Vater ihm beim Eintritt ins Gymnasium geschenkt hatte. Er beugte sich hinunter, öffnete ihn und schob die Blätter, die mit seiner fast unleserlichen Schrift vollgekritzelt waren, zur Seite. Da erschien das Gesicht, leicht verschwommen. Kaffeebraune Iris. Ja, tatsächlich, ein Muttermal direkt unter dem linken Wangenknochen. Winzig, samtig. Am liebsten hätte er es berührt.

»Gregor geht nicht mehr aus dem Zimmer und huscht sogar unters Bett, damit seine Schwester ihn nicht sehen muss, wenn sie hereinkommt und ihm zu essen bringt. Er will sich unsichtbar machen. Nicht mehr gesehen werden. Nicht mehr sein Spiegelbild betrachten müssen. Keine Spiegel in seinem Zimmer. Von sich selbst kennt er nur, was er sehen kann: seine Vorderbeine, seinen Bauch, den er am ersten Morgen seiner Verwandlung entdeckt hatte. Gregors Entmenschlichung beginnt in dieser Einsamkeit, so wie für seine Familie seine Verdinglichung, was durch das Dienstmädchen verdeutlicht wird, die ihn als ›das da‹ bezeichnet. Existiert ein Mensch denn noch, wenn ihn niemand ansieht, wenn kein Blick auf ihm ruht?«

Jude fuhr zusammen. Er hatte gar nicht bemerkt, dass die Professorin ihren Platz verlassen hatte. Sie war die Stufen des Hörsaals hinaufgestiegen und stand jetzt kaum einen Meter vor ihm. Jude klappte hastig seinen Ordner zu, dabei rutschte das Foto heraus. Ein Windstoß aus dem Lüftungsschacht erfasste es und es segelte vor

Clara Caballos Füße. Die Professorin bückte sich und hob es auf.

»Objektiv gesehen«, fuhr sie fort, »kann niemand ein solches Paradox beweisen, aber subjektiv? Aus psychologischer Sicht? Hattet ihr noch nie das Gefühl, aus der Welt gefallen zu sein, weil ihr für einen bestimmten Menschen aufgehört habt zu existieren – nach einer Trennung zum Beispiel oder wenn ihr verlassen wurdet?«

Ohne das Foto anzusehen, reichte sie es Jude.

»Danke«, murmelte er. Er fasste das Blatt an einer Ecke. Seine Finger auf dieses Bild setzen, ohne Achtung, ohne Respekt ... nein, das brachte er nicht fertig. Es war ein neues und sehr verwirrendes Gefühl. Seine Bewegung zog die Aufmerksamkeit der Professorin auf sich, und ein, zwei Sekunden lang begegneten sich ihre Blicke.

In Clara Caballos' Augen lag Nachsicht. Komplizenschaft. Und vielleicht ein Fünkchen Spott. Das Foto zwischen ihnen, das sie beide nicht losließen, vibrierte wie unter dem Einfluss unsichtbarer, unheilvoller Wellen.

Clara brach als Erste diesen stummen Austausch ab, indem sie den Blick senkte. Als sie das Foto des jungen Mädchens erblickte, erstarrten ihre Züge. Sie fuhr sich mit der Hand über die Stirn, als sei ihr plötzlich schlecht, dann hob sie den Kopf und fixierte Jude erneut. Diesmal ohne Wohlwollen.

Ja, fast feindselig.

»Tiphaine«, fuhr die Professorin mit tonloser Stimme fort. »Liest du bitte weiter? Seite 60, letzter Absatz.«

Kapitel 7

ARIANES TAGEBUCH

Ich spürte diese Hand, diese lastende Hand. Ich saß in der Falle, konnte mich nicht rühren, nicht atmen. Alles verschwamm vor meinen Augen: die Straße, die Autos, die langsam vorbeifuhren, das Blinken eines Reklameschilds, die Gesichter, die Passanten, ihre Haut, ihre Bewegungen, ihr Lächeln. Ich hörte Satzfetzen wie »zu spät«, »gegen 17 Uhr vor dem Kino«, »aber ich sag dir doch …«, »unglaublich, was?«. Niemand konnte mir helfen. Mein Magen verknotete sich vor Angst. Das war er. Er. Die ganze Zeit hatte er mir nachgespürt, mich keine Sekunde lang aus den Augen gelassen. Mich beobachtet, ohne dass ich etwas geahnt hatte. Wahrscheinlich lachte er über meine sinnlosen Anstrengungen. Ich war wie eine Fliege, die in einer Milchpfütze herumschwamm und unter lautem Gebrumm mit ihren Beinchen zappelte, ohne dem Tod entrinnen zu können.

»Hör mal, bist du okay?«

Eine irre Sekunde lang dachte ich: Lara! Das ist Lara! Alles wird gut! Die Erleichterung durchströmte mich wie warmes Wasser, mein verkrampfter Körper entspannte sich, und ich drehte mich um.

Aber natürlich war es nicht Lara. Lara ist tot. Wir haben nicht mal eine halbe Stunde miteinander geredet, dann bin ich eingeschlafen. Und während ich schlief, ist sie gestorben. Seither bilde ich mir ein, ich könnte sie sehen und hören. Warum? Und warum gerade sie? Weil sie kurz vor dem Aufprall zu mir gesagt hatte: »Ich wache über dich.« Ihre Worte waren irgendwie tröstlich gewesen, obwohl sie dabei gelacht hatte. Lara war die Schwester, die ich gern gehabt hätte, der ich alles hätte erzählen können, die mir geholfen hätte, der tödlichen Gefahr zu entkommen ... Stimmt das wirklich? Hätte ich ihr wirklich alles erzählt? So wie ich sie einschätze, hätte sie mich für durchgeknallt gehalten und mich einfach stehen lassen.

Aber vielleicht auch nicht.

Ich werde es nie erfahren.

Und deshalb rede ich mir weiter ein, dass sie da ist, ganz nah. Dass sie über mich wacht.

»Du bist ja ganz blass. Du musst dich setzen.«
Das Mädchen ließ nicht locker. Eine ihrer langen roten Locken hatte sich um ihr Handgelenk gewickelt. Ich starrte gebannt auf dieses feurige Haarbüschel. Es funkelte wie ein Edelstein auf ihrer sommersprossigen Haut, wie etwas Lebendiges. Dann schaute ich das Mädchen an: Sie hatte ein rundes, sanftes Gesicht und graugrüne Augen.
»Nein, nein … es geht schon. Danke«, sagte ich, und es klang ziemlich abweisend.
Sie hätte mich jetzt loslassen und weggehen können, hätte sich sagen können, dass sie nur ihre Zeit mit mir vergeudete. Aber sie rührte sich nicht. Sie lächelte sogar, als würde sie an etwas Schönes denken. Als hätte ich sie an mich gedrückt und ihr ein kostbares Geschenk gemacht …
Komisch.
»Super, dein Top«, sagte sie. Sie nahm ihre Hand von meiner Schulter und zeigte auf die Stickereien. »So eins hätte ich auch gern. Wo hast du das gekauft?«
Mein Mund war staubtrocken. Ich schluckte mehrmals, bis ich antworten konnte: »Ich hab's von meiner Großmutter.«
Die Lüge ging mir ganz leicht über die Lippen. Falls es überhaupt eine war. Ich hatte weder die Mutter meines Vaters noch die meiner Mutter gekannt, auch

keinen meiner Großväter. Und ich hätte so gern eine Großmutter wie Reine gehabt. Oder wie Beth und Marga.

Oder Clara.

Ihr Lächeln wurde breiter, zauberte Grübchen in ihre Wangen.

»Hey, du bist ein Glückspilz.«

Ja klar, dachte ich. Und wie!

»Du bist so schön.«

Rasch trat er einen Schritt zurück, um das fast vollendete Werk zu bewundern. Nahezu perfekt. Strahlend. Jetzt konnten ihr die Zeichen der Zeit nichts mehr anhaben, das hässliche, banale Leben, das jeden Normalsterblichen misshandelt, zerstört und verdirbt. Er hatte diese schmutzige Lebensflut unterbrochen, hatte sie in ihrer schönsten Blüte eingefangen, und darin lag das Geheimnis.

Das Wunder zu bewahren, zu verewigen.

Lara war ihm entkommen, dieses böse Kind, diese kleine Rebellin. Sie hatte die Hölle durchlebt, aber nun war sie bald außer Gefahr – nur eine letzte Prüfung musste sie noch bestehen, eine letzte, sorgfältige Präparation, eine Isolierung, die mehrere Wochen dauern würde. Und dann …

Die blickdichte Plastikhülle war extra auf die Maße der Toten zugeschnitten, mit einer Ausstülpung an einem Ende, die ihn an einen Rugbyball erinnerte. Die Hülle passte wie angegossen. Und jetzt der letzte Handgriff. Zwei sehnige Arme umfassten das lange weiße Bündel, hoben es hoch und setzten es auf einem Wagen mit einer aufklappbaren Haube ab. Die Gummiräder machten keinerlei Geräusch auf dem glatten Betonboden. Das war gut so. Ein kaum hörbares Flüstern von einer Stimme, die beinahe ehrfürchtig, ja andächtig klang. Wie die Stimme eines Priesters, der den Verstorbenen auf seiner langen Reise zum Fluss begleitet, wo ihn der Fährmann erwartet und ihm die Hand hinhält, um ihn ins Reich der Finsternis zu führen.

Was in diesem Keller geschehen war, musste vergessen werden. Ausgelöscht. Das war nur eine traurige Notwendigkeit. In wenigen Minuten würden die automatischen Wasserdüsen anspringen und die letzten Reste ihrer Eingeweide, die letzten getrockneten Blutspuren wegschwemmen. Die Endreinigung – die Feinarbeit – wurde von Hand gemacht. Desinfizieren, schrubben, blank polieren. Dann war der dunkle Raum mit seinen wohlgeordneten Instrumenten für die nächste Kandidatin bereit.

Ariane. Ariane war nicht vergessen. Er hatte sie vorübergehend aus den Augen verloren, aber das spielte keine Rolle. Alle Rettungswagen und Taxis waren nach dem Unfall zum Krankenhaus Sainte-Anne-de-Bellevue gefahren. Er hatte sich erkundigt, und niemand hatte das Mädchen gesehen, nachdem die Empfangssekretärin eine Akte mit dem Namen Lara Tremblay angelegt hatte. Sie war in der Toilette verschwunden und von dort …

Wirklich zum Lachen, wie leicht sie sich aufscheuchen ließen. Ein alter Spürhund wie er roch die Angst der Eltern schon von Weitem. In jeder Stadt verschanzte sich eine Familie. Alle hatten einen Brief bekommen. Aber nicht allen würde die Ehre seines Besuchs zuteil werden. Oh nein – was zu viel war, war zu viel. Aber jede dieser Familien verriet sich durch die Vorsichtsmaßnahmen, mit denen sie ihre Töchter zu schützen versuchten. In Wahrheit erreichten sie damit das Gegenteil, kennzeichneten die Mädchen wie mit einem glühenden Brenneisen, drückten ihnen einen unverwechselbaren Stempel auf.

Leanne. Marie. Lucie. Odile. Gaëlle … Jeder Schlag ihrer Herzen hallte in seiner Brust wider. Ein sanfter, betörender, unablässiger Gesang, der eines Tages vielleicht verstummen würde. Wenn genügend von ihnen in dem Haus versammelt waren, das extra dazu erbaut war, sie aufzunehmen, wo sie über den Tod hinaus geliebt werden würden.

Ariane. Das Mädchen glaubte, ihm ein Schnippchen zu schlagen, indem sie aus ihrer Familie geflüchtet war und ihre Identität gewechselt hatte.

Aber sie irrte sich, und das würde sie nur zu bald erkennen.

ARIANES TAGEBUCH

Ich habe keine Einkäufe gemacht. Beth sagte nichts, als ich mit leeren Händen zurückkam. Sie stand in der Küche, über einen wahren Hexenkessel gebeugt – klein, schwarz, auf einer Seite eingebeult –, und warf Gemüse hinein, das sie in rasendem Tempo schälte und putzte. Ich setzte mich auf einen der beiden weiß gestrichenen Stühle und schaute ihr zu. Ihre energischen, regelmäßigen Bewegungen wirkten beruhigend auf mich, genauso wie ihr Schweigen. Die Tüllvorhänge dämpften das Licht und ich fühlte mich geborgen. Marga und Reine mussten in der Buchhandlung unten sein. Marga an der Kasse oder mit einem Kunden beschäftigt, während Reine wie immer auf einem Barhocker oder einer Treppenstufe hockte, ein Buch und einen Bleistift in der Hand. Das war ihre Lieblingsbeschäftigung: die Rechtschreib- und Grammatikfehler, die Zeichensetzungs- und Tippfehler aufzuspüren, mit denen selbst die sorgfältigsten Ausgaben gespickt waren, wie sie behauptete. Wenn sie einen Band zu Ende korrigiert hatte, schickte sie ihn an den Verlag zurück, mit einem Brief in ihrem unverwechselbaren, teils witzigen, teils schneidenden Stil (ich hatte einige davon gelesen). Sie bekam nicht immer eine Antwort, manchmal nur einen Standardbrief, in dem der Verlag sein Bedauern ausdrückte und den sie dann mit verächtlichem Schnauben als »einen von der Stange« abheftete. Manchmal wurde ihr auch eine korrigierte Ausgabe desselben Textes zugesandt, den sie sofort von Neuem zerpflückte.

Natürlich fand sie immer noch etwas. Ein Buch ohne Fehler gibt es nicht. Das habe ich auch gelernt.

Ein Leben ohne Fehler genauso wenig. Jeder hat sein Geheimnis, einen großen oder kleinen Schandfleck, ein schlechtes Gewissen, einen Makel. Ich kenne meine eigenen noch nicht, aber ich sage mir, dass die anderen – jedenfalls gewisse andere – sie sehen. Warum wäre ich sonst zur … was eigentlich genau? Zur Zielscheibe geworden? Ein Wesen, dessen Existenz so unerträglich ist, dass es sofort ausradiert werden muss? Koste es, was es wolle? Ein Sammlerobjekt?

Ein Sammlerobjekt … Warum war mir dieses Wort plötzlich durch den Kopf geschossen? Ich stellte mir eine Galerie mit lauter lächelnden, stummen Mädchen vor, die nebeneinander aufgereiht waren. Ich ging zwischen ihnen herum, sie sahen mich vorüberschlendern mit ihren toten Augen, die mir dennoch unter ihren stark geschminkten Lidern hinweg folgten. Ein wahrer Albtraum.

Ich musste wohl aufgeschrien haben, denn Beth drehte sich um.

»Lara? Was ist denn?«

Ich starrte sie benommen an, konnte ihr nicht beschreiben, was ich gesehen hatte. Es war einfach zu abartig.

»Nichts«, sagte ich. »Ich helfe dir, ja?«

»Gut, du kannst dich um die Kartoffeln kümmern. Sie reichen gerade noch.«

»Okay.«

Ich nahm den Sparschäler und konzentrierte mich auf diese einfache Aufgabe: ein langes braunes Band abschälen, ohne es zu zerreißen, und als makellose Spirale auf den Tisch fallen lassen. Wenn ich das schaffte, bestand auch die Chance, dass ich die Lösung des Rätsels finden würde. Denn diesmal war ich nicht der Spielball einer krankhaften Fantasie, das wusste ich. Die Szene, die in meinem Geist entstanden war, hatte eine Bedeutung, barg eines der Puzzleteile.

Fragte sich nur, welches.

Die Heckklappe des schwarzen Chevrolets mit den dunkel getönten Scheiben schloss sich mit einem dezenten Klicken. Der Motor sprang an und das automatische Garagentor glitt nach oben. Eine ungewöhnlich dichte Hecke trennte die Garage vom Garten, der wiederum durch ein Eschengehölz von der Straße abgeschirmt wurde. Der Wagen bog in die ruhige Straße ein, die von zurückgesetzten Häusern und Villen gesäumt war. Die Bewohner dieses Viertels legten Wert auf ihre Privatsphäre; hier war keine gefährliche Neugier zu befürchten. Es war eine gute Idee gewesen, das Labor und den Operationssaal in dieser Straße einzurichten. Allerdings konnten hier gewisse kostbare Exemplare nicht hundertprozentig bis zu ihrer endgültigen Präparation aufbewahrt werden – ihrem Fegefeuer sozusagen, die letzte Etappe ihrer Reise. Dazu brauchte es eine ganz besondere Umgebung und diverse sorgfältig getroffene Vorkehrungen.

Und Platz natürlich. Viel Platz.

Der Chevrolet glitt bis zum Ende der Allee, dann am Fluss entlang, um schließlich in die Auffahrt zur Autobahn Richtung Nordosten einzubiegen. Ein plötzlicher Regenguss prasselte an die Windschutzscheibe; die Scheibenwischer setzten sich in Gang, lautlos und effizient. Eine bläuliche Dämmerung senkte sich über die Gebäude und Lagerhallen der Vorstadt. Der Motor lief praktisch geräuschlos; aus den superflachen Lautsprecherboxen, die in der Innenverkleidung der Türen verborgen waren, tönte das *O quam tristis* des Stabat Mater von Pergolesi.

Der Leichnam auf seiner Bahre hinter der Schiebetrennwand, die im Augenblick geschlossen und verriegelt war, schien zu erschauern.

Kapitel 8

Jude nahm seinen Becher mit schwarzem Kaffee von der Theke, stibitzte sich zwei Zuckertütchen, lächelte Céline zerstreut an und ging durch das Büro, das er sich mit anderen Mitarbeitern des Teams teilte. Er hätte gern die Anordnung der Schreibtische geändert, wusste aber, dass er mit einer solchen Aktion unfreundliche Kommentare ernten würde. Daher hatte er seinen Stuhl so platziert, dass er die Aktenregale im Rücken hatte, von denen eines für ihn reserviert war, denn die Tür im Rücken machte ihn nervös. Aber diese Lösung gefiel ihm auch nicht. Er schaute auf eine blinde Wand, ein Rechteck aus grauem Beton, das mit Schaubildern und Dienstanweisungen zugekleistert war. An den beiden gegenüberstehenden Schreibtischen zu seiner Rechten saßen Annabelle Lambert und Yuko Okada. Immer wenn er den Kopf hob, begegnete er dem Blick der Letzteren. Einem derart ausdruckslosen Blick, dass es fast schon an Provokation grenzte.

Zum Glück war sie noch nicht da. Er stellte seinen Becher auf einen italienischen Keramikuntersatz, den Églantine ihm zum letzten Geburtstag geschenkt hatte (»Ich weiß, dass du die feuchten Ringe auf dem Holz nicht ausstehen kannst, und sag mir jetzt bloß nicht, dass der Schreibtisch aus Metall ist, das kommt aufs Gleiche raus«), nahm ein leeres Blatt und schrieb, noch bevor er sich gesetzt hatte:

Clara Caballos.

Dann rückte er seinen Stuhl zurecht und stützte die Ellbogen rechts und links von dem Blatt auf.

Er hatte sich das nicht eingebildet. Diese Frau hatte das Mädchen auf dem Foto erkannt – Ariane. Und sie hatte nichts gesagt.

Warum?

Er nahm den Telefonhörer ab und wählte die Nummer seiner Wohnung. Églantine musste donnerstags erst um 11 zur Uni. Vielleicht war sie noch zu Hause. Er ließ es zweimal läuten. Viermal. Sechsmal. Er wollte schon auflegen, als eine helle Stimme, die etwas außer Atem war, antwortete.

»Bist du das? Ich war unter der Dusche. Lass mich raten: Die Uni brennt, du hast es in den Nachrichten gehört!«

»Bloß nicht – du würdest womöglich noch hinrennen und das Feuer eigenhändig löschen … Aber sag mal, deine Literaturprofessorin ….«

»Madame Caballos? Ist ihr was passiert?«

»Meines Wissens nicht. Sie hat mich schon oft mit dir gesehen, also weiß sie, dass ich dein Bruder bin. Aber … weiß sie auch, was ich beruflich mache?«

Églantine lachte. »Ja klar! Im ersten Jahr hab ich ihren Kurs über Trivialliteratur belegt, also die Sorte, die du bevorzugst – Fantasy, Science-Fiction und so was. Das gehört nicht zu meinem Studiengang, nicht mal zu den Wahlfächern, und sie hat mich gefragt, warum ich das mache. Da hab ich ihr erklärt, dass ich Kriminologin werden will, dass mein Bruder bei der Polizei ist und es in diesen Büchern von Ideen für abartige Morde nur so wimmelt. Ich bin nämlich ganz sicher, dass die meisten Täter von den Büchern beeinflusst werden, die sie gelesen haben, und das muss nicht unbedingt ein Krimi sein.«

»Das ist deine Theorie, Églantine. Nicht besser oder schlechter als jede andere. Dann weiß deine Professorin also, dass ich Polizist bin. Interessant. Was kannst du mir sonst noch über sie erzählen?«

»Sie hat spanische Wurzeln, soviel ich weiß. Und sie ist Single. Als Prof ist sie super, nicht so spezialisiert wie viele andere. Sie unterrichtet auch spanischsprachige

Literatur und Kreatives Schreiben – außerdem gibt sie dieses Jahr einen Kurs über psychoanalytische Werkinterpretationen. Sie benotet ziemlich streng, aber gerecht. Und man kann mit ihr reden. Clara Caballos ist ein menschliches Wesen und keine Maschine, die nur Theorien ausspuckt. Reicht dir das als Porträt?«

»Ja, danke«, sagte Jude. »Fast. Ist dir vielleicht aufgefallen … ich meine, interessiert sie sich besonders für bestimmte Studentinnen? Also …«

»Ich weiß schon, was du meinst.« Églantines Ton wurde schärfer. »Aber du bist auf der falschen Fährte, Bruderherz.«

»Nein, *du* bist auf dem Holzweg. Aber egal.«

»Madame Caballos ist nicht … Sie hat nie …«

»Okay, okay, die Botschaft ist angekommen.«

»Was willst du von ihr? Warum interessierst du dich für sie?«

Jude übte sich in Geduld. »Ich interessiere mich im Rahmen einer laufenden Ermittlung für sie. Und du weißt genau, dass ich dir nicht mehr darüber sagen darf, weil du sie ja kennst. Außerdem will ich nicht, dass du dir Sorgen machst …«

»Dann hättest du mich auch nicht anrufen dürfen.«

Ein Klicken. Églantine hatte aufgelegt. Jude seufzte und schaute auf. Yuko, die sich lautlos wie eine Katze an ihren Platz gesetzt hatte, tippte bereits auf ihrer Laptop-Tastatur herum. Sie schenkte ihm ein leichtes Lächeln, das er – mit einer gewissen Böswilligkeit – als provozierend einstufen konnte.

»Lara … Jetzt hör doch auf, immer im Kreis zu rennen. Ich hab schon Kopfschmerzen davon.«

Es dauerte einen Augenblick, bis Ariane reagierte und vor dem Panoramafenster stehen blieb. Sie hatte sich immer noch nicht an ihren geborgten Vornamen gewöhnt, obwohl sie alle gemeinsam beschlossen hatten, ihn weiter zu benutzen.

»Wir dürfen nicht das Risiko eingehen, dass wir uns verplappern«, hatte Reine verkündet.

Nur Clara hatte protestiert: »Sie kommt doch kaum mit anderen Leuten zusammen, außer hier in der Buchhandlung. Und ich glaub nicht, dass es gut für sie ist. Den Namen einer Toten zu tragen, das ist ja, als würde man ihr Schicksal …«

Aber Marga hatte ihr abrupt das Wort abgeschnitten. »Ein einziger neugieriger oder redseliger Kunde genügt. Und eine einzige Unaufmerksamkeit.«

»Und verschone uns mit deinem Psychokram, Clara«, hatte Beth sich empört. »Es ist auch nicht gut für sie, in die Hände dieses Killers zu fallen, oder? Na also, damit wäre das Thema erledigt.«

Reine schaute von ihrer Ausgabe von »Hoffmanns

Erzählungen« auf, in der sie seit einer Stunde fieberhaft herumstrich. Jetzt war sie gerade beim »Sandmann«. »Schade, dass ich kein Deutsch kann. Ich bin mir sicher, dass es in der Übersetzung kleine Ungereimtheiten gibt, die mir natürlich entgehen und die alles noch komplizierter machen … Geht's dir nicht gut, Schätzchen? Du siehst aus wie eine Katze, die gerade aus dem Wasser gezogen wurde …«

Ariane lächelte. Sie hatte eine Schwäche für Reine – für ihre ganze Persönlichkeit, ihre literarische Leidenschaft, ihre plötzlichen Ausbrüche von Zärtlichkeit. Sie setzte sich auf das Kanapee neben die Buchhändlerin, schmiegte den Kopf an ihre Schulter und seufzte.

»Ich langweile mich. Nein, das ist es nicht. Ich *verzehre* mich, wie es in alten Romanen heißt. Es ist so nervtötend, wenn man nichts tun kann …«

Reine strich ihr übers Haar und blätterte eine Seite um. »Geh raus, spazieren. Fotos im Park machen, wenn das deine Leidenschaft ist. Clara hat eine supermoderne Kamera. Frag mich nicht, welche Marke, ich versteh nichts davon und es ist mir auch egal, aber sie leiht sie dir bestimmt.«

»Ich hab selber eine. Aber *er* weiß garantiert, dass ich gern fotografiere, verstehst du? Ich könnte mich genauso gut in ein Schaufenster stellen und lauthals herumbrüllen: ›Hallo, hier bin ich!‹«

»Sei nicht so paranoid.«

»Bin ich doch gar nicht.« Ariane richtete sich auf und stützte sich mit dem Ellbogen auf einem der kirschroten Samtkissen ab. »Also ich dachte ... ich geh mal in die Bibliothek.«

Reine runzelte die Stirn. »Na hör mal, hast du hier nicht genug Bücher? Bist du so lesehungrig?«

»Nein, natürlich nicht. Ich will nur ein paar Zeitungen durchsehen. Die Tageszeitungen der ... naja ... letzten zwölf Jahre. Wo finde ich hier so was?«

»Im Uni-Dokumentationszentrum, glaube ich. Oder in der großen Bibliothek. Ich leihe dir meine Karte, wenn du willst. Aber warum ...«

Ariane legte behutsam zwei Finger auf Reines Lippen. »Sagen wir mal, ich hatte einen Traum. Und seither ... ich muss was nachprüfen. Und im Internet finde ich nichts.«

»Und das hat mit ... du weißt schon ... zu tun?«

»Ja.«

Die Buchhändlerin warf ihr einen prüfenden Blick zu, holte kurz Luft, dann sagte sie nur: »Gut, dann geh. Aber vorher könntest du noch das Lexikon nehmen, wenn du so lieb sein willst, und mir alle gebräuchlichen Synomyme für das Wort ›Erscheinung‹ heraussuchen.«

Clara Caballos legte ihre Hände flach auf den Tisch, der in der Mitte des kleinen Verhörraums stand. Die dunkelgraue Platte war völlig zerkratzt – tiefe Kerben, so lang wie ein Fingernagel, wütende Ritzer, Kritzeleien aller Art, auch unanständige, und auf Judes Seite primitiv gezeichnete Gesichter, oft mehrfach durchgestrichen, unvollständige Tabellen mit flüchtig eingeritzten Kreuzen und Kreisen.

»Warum lächeln Sie?«

Die Frage war in neutralem, beiläufigem Ton gestellt worden. Clara Caballos fixierte ihr Gegenüber neugierig.

»Weil mich der Tisch hier an ein vollgekritzeltes Schülerpult erinnert. Jeder, der hier schmoren musste, hat seine Tagträume darauf verewigt, seine grenzenlose Langeweile. Das hat mich schon immer fasziniert – kreative Langeweile.«

»Ach ja? Aber Sie glauben doch wohl nicht, dass ich Sie herbestellt habe, um mit Ihnen darüber zu diskutieren.«

»Nein, natürlich nicht. Ich habe nur auf Ihre Frage geantwortet, Inspektor. Also dann – worüber sprechen wir?«

»Wissen Sie das wirklich nicht?«

Er beobachtete sie unter halb geschlossenen Lidern hinweg. Clara Caballos hatte die Hände zusammengelegt und die Finger verschränkt, als wolle sie sich gegen seine Fragen wappnen. Befürchtete sie, dass ihr etwas entschlüpfen könnte? Aber was genau? Welches Geheimnis? Welches Vergehen?

»Nein.«

»Dieses junge Mädchen …« Jude schob der Professorin eine Kopie des Fotos in einer Plastikhülle hin.

»Ja? Und?«

Flüchtiger Blick auf das Foto – ein bisschen *zu* flüchtig –, hochgezogene Brauen, was Verwunderung ausdrücken sollte, leichtes Zittern der Lippen, Mund fest geschlossen. Sie hatte sich gut im Griff.

Aber nicht gut genug.

»Sie kennen sie.«

Das war keine Frage mehr. Clara Caballos nahm es zur Kenntnis, und wieder huschte ein kaum merkliches Lächeln über ihr Gesicht. »Nein«, versicherte sie. »Ich kenne sie nicht.«

»Aber Sie haben sie schon mal gesehen.«

»Ich habe Millionen Gesichter im Lauf meines Lebens gesehen.«

»Sie weichen mir aus.«

»Warum sollte ich? Ich sage die Wahrheit.«

»Aber als ich in Ihrer Vorlesung war …«

»Ja?«

»Ich hab das Foto hier fallen lassen und Sie haben es aufgehoben.«

»Ein Reflex, ja. Ist das ein Verbrechen?«

»Wer redet denn von Verbrechen?«

Jude lehnte sich auf seinem Stuhl zurück, plötzlich ganz entspannt. Er hatte seine Beute jetzt fast da, wo er sie haben wollte, hatte sie aus der Reserve gelockt, ganz wenig nur – aber oft genügte das, um einen Verdächtigen aus der Fassung zu bringen. Jedes weitere Wort drängte ihn in die gewünschte Richtung, verwirrte ihn, verstrickte ihn noch tiefer in seine Widersprüche. Jude liebte diesen Moment und kostete ihn aus, wenn auch mit einem Anflug von schlechtem Gewissen. *Das ist der Jagdtrieb,* dachte er, *wir sind nicht so weit von unseren Vorfahren entfernt, wie wir glauben … es erregt uns, mit der Beute zu spielen, sie zittern zu sehen, ihre Angst zu spüren, bevor wir sie zerfetzen …*

»In einem Verhör zählt nicht nur, was laut ausgesprochen wird«, verkündete die Professorin in beinahe nachsichtigem Ton, als wäre Jude ein etwas beschränkter, aber eifriger Studienanfänger. »Alles in diesem Zimmer ist bedeutungsvoll, und das Wort ›Verbrechen‹ steht ganz groß im Raum, wo immer man auch hinsieht. Das muss ich Ihnen ja wohl nicht erklären. Sie haben schließlich ein Diplom in Kriminalpsychologie. Und Sie lesen viel.«

Jude fuhr hoch. »Woher wissen Sie das?«

»Von Ihrer Schwester natürlich. Wir unterhalten uns

manchmal nach der Vorlesung. Églantine bewundert Sie sehr. Sie will sogar in Ihre Fußstapfen treten.«

»Nein, Églantine will nicht zur Polizei gehen. Sie will Profiler werden.«

»Ich weiß.«

Jude ärgerte sich bereits, dass ihm diese Information entschlüpft war. Er hatte das Gefühl, in eine Falle getappt zu sein. Clara Caballos hatte den Spieß einfach umgedreht und jetzt würde er nichts mehr aus ihr herausbekommen. Trotzdem ließ er nicht locker, bohrte auf dilettantische Art weiter und hätte sich bei jedem weiteren Wort am liebsten auf die Zunge gebissen.

»Als Sie zum ersten Mal einen Blick auf das Foto geworfen haben, hatte ich ganz deutlich den Eindruck, dass Sie genau wissen, wer dieses junge Mädchen ist.«

»Eindruck, Inspektor? Eindrücke können trügen und sind verführerisch. Weil sie uns dazu verleiten, uns etwas zusammenzufantasieren, und uns damit leicht in die Irre führen.«

Diese Professorin verschaukelte ihn, aber immerhin nahm sie die Plastikhülle und betrachtete stirnrunzelnd das Foto. Jude hätte schwören können, dass ihr Interesse nicht geheuchelt war. Dann schaute sie ihm direkt in die Augen, als wollte sie ihn abschätzen.

»Sagen Sie mir, was ich für Sie tun kann, Inspektor.

Ich würde Ihnen gerne helfen, aber im Moment weiß ich wirklich nicht, wie. Tut mir leid.«

Jude gab ihr seine Karte. »Meine Telefonnummer. Sollten Sie diesem Mädchen irgendwo begegnen, dann rufen Sie mich bitte an.«

»Warum? Was hat sie angestellt?«

»Nichts. Aber sie ist in Gefahr. In Lebensgefahr. Mehr darf ich Ihnen nicht sagen.«

Jude seufzte. Er musste sie jetzt gehen lassen, ihm blieb nichts anderes übrig. Aber geschlagen gab er sich nicht. Noch nicht. Er brachte sie zum Ausgang und ging dann in das Gemeinschaftsbüro zurück. Yuko war noch da, die Augen auf ihren Bildschirm geheftet. Ihr blasses Gesicht glich im Bildschirmgeflacker einer starren japanischen Theatermaske.

»Sergeante Okada?«

Yuko wirbelte zu ihm herum. Jude reichte ihr ein Post-it mit Clara Caballos' Namen und Adresse.

»Lebenslauf und Überwachung, bitte. Und Sie müssen nicht diskret sein. Im Gegenteil. Ich will alles wissen. Vorlieben, Gewohnheiten, Hobbys, politische Ansichten, Vorstrafenregister, das ganze Trallala.«

Yuko ließ langsam ihren Daumen über die Adresse gleiten, und Jude erschauerte, als hätte sie ihn berührt.

»Ariane?«, fragte sie nur. Den ersten Konsonanten des Namens verschluckte sie dabei, den Rest zog sie in die Länge, fast wie eine Liebkosung. In ihrem Mund bekam der Name einen exotischen Klang.

»Ja.«

»Ist das eine konkrete Fährte oder nur eine … Intuition?«

Intuition. Eindruck. Man fantasiert sich etwas zusammen und lässt sich in die Irre führen … Clara Caballos war ihm sympathisch. Er hoffte beinahe, dass er sich getäuscht hatte. Was hatte er schon gegen sie in der Hand? Einen Blick auf ein Foto, kaum eine Sekunde lang.

Und trotzdem – er hatte ihn aufgefangen, diesen Blick. Und er irrte sich nicht. Das wusste er.

»In Bezug auf die Spindel gibt es keine ›konkrete Fährte‹, Sergeante. Das müssen Sie in diesem Fall als Allererstes begreifen«, entgegnete er und kehrte ihr den Rücken.

Teil 3

Kapitel 1

Ariane stieß die große Glastür auf, die den Treppenabsatz im ersten Stock vom Zeitschriftensaal trennte, trug sich im Register ein und ging langsam die erste Bankreihe entlang. Niemand beachtete sie – sie trug wieder ihre eigenen Sachen – Jeans, Jacke, Pulli – und sah wie alle Gymnasiastinnen aus, die hierherkamen, um für ein Referat oder eine Hausarbeit zu recherchieren. Eine Frau mittleren Alters, die auf einem Laptop herumtippte, schaute kurz zu ihr auf, lächelte abwesend und vertiefte sich wieder in ihre Arbeit. Ariane ging an einen freien Platz und legte ihr Netbook, ihren Block und Stift auf den Tisch.

Was genau suchte sie eigentlich? Sie wusste es selbst nicht. Irgendeine Verbindung zwischen den toten Mädchen und ihr, die noch am Leben war, wenn auch nur auf Abruf. Da waren zunächst das Alter und die äußere Ähnlichkeit. Aber das reichte nicht aus.

Ein Sammlerobjekt. Warum hatte sich dieses Wort so tief in ihr Gedächtnis eingegraben? Was bedeutete es? Aus den Webseiten und Blogs, die sie durchforstet hatte, ging hervor, dass die Motive von Serientätern vielfältig waren – Machtgier, sexuelle Verirrungen, Geltungsbedürfnis (der Medienrummel), der Wunsch, andere zu bestrafen. Häufig kannten die Täter ihre Opfer nicht und trotzdem lag den Morden ein bestimmter Impuls zugrunde. Die rituelle Inszenierung des Tatorts, die »Handschrift« blieb stets dieselbe, während die Vorgehensweise variieren konnte.

War die Spindel ein Pädophiler, der sich von einem bestimmten Mädchentyp angezogen fühlte? Hellhäutige, eher blonde und hübsche Mädchen? Nichts deutete wirklich darauf hin. In keinem der Artikel, die sie gelesen hatte, war die Rede von sexueller Gewalt gewesen. Im Gegenteil. Der Killer war sehr behutsam, fast fürsorglich mit seinen Opfern umgegangen, hatte sich große Mühe mit ihnen gegeben – auf *seine* Art. Ihre Haare waren stets gekämmt, ihre Nägel gefeilt, die Lippen geschminkt. Und dann dieses Parfüm, dieser Duft, der noch so lange in den Räumen hing, in denen die Toten gefunden wurden …

Das alles ergab ein Bild. Ein Gemälde.

Und was macht man mit einem Bild? Man stellt es aus. Genau das hatte der Killer getan.

Und dann?

Auf dem ersten Blatt ihres Notizblocks hatte Ariane in Kurzform die Daten der Morde und die Namen der Opfer notiert. Sie musste nicht sehr lange suchen. Die Verbrechen der Spindel hatten wochenlang in den Schlagzeilen gestanden. Sie nahm die Mikrofilme, schob sie nacheinander in das Lesegerät und überflog aufmerksam die Spalten. Hin und wieder unterbrach sie ihre Lektüre, um ein paar Worte auf ihrem Block zu notieren. Ein Detail, ein Datum, einen Ort. Kleine weiße Kieselsteine als Wegmarkierungen, die vermutlich nirgendwo hinführten.

Oder direkt in die Höhle des Monsters.

Jedem Artikel war ein Foto vorangestellt, außer den letzten. Ariane klickte sie an, vergrößerte sie auf das Maximum, druckte sie aus und breitete die Fotos nebeneinander auf dem polierten Holztisch aus. Sie las noch einmal alle Texte, bis hin zur winzigsten Zeitungsnotiz. Nichts passte zusammen. Die Mädchen hatten nicht in derselben Stadt gelebt, waren alle an verschiedene Schulen gegangen. Die Erste war eine leidenschaftliche Reiterin, die Zweite spielte Hockey, die Dritte sang im Chor. Ariane nahm sich jedes noch so winzige Detail vor – und die Polizei hatte vermutlich noch mehr Informationen gesammelt, als in der Presse erschienen waren –, aber sie fand nichts. Außer der erstaunlichen

Ähnlichkeit, die sich nicht nur auf die Haarfarbe beschränkte. Verstohlen zog sie den kleinen Taschenspiegel aus ihrer Handtasche, den Clara ihr gestern Abend gegeben hatte. Die Rückseite war mit winzigen Glassplittern verziert, die zusammen ein Dreieck ergaben, in dem sich verschiedene Blautöne vor einem grauen Hintergrund mischten. Clara hatte ihr den Spiegel mit den Worten überreicht: »Die meisten Leute bleiben unten an der Basis des Dreiecks stecken, zwischen wahr und falsch, gut und böse, während die Spitze des Dreiecks für eigenständiges Denken steht. Daran musst du dich halten, Schätzchen.«

Was hatte sie damit sagen wollen? Dass Ariane anderswo suchen musste? Nicht unter den toten Mädchen, sondern den potenziellen Opfern? Mädchen, die irgendwo aufwuchsen, ohne sich der Gefahr bewusst zu sein, in der sie schwebten? Aber wie sollte sie diese Mädchen finden? Nur die Polizei kannte die Orte, an denen sie sich versteckten … oder versteckt wurden. Und ihre Identität.

Ihre Identität. Ariane stand der kalte Schweiß auf der Stirn. Ariane Prudent … Zum ersten Mal kam ihr der Gedanke, dass dieser Name, ihr Name, vielleicht einfach aus einer Liste stammen könnte. Wie in diesem Charles-Dickens-Roman, den sie in ihrem ersten Jahr auf der weiterführenden Schule durchgenommen hatten – wie hieß der Titel noch mal? Sie dachte an die Szene, in der dieser Waisenhausdirektor, ein grässlicher Kerl, ein dickes Buch öffnete, in dem Hunderte von Familiennamen aufgelistet waren … »Wir benennen unsere Zöglinge immer nach dem Alphabet. Zuletzt hielten wir bei S – Swubble, so nannte ich das vorletzte Waisenkind, und der nächste war ein T – Twist, ich habe ebenfalls den Namen erfunden. Wenn wieder einer kommt, wird er Unwin heißen, und der Nächstfolgende Vilkins. Ich habe mir schon eine ganze Reihe von Namen ausgedacht, durchs ganze Alphabet hindurch; und wenn ich bei Z angekommen bin, fange ich beim A wieder an.«

Laras Bibliotheksausweis war zwischen zwei Seiten ihres Notizblocks gerutscht, zusammen mit Reines Karte, mit der sie in die Bibliothek hereingekommen war. Warum nicht dieser Name? Er war so gut wie jeder andere, wenn ihr eigener ohnehin nur ein Deckname war. Prudent – also »vorsichtig« –, war das vielleicht ironisch gemeint? Kleiner Scherz eines Beamten? Oder eine leise, fortwährende Mahnung, immer auf der Hut zu sein, jedem und allem zu misstrauen? Und Ariane? Hatte sie zumindest ihren wahren Vornamen behalten dürfen?

Plötzlich fühlte sie sich so nackt, so allein, dass sie die Stirn auf ihre verschränkten Arme legte, um ihr Gesicht zu verbergen, um ein wenig Dunkelheit und Frieden zu finden.

Niemand mehr sein. Nichts mehr wissen.

Außer, dass sie sterben würde.

Im Gang stöckelte jemand in High Heels an ihr vorbei – sie hörte das regelmäßige, diskrete Knarzen des Parketts und stellte sich eine Schlossherrin vor, die in ihren riesigen Räumen hin und her ging. Die Frau sang leise eine Melodie, die Ariane zu erkennen glaubte. Aber das Murmeln entfernte sich bereits wieder, und als sie den Kopf hob, fiel ihr Blick auf einen Bibliothekar, der hinter der Glaswand zwischen dem Zeitschriften- und Lesesaal die Strichcodes des Bücherstapels prüfte, den die Benutzerin vor ihm abgesetzt hatte. Sie sah, wie das Laserlesegerät aufleuchtete und blutrote Rechtecke auf die Einbände warf.

Ariane holte tief Luft, hielt den Spiegel in ihrer hohlen Hand und fixierte ihr Spiegelbild. Wenn sie den Spiegel nach unten neigte, konnte sie nur ihr Kinn und die Lippen sehen, und wenn sie ihn nach oben hielt, ihre Stirn mit dem dunkel gefärbten Pony. Sie musterte die Form ihrer Augen, ihrer Augenbrauen, ihrer Nase, den Schwung ihrer Lippen, die zarten Falten ihrer Mundwinkel und ihren Haaransatz. Ja, dort war etwas – ein ganz leichter Wirbel über ihrer rechten Augenbraue, der nach links verlief. Den hatte sie auf mindestens einem der Fotos gesehen. Sie nahm sich erneut alle Abzüge vor, studierte sie mit einer Lupe, die Reine ihr geliehen hatte, dann schob sie den Stapel enttäuscht zurück. Nur zwei der Mädchen wiesen diese Besonderheit auf: Natascha, ermordet 2004, und Béatrice, die zwei Jahre später gestorben war.

Das ergibt keinen Anhaltspunkt, dachte sie entmutigt. *Sonst hätte die Polizei es längst entdeckt.*

Ein letztes Mal nahm sie ihren Spiegel hoch und fing einen Sonnenstrahl auf, der durch das Fenster hinter ihr fiel. Der Lichtfleck hüpfte die Bankreihen entlang, schwebte auf dem Vorhang eines großen Fensters und streifte schließlich ein Gesicht.

Das Gesicht eines rothaarigen Mädchens. Sie hatte ihr Haar unter eine rote Mütze gestopft und schirmte ihre Augen mit der Hand ab, bevor sie den Kopf drehte.

»Hallo.«

Es war nur ein Flüstern, aber Ariane erstarrte. Die Rothaarige, die sich geräuschlos genähert hatte, riss ihre Mütze herunter und schüttelte den Kopf. Ihre Locken fielen ihr wild über Rücken und Schultern. Sie trug einen knallgrünen Pulli und einen gestreiften Schal, und all diese schreienden Farben waren tatsächlich wie … wie eine Art Lärm. Ja, genau. Lärm. Eine Blasmusik, zu laut, zu fröhlich, mit viel Blechgetöse.

»Wir sind uns schon mal begegnet, oder? An der Uni? Was studierst du denn?«

Ariane schüttelte den Kopf. Sie hatte das Gefühl, dass alle im Lesesaal zu ihr herstarrten. Das Mädchen musste verschwinden. Sofort.

Aber sie ließ sich nicht abschütteln. »Doch, ich bin mir sicher! Es war …«

Ein Mann, dessen Gesicht fast ganz hinter dem Deckel der dicken Akte verborgen war, in der er blätterte, zischte missbilligend. Ariane raffte hastig die Fotos zusammen, die um ihr Netbook und ihren Notizblock verstreut waren. Flüchten, schon wieder flüchten, dicke Wände zwischen sich und alle Leute bringen, die mit ihr reden, die sie berühren, ihr Namen und Adresse entlocken wollten, Wände und Türen aus Glas, Holz oder Metall, Treppen, Straßen, ja ganze Viertel mit ihrem ruhelosen Gewimmel, Lieferwagen, hinter die sie huschen, hinter denen sie sich verstecken und unsichtbar machen konnte.

»Ich komme zu spät«, brachte sie endlich leise hervor.

»Was ist *das* denn?«

Das Gesicht des Mädchens hatte sich abrupt verändert: Ihre Augen waren jetzt zwei dunkle Schächte, zwei bodenlose Abgründe – voller Schmerz, voller Hass. Mit dem Zeigefinger deutete sie auf die Fotos, auf das älteste, stieß es beinahe brutal unter die anderen, sodass nur noch der Mund hervorschaute und das Kinn, das auf den zarten, gefalteten Händen ruhte. Am Ringfinger steckte ein Ring, der mit einer Blüte aus rosa Perlen verziert war.

Aurore Beauvoir. An ihrem sechzehnten Geburtstag ermordet, so wie alle anderen Mädchen. Sie hatte auf ihre drei Freundinnen gewartet, die abends mit ihr feiern wollten. Normalerweise wäre die ganze Familie da gewesen, aber Aurores kleine Schwester, damals acht, hatte plötzlich hohes Fieber bekommen. Ihre Eltern waren mit ihr ins Royal-Victoria-Krankenhaus gefahren und hatten auch den jüngeren Bruder mitgenommen, sodass Aurore allein zu Hause geblieben war. »Wir wollten ihr nicht den Geburtstag verderben«, hatte ihr Vater, der selbst Polizist war, später zu Protokoll gegeben. Ariane hatte das Foto betrachtet, das dem Artikel vorangestellt war, und konnte beinahe die Stimme dieses Mannes hören – dumpf, gebrochen, so rau wie das kantige, schmerzverzerrte Gesicht.

Aurores Vater war gegen neun mit seinem Sohn nach Hause zurückgekommen. Der Kleinen ging es besser, aber seine Frau wollte vorsichtshalber die Nacht mit ihr im Krankenhaus verbringen. Das Haus war ganz still, alle Lichter gelöscht, und Monsieur Beauvoir hatte seinen Sohn gebeten, zu Ariane hinaufzugehen, um »nachzusehen, was die Mädchen da im Dunkeln anstellten«. Und deshalb hatte der Bruder die Leiche entdeckt.

»Warum interessiert dich das? Wer bist du?«, zischte das rothaarige Mädchen.

»Das geht dich nichts an«, wehrte Ariane ab.

Diesmal empörte sich ein Mann, der auf dem Platz nebenan saß: »Wenn ihr streiten wollt, könnt ihr rausgehen, ins Café oder sonstwohin. Aber nicht hier. Wie soll man bei diesem Lärm arbeiten?«

Zustimmendes Gemurmel wurde hier und da laut. Eine Angestellte tauchte hinter der Theke auf und kam mit erhobener Hand und wütender Miene auf sie zu. Sie trug einen engen Rock, der ihre Beine bis zu den Knien einschnürte, sodass sie wie auf Eiern ging. Die Rothaarige wich einen Schritt zurück.

»Okay, ich gehe.« Dann fügte sie kaum hörbar hinzu: »Aber wir sehen uns wieder.«

Ariane setzte sich wieder an ihren Platz. Ihr Herz klopfte, der Schweiß lief ihr über den Rücken und durchtränkte ihr T-Shirt. Sie konnte jetzt nicht rausgehen, weil das Mädchen ihr mit Sicherheit auflauerte. Sie spürte den Blick ihres Sitznachbarn, gierig, forschend, und ihre rechte Wange brannte, als hätte jemand einen Scheinwerfer darauf gerichtet. Der Typ zeigte seine Neugier ganz ungeniert, machte sich nicht mal die Mühe, sein Gesicht hinter dem riesigen Stapel Fotokopien zu verbergen, die er gerade durcharbeitete. Mit der spitzen Nase und dem schütteren braunen Schnauzbart glich er einer Ratte. Einer fast kahlen Ratte. Die verbliebenen spärlichen Haare waren sorgfältig gekämmt, wie mit dem Lineal gezogen, und bildeten lauter parallele Furchen auf seiner bleichen Kopfhaut.

Ariane zwang sich, langsam zu atmen, nahm ihren Block an sich und unterstrich blindlings ein paar Wörter, ohne den Text noch einmal zu lesen. Was jetzt? Dableiben, bis die Bibliothek zumachte. Den Personalausgang suchen. Notfalls einen Schwächeanfall vortäuschen. Nein, keinen Schwächeanfall – sie war schon genug aufgefallen. Vielleicht sollte sie sich über Nacht in der Toilette einschließen lassen? Aber dann würden Beth und Clara vor Angst durchdrehen. Die beiden hüteten zur Zeit die Buchhandlung, weil Reine und Marga für ein verlängertes Wochenende in die Laurentinischen Berge gefahren waren.

Unauffällig schob Ariane ihren Ärmel hoch, um einen Blick auf die Uhr zu werfen – noch über eine Dreiviertelstunde. Ein paar Leser gingen bereits mit ihren Computertaschen zur Tür. Andere ließen sich Zeit, zogen umständlich ihre Mäntel an, drapierten ihre Schals um den Hals und streiften ihre Handschuhe über – ein kalter Wind fegte durch die Straßen der

Innenstadt und es hatte bereits geschneit. Die Bäume im Park waren weiß gesprenkelt.

Zwei Monate, dachte Ariane. *Ich habe schon zwei Monate gewonnen. Ich darf es jetzt nicht vermasseln.*

Ein Räuspern, dann schlurfende Schritte hinter ihr. Die Ratte war aufgestanden und spähte ihr über die Schulter. Ariane legte schnell ihren Unterarm über den Fotostapel, als wäre es ein Prüfungsbogen. Ein leises, spöttisches Lachen kam als Antwort. Ariane spürte heißen Atem an ihrem Ohr.

»Das kannst du dir sparen. Ich kenne sie alle.«

Ariane drehte sich um, starr vor Angst. Aber von Nahem hatte die Ratte nichts Bedrohliches. Der Mann strahlte wie ein kleiner Junge, der in einem Hockeymatch den entscheidenden Punkt geholt hatte. Seine Augen blinzelten heftig hinter den dicken, schmutzigen Brillengläsern.

»Hab sie schließlich alle auf die Welt geholt. Naja, fast alle. Außer der da.«

Er zeigte auf das letzte Opfer, Romane Laplante.

»Wie meinen Sie das?«, flüsterte Ariane.

»Na, wie wohl? Ich bin Geburtshelfer – oder Hebamme, falls dir das lieber ist. Ein ungewöhnlicher Beruf für einen Mann, ich weiß.«

Wieder das groteske Lachen, das halb wie ein Quieken, halb wie Schluchzen klang.

»Ich hab acht Jahre lang im selben Krankenhaus gearbeitet. In der Geburtsklinik Sainte-Marguerite in Westmount. Hab kurz vor Weihnachten dort aufgehört, das weiß ich noch genau. Meine Mutter hatte Krebs im Endstadium. Da bin ich zu ihr gezogen, um sie zu pflegen und in den Tod zu begleiten. Bis zum letzten Atemzug.«

»Soll das heißen, dass die Mädchen alle dort geboren sind?«

»Na sicher. Ich hab sie in meinen Armen gehalten und ihren Müttern auf den Bauch gelegt. Hab sie gewogen, gewaschen und für ihren ersten Erdentag angezogen.«

Bestürzt sah Ariane, dass der Mann weinte. Eine Träne lief an seiner spitzen Nase herunter.

»Die armen Kleinen. Sie waren so schön, so vollkommen. Wahre Wunderbabys.«

»Wunderbabys?«, wiederholte Ariane flüsternd, obwohl es ihr schwerfiel, die Stimme zu senken.

Der Mann warf ihr einen schiefen Blick zu.

»Nun ja … das ist eine … spezielle Klinik. Aber ich will nichts gesagt haben, hörst du? Ich hab nie was gesagt, zu niemandem.«

Behutsam berührte er ihr Haar.

»Bei dir ist das was ganz anderes. Du bist wie sie. Ich weiß es.«

»Aber ich …«

Er legte einen Finger auf seine Lippen und entfernte sich gebückt. Sein zerknitterter Gehrock spreizte sich unten bei jedem Schritt auseinander, wie in einem grotesken Tanz.

Kapitel 2

Der Kommissar durchquerte mit schweren Schritten das Büro und warf ein in Packpapier gewickeltes Päckchen auf Judes Schreibtisch. Mit großer Sorgfalt eingeschlagen, wie Jude mechanisch feststellte, bevor er zu seinem Vorgesetzten aufblickte. Dem Umfang nach musste der Inhalt des Päckchens mit mehreren Luftpolsterschichten umhüllt sein. Die Adresse war in Blockbuchstaben geschrieben, die scharf voneinander abgegrenzt waren, außer dem »A« von »Nadon«.

»Kannst du mal einen Blick drauf werfen?«

»Was ist das?«

»Mach es auf.«

Jude nahm einen Cutter mit einer neuen Klinge aus dem Behälter, in dem er sein Schreibzeug aufbewahrte, und versuchte das Papier aufzutrennen, ohne die innere Schicht zu zerreißen oder die Schrift zu beschädigen. Dann zerschnitt er das Klebeband um die Luftpolsterverpackung und faltete sie auseinander. Der Kommissar beobachtete ihn mit einem leisen Lächeln auf den Lippen.

»Du bist ein guter Schüler. Sehr penibel. Einer, der sich an die Vorgaben hält. Hab dich mal anders gekannt, Jude.«

Jude zuckte kaum merklich zusammen.

»Inwiefern?«, fragte er halblaut.

»Na, kämpferischer. Neugieriger. Hartnäckiger. In deiner ersten Zeit hier warst du wie ein hungriger Wolf. Mager, mit eingefallenen Flanken und gefletschten Zähnen. Immer auf dem Sprung, immer zum Zuschnappen bereit. Das hat sich gelegt. Du bist ruhiger geworden – oder nein, ruhiger ist nicht das richtige Wort. Erloschen, würde ich sagen«, stieß er brutal hervor. »Was hat dich damals angetrieben? Was war der Brennstoff?«

Jude zog die Luftpolsterschichten weg und ein ledergebundenes Album kam zum Vorschein. Ein typisches Familienalbum mit Hochzeits- und Geburtstagsfotos, Aufnahmen von allen obligatorischen Festen.

»Die Wut«, murmelte er.

Der Kommissar beugte sich über den Schreibtisch, der unter der Last seiner riesigen Hände einzuknicken drohte.

»Und wo ist sie, deine Wut, Jude? Ich möchte sie

sehen. Spüren. Du behandelst diesen Fall wie reine Routine. Ohne Leidenschaft. Ohne echtes Engagement. Du lässt eine harmlose Professorin überwachen, die Lehrerin deiner Schwester, ohne mich vorher einzuweihen … Was suchst du, verdammt noch mal? Oder hast du nur das Gefühl, dass du was tun musst für dein Gehalt?«

Yukos zierliche Gestalt tauchte hinter den wuchtigen Schultern des Kommissars auf – wie ein schmaler, scharfer Schatten, den ein Hochhaus in der Dämmerung warf. Sie hielt eine Akte in der Hand. *Na klar,* dachte Jude bitter. *Die macht natürlich nichts, ohne ihre Vorgesetzten zu konsultieren, diese karrieresüchtige Schleimerin.*

»Ich hab dir eine Zusammenfassung zu Clara Caballos geschrieben«, verkündete sie mit ihrer melodischen Stimme. »Die gesamte Datei ist auf dem Server, da kannst du alle Einzelheiten nachlesen.«

»Und?«, herrschte er sie an, ohne auch nur die Hand nach dem Dokument auszustrecken, das sie ihm hinhielt.

»Nichts. Gute Familie, nichts Auffälliges, normale Schulzeit, in den Siebzigerjahren nach Québec gekommen, keine Verhaftung. Ein paar Strafmandate wegen Geschwindigkeitsüberschreitung«, zählte Yuko auf.

»Politische Ansichten?«

»Eher links. Engagierte, aktive Feministin. Die

Gruppe, der sie angehörte, ist längst aufgelöst; alles Lehrer, Journalisten, Buchhändler, Antiquare etc. … solche Leute eben. Du weißt schon.«

»Nein, ich weiß nicht, was du mit ›solche Leute‹ meinst. Hast du Namen?«

»Ja. Etwa fünfzehn.«

»Gut. Ich seh's mir an.« Er entließ sie mit einer Handbewegung, aber sie rührte sich nicht vom Fleck.

»Danke. War mir ein Vergnügen«, sagte sie zuckersüß. »Ah, und falls es dich interessiert: Drei von den Morden, die auf das Konto der Spindel gehen, sind passiert, während Clara Caballos am anderen Ende der Welt war. Einmal war sie im Urlaub, einmal auf einem Seminar und einmal auf einem internationalen Feministinnenkongress. Die Flugzeugtickets sind okay, sie ist in allen drei Fällen zur vorgesehenen Zeit abgereist und zurückgekommen.«

Yuko drehte sich zum Kommissar um.

»Sie werden am Telefon verlangt, Kommissar. Patrick Prudent. Der Vater von Ariane«, sagte sie.

»Ich weiß. Die Prudents rufen mich drei- bis sechsmal am Tag an. Wenn ich ihnen nicht befohlen hätte, in Toronto zu bleiben, würden sie draußen auf dem Gehsteig kampieren. Danke, Yuko.«

Steif wie eine Schneiderpuppe drehte Yuko sich um und ging an ihren Schreibtisch zurück. Ihr schulterlanges dunkles Haar tanzte – ein sanfter, schwarz schimmernder Block.

»Guter Fang, dieses Mädchen«, bemerkte der Kommissar.

»Meines Wissens hat sie bis jetzt nichts Außergewöhnliches geleistet«, brummte Jude.

Der Kommissar brach in schallendes Gelächter aus. Annabelle Lambert und Sophie Saint-Laurent, die auf ihren Tastaturen tippten, hoben verwundert die Köpfe.

»Oh, doch. Sie stutzt dich zurecht. Und das hast du bitter nötig.« Er zog einen winzigen Bilderrahmen aus seiner riesigen, ausgebeulten Westentasche, in die er im Lauf des Tages alles Mögliche hineinstopfte und oft die ganze Woche über vergaß. Wortlos legte er das Bild vor Jude auf den Tisch.

Ein Foto hinter Glas.

Ein sanftes, fast kindliches Gesicht. Halblange Haare, die von einem Stirnband gehalten wurden. Das Kinn war auf die gefalteten Hände mit den schimmernden Fingernägeln gestützt. Ein einziger Ring steckte an einem Finger. Ein Ring mit rosa Perlen.

Aurore.

Aurore Beauvoir, die erste Tote.

Judes Schwester.

Der Kommissar beugte sich vor und flüsterte: »Es wird Zeit, dass du deine Wut wieder aktivierst.«

Ich rannte, wollte ihn einholen, um noch mehr aus ihm herauszuquetschen. Das rothaarige Mädchen, das wahrscheinlich immer noch auf der Treppe der Bibliothek saß oder auf dem Gehsteig gegenüber wartete, hatte ich in der Eile ganz vergessen.

Aber draußen war niemand zu sehen. Und die Ratte – so nannte ich ihn – war verschwunden. Ich ging einmal um den Block, dann noch einmal, ohne ihn zu sehen. Er war davongerannt, als säße ihm der Teufel im Nacken, aber endlich hatte ich einen Namen, einen Ausgangspunkt: die Geburtsklinik Sainte-Marguerite.

Bevor ich weiterforschte, musste ich noch ein wichtiges Detail nachprüfen.

Der Festnetzanschluss meiner Eltern wurde mit Sicherheit überwacht und ich hatte kein Handy mehr – also ging ich zum Hauptbahnhof und löste eine Fahrkarte nach Québec, einfach weil mir die Stadt weit genug entfernt schien, um mir die Polizei vom Hals zu halten. Bis zur Abfahrt war noch viel Zeit, und ich versteckte mich lange genug auf der Damentoilette, um sicherzugehen, dass mir niemand gefolgt war. Dann betrat ich einen Zeitschriftenkiosk und ging durch die andere Tür wieder hinaus; bei Starbucks machte ich es genauso. In letzter Sekunde stieg ich in den Zug, kurz bevor die Türen zugingen. Ich war sehr stolz auf mich. Ich hatte alle Tricks aus den alten Agentenfilmen angewandt, die mein Vater so liebte, zum Beispiel »Der Unsichtbare Dritte« von Hitchcock, in dem Cary Grant seine Verfolger abzuhängen versucht. Jetzt musste ich mich nur noch im oberen Bett eines Schlafwagens verstecken, um hinterher wieder aufzutauchen, perfekt frisiert, kein Härchen verrutscht, und zack!, das Happy End mit dem üblichen leidenschaftlichen Kuss war gebongt.

Hey, da geht wohl deine Fantasie mit dir durch!

Zum Glück spürte ich Lara wieder neben mir, obwohl ich wusste, dass sie nicht existierte – weder real noch als Geist. Ein Psychologe würde wohl eine logische Erklärung dafür finden, würde von »Kompensationsphänomen« sprechen, von »posttraumatischem Realitätsverlust« oder was auch immer. Mir war das egal. Ohne die Lippen zu bewegen, sagte ich zu ihr:

Du hast Recht.

Ich war noch nie in Québec.

Ich auch nicht.

Ist aber cool, was? Fast wie Ferien.

Für dich vielleicht.

Die Sonne war hinter bauchigen düstergrauen Wolken verschwunden. Als wir am Sankt-Lorenz-Strom entlangfuhren, peitschte der Regen gegen die Fenster.

Vom Bahnhof aus hatte ich die Buchhandlung angerufen und mir sorgfältig die Worte zurechtgelegt, um meinen Aufenthaltsort nicht zu verraten.
»Ist alles okay?«, hatte Beth gefragt.
»Ja. Ich glaub, ich hab was gefunden ... für mein Referat, du weißt schon. Reine wird dir alles erklären, wenn sie zurückkommt. Wartet nicht mit dem Abendessen auf mich, ich komme dann später.«
»Clara ist hier. Sie möchte dich sprechen.«
»Ein anderes Mal.«
»Sie sagt, es sei wichtig.«
»Was ich mache, ist auch wichtig.«
Der Zug rollte und rollte. Rechts der Fluss, links die Straße, die Ortschaften, dahinter der endlose Wald, der wie ein geducktes Tier vor den Türen der Häuser lag. Ich stellte mir vor, wie er den Buckel krümmte, sich nett und freundlich gab, um an schönen Tagen Spaziergänger anzulocken. Dann ließ er seine Unwetter auf sie los, damit sie sich verirrten und er sie umso leichter verschlingen konnte. Ich sah sie deutlich vor mir: blau gefrorene Eisskulpturen mit knirschendem Raureif auf den erstarrten Lidern.
Ein abartiger Gedanke. Falls ich meinen sechzehnten Geburtstag überlebe, ende ich wahrscheinlich als schrullige Alte, die an Vampire glaubt und kleine Kinder erschreckt.

In Québec fuhr ich mit dem Bus ins Stadtzentrum. Ich war zwischen einer Horde Touristen eingequetscht, die hergekommen waren, um die grünen Dächer, die alten Steinhäuser, die engen, buckligen Gässchen zu bewundern – fast wie im alten Europa – und das Hotel Château - Frontenac, das einer mittelalterlichen Festung glich. Sie knipsten wie verrückt und ich folgte ihrem Beispiel. Zum ersten Mal in meinem Leben konnte ich die Welt unbesorgt mit diesem dritten Auge erkunden, das überraschende, verborgene Details hervorzauberte: eine gesprungene Treppenstufe, in der Mitte schon ganz ausgetreten, einen Pflasterstein, glatt wie ein Straußenei, ein kleines, ins Gebälk geschnitztes Tier, die Lippen einer Statue, die Wirbel im Wasser des großen Stroms, der bald zufrieren würde, ein Blatt, das reglos in der Strömung treibt und plötzlich ins Trudeln gerät, ehe es verschwindet. Ich fotografierte Gesichter, immer wieder, Kinder, die von der Kälte ganz rote Bäckchen hatten, Großeltern mit runzligen, zerfurchten Stirnen; sie trugen ihre Falten wie eine Karte ihrer eigenen Geschichte – eine Karte, in die alles eingeschrieben war, Trauer, Humor, Lebenslust, Krankheit, Groll, Verzweiflung.

In dem kleinen Park gegenüber vom Schloss fand ich eine freie Telefonzelle. Mein Magen zog sich zusammen, als ich den Hörer abnahm. So als wäre ich im Begriff, einen entscheidenden Fehler zu machen. Aber welchen? Ich hatte die ganze Zeit höllisch aufgepasst, dass mich niemand beobachtete, und hinterher würde ich sofort zurückfahren, was konnte da schon schiefgehen?

Mein Vater nahm beim zweiten Klingeln ab.

»Sag bitte nicht meinen Namen«, flüsterte ich schnell ins Telefon. »Mir geht's gut.«

»Bist du sicher?«

Er beherrschte sich wahnsinnig, aber sein keuchender, unregelmäßiger Atem verriet ihn. Im Hintergrund hörte ich meine Mutter fragen: »Patrick? Patrick, wer ist das?«

Dann nichts mehr. Er musste sie mit einem Blick zum Schweigen gebracht haben.

»Wo bist du?«

»Kann ich dir nicht sagen. Aber ich muss dich was fragen.«

»Nein, warte ...«

»Nein. Nur eine einzige Frage. Und sag mir die Wahrheit, ja? Wo bin ich geboren?«

»Das weißt du doch. Steht in deinem Pass.«

»Ich weiß, was in meinem Pass steht. Ich meine, in welcher Klinik bin ich geboren?«

»Aber ...«

»Versuch nicht, mich zum Reden zu bringen. Ich weiß, warum. Antworte, schnell!«

»Ach so … In Montréal … in Westmount, genauer gesagt. In der Geburtsklinik Sainte-Margueri…«

Ich legte auf, bevor er zu Ende geredet hatte. Dann rannte ich in die Altstadt hinunter, zum Busbahnhof: Mir blieb noch eine Viertelstunde und keine Sekunde länger, um den Bus zu erwischen, mit dem ich nach Montréal zurückfahren wollte. Keine Zeit zum Weinen. Keine Zeit zu bereuen, dass ich zum Abschied nicht mal »Ich hab dich lieb« gesagt hatte.

Kapitel 3

»Wir haben was.«

Ohne Eile blätterte Jude in Arianes Album, in dem sie zwischen hauchfeinen, transparenten Trennblättern ihre besten Fotos aufbewahrt hatte. Das stand zumindest in der kurzen Notiz, die dem Päckchen beigefügt und mit L. Prudent unterzeichnet war.

Lise Prudent, Arianes Mutter. Die Frau, deren Hand gezittert hatte, als sie den Buchstaben »A« im Namen des Kommissars geschrieben hatte. Deren Blick ihn noch immer verfolgte, die jetzt zu Hause saß und wartete, krank vor Angst, dass das Damoklesschwert, das über ihrer Tochter schwebte, heruntersauste.

Ariane liebte Augen, Gesichter, alle in Großaufnahme, wahrscheinlich mit einem guten Objektiv aufgenommen. Ihre Modelle posierten nicht, waren sich ihrer Gegenwart nicht bewusst. Sie fing einen flüchtigen Gesichtsausdruck ein, eine Gefühlsregung, eine mechanische Geste – alles, was man so macht, wenn man sich unbeobachtet fühlt: nachdenklich an der Nase kratzen, eine Haarsträhne in den Mund nehmen, die Wangen aufblasen und die Luft von einer Seite zur anderen pressen. Auf einem der Fotos prüfte eine Frau ihr Make-up in einem winzigen Spiegel, mit gespitzten Lippen und hochgezogenen Augenbrauen. Auf einem anderen stieg ein alter Mann eine Treppe hinauf und hielt sich dabei am Geländer fest. Er ging so gebeugt, dass sein Kopf verschwunden war – ein fantastisches Fabelwesen, dessen Schatten von Stufe zu Stufe hinter ihm her waberte. Dann eine Katze, die einer Beute auflauerte; ihre Augen waren zu schmalen Schlitzen verengt. Ein kleiner Junge, der herzzerreißend weinte – eine Träne war auf seiner Wange erstarrt, und ein Lichtstrahl verfing sich darin und ließ sie aufblitzen wie einen Diamanten.

»Wir haben was«, wiederholte Denis Diémé.

»Sehr begabt, das Mädchen«, bemerkte Jude, ohne auf die Ankündigung seines Kollegen einzugehen. »Die Fotos sind fantastisch.«

Denis zuckte mit den Schultern. »Was nützt ihr das, wenn sie als Roastbeef auf einer silbernen Platte endet?«, knurrte er. »Diese rote Rose in ihren Händen erinnert mich an das verdammte Petersiliensträußchen, das einem Spanferkel ins Maul ...«

»Halt die Klappe, Denis. Okay, was haben wir?«

»Sie hat ihre Eltern angerufen. Von Québec aus.«

Jude sprang auf. »Was? Sie ist in Québec? Wo? Hat sie es ihnen gesagt?«

»Sie ist *vielleicht* in Québec. Sie hat zu Hause angerufen, um ihren Eltern eine einzige Frage zu stellen.«

»Und die wäre?«

»In welcher Klinik sie geboren ist.«

»Aha. Und die Antwort war ...?«

»Sainte-Marguerite. Das ist in Westmount, nicht weit von hier. Hey, Bro – alles okay mit dir?«

Jude war einen Schritt zurückgewichen und über seinen Stuhl gestolpert. Dann war er gegen einen der Aktenordner gestoßen, die an der Wand aufgereiht waren. Eine ganze Aktenreihe geriet ins Wanken und stürzte um. Jude war kreidebleich; seine Lippen zitterten, aber die Worte, die er stammelte, ergaben keinerlei Sinn.

»Jude?«

Ganz langsam nickte Jude mit dem Kopf. »Du hast Recht«, flüsterte er, und sein Atem klang hohl, als käme er von weit her, aus einer dritten Lunge, von deren Existenz er bis jetzt selbst nichts geahnt hatte. »Wir haben was.«

Der Bus hatte gerade Drummondville passiert, als Ariane klar wurde, dass sie einen unverzeihlichen Fehler gemacht hatte.

Sie hatte extra nicht von Montréal aus telefoniert, weil sie davon ausging, dass das Telefon zu Hause abgehört wurde. Ihre Eltern hatten mit Sicherheit sofort die Polizei eingeschaltet, oder vielmehr die Dienststelle, die dafür zuständig war, die potenziellen Opfer der Spindel zu schützen.

Das hätte sie an ihrer Stelle auch gemacht.

Arianes Plan war gewesen, ihre Spuren zu verwischen, die Polizei in die Irre zu führen, indem sie in eine Stadt fuhr, die möglichst weit weg und groß genug war, dass sie sich unbemerkt darin bewegen konnte. Die Polizei würde lange brauchen, um alle Hotels, alle privaten Zimmervermieter und alle Schlafplätze für Obdachlose zu kontrollieren.

Aber damit hatte sie, ohne es zu wollen, der Polizei einen entscheidenden Hinweis geliefert: den Namen der Geburtsklinik, in der sie geboren war, in der alle Opfer der Spindel das Licht der Welt erblickt hatten.

Die Ratte hatte angeblich nie darüber gesprochen. Doch das änderte nichts daran, dass die Polizei sich auf diesen Hinweis stürzen würde wie hungrige Aasgeier auf einen frischen Kadaver. Das bedeutete, sie konnte jetzt nicht mehr unbemerkt in die Klinik kommen, um ihre Fragen zu stellen – und wen sollte sie überhaupt fragen, unter welchem Vorwand? Was hatte sie sich nur dabei gedacht?

Ariane legte ihr Gesicht in die Hände und kniff ihre Augen zu, um die Tränen zurückzudrängen.

»Ich Idiot … warum ist mir das nicht früher eingefallen?«

Vielleicht lag es daran, dass die Angst den Verstand vernebelte und die Überlebensinstinkte außer Kraft setzte? Oder sie löste sogar so etwas wie einen Todeswunsch aus – weil man es einfach nur noch hinter sich bringen wollte.

Hör endlich auf mit dem Quatsch.

Ariane konnte Laras Stimme nicht mehr von ihrer eigenen unterscheiden. Lara war ein Teil ihres Bewusstseins geworden, clever, pragmatisch – eine Stimme, die schimpfte, beschwichtigte, lobte, vernünftige Ratschläge gab, wie eine Mutter es machen würde. Etwas, das Arianes Mutter nie gekonnt hatte, weil sie ganz von ihrer Angst, ihrem tödlichen Geheimnis aufgefressen wurde.

Denk nach.

Kann nicht. Ich hab alles verbockt.

Nein, hast du nicht. Wenn die Bullen die Spindel endlich kriegen, dann haben sie das nur dir zu verdanken. Und wenn sie ihn noch vor dem zwanzigsten März verhaften, umso besser für dich, das ist doch wohl klar, oder? Ich weiß echt nicht, warum du dich so aufregst.

Aber versetz dich doch mal in meine Lage!

Nichts lieber als das.

Oh, sorry.

Schon gut.

Ich hätte es so gern gewusst. Endlich hab ich ein überhängendes Fädchen erwischt, und es macht mich fast wahnsinnig, dass ich nicht dran ziehen kann.

Du weißt doch genau, was am Ende des Fädchens auf dich wartet, Ariane. Oder vielmehr, wer.

Ja, ich weiß.

Ein Seufzer.

Schick jemand anderen hin. Jemand, der vertrauenerweckend ist, der die Leute zum Reden bringt. Clara zum Beispiel. Sie ist doch Professorin. Sie unterrichtet an der Uni. Sie kann so tun, als müsste sie Informationen für irgendeine bescheuerte Studie sammeln – eine Untersuchung über die Anzahl der Babys, die in dieser Klinik zur Welt gekommen sind und jetzt an der Uni studieren oder ihre Doktorarbeit machen …

Quatsch, das nimmt ihr doch niemand ab.

Wollen wir wetten? Das schlucken alle. Je hirnrissiger ein Thema ist, desto beeindruckter sind die Leute.

In dem großen Haus war es immer noch still. Ein Ort der Ruhe und des Friedens mitten im Wald. Der nächste Spazierweg führte in fünf Kilometern Entfernung vorbei. Die Zufahrt grenzte nirgendwo ans Seeufer. Das Anwesen war durch ein doppeltes Gittertor mit umgebogenen Spitzen abgeschirmt, dem Endpunkt des drei Meter hohen Elektrozauns, der das Grundstück umgab und mit zahlreichen Überwachungskameras bestückt war. Die einzelnen Kameras waren alle mit einer supermodernen Überwachungszentrale verbunden.

Auf einem der Bildschirme blinkte ein Symbol auf und die lange, dunkle Silhouette des Chevrolets zeichnete sich ab. Ein sechsstelliger Code setzte die Alarmanlage außer Betrieb, das Gittertor glitt auf seinen Schienen zurück. Der Fahrer, der nicht aus seinem Wagen gestiegen war, fuhr los. Die Scheinwerfer schwenkten über das Unterholz, rissen regennasse Baumstämme und kahle Äste aus dem Dunkel. Ein feuchter Wind war aufgekommen, der die Rufe der Nachtvögel erstickte.

Im Wohnzimmer bewegte sich ein Vorhang und ein leises Lachen stieg auf. Nackte Füße liefen über den glatten Boden, über die Treppe mit dem dicken Teppich, der auf jeder Stufe von blank polierten Messingstangen gehalten wurde. Eine weitere Fernbedienung aktivierte einen zweiten Code, dann hörte man ein trockenes Klicken und die von dorischen Säulen umrahmte Eingangstür ging auf.

Jetzt durfte sie eintreten.

Sie war wieder da.

Zu Hause, endlich.

Kapitel 4

»Gut, fassen wir zusammen«, sagte Kommissar Nadon. »Wir haben eine junge Ausreißerin, die das Risiko eingeht, ihre Eltern anzurufen. Nicht etwa, um sie zu beruhigen oder sich von ihnen abholen zu lassen, sondern um ihnen eine Frage zu stellen, die auf den ersten Blick banal wirkt – sie will den Namen der Klinik wissen, in der ihre Mutter entbunden hat. Dann legt sie auf.«

Er zeigte auf Jude, der ihm an dem großen Tisch im Besprechungsraum gegenübersaß.

»Und wir haben einen Ermittler, den Bruder des ersten Opfers – ich denke, ich verrate hier kein Geheimnis –, der sich plötzlich an ein wichtiges Detail erinnert: Seine Schwester ist in derselben Klinik geboren. Wohlgemerkt: nur seine Schwester Aurore. Jude und seine jüngere Schwester sind nicht dort zur Welt gekommen. In derselben Stadt, ja, aber nicht im selben Krankenhaus. Was schließen wir daraus?«

»Dass die Frage doch nicht so banal war«, bemerkte Denis Diémé.

Der Kommissar stieß ein trockenes Lachen aus. »Danke. Denis … Du rennst hier offene Türen ein, aber ausnahmsweise ist das vielleicht mal nicht sinnlos.«

Er wandte sich an Sophie Saint-Laurent. »Was hast du diesbezüglich herausgefunden?«

Sophie schaute auf ihren vollgekritzelten Block. »Tut mir leid, ich hab meine Notizen noch nicht ins Reine geschrieben … Ich hatte keine Zeit, die Akten sorgfältig durchzukämmen, also hab ich die Familien angerufen: Alle Mädchen, also wirklich *alle,* sind in derselben Klinik geboren. Und die, die momentan unter Polizeischutz stehen, auch.«

»Verdammt«, entfuhr es Denis. »Wie konnten wir das nur übersehen?«

»Wie konnte *ich* das übersehen«, verbesserte ihn der Kommissar mit finsterer Miene. »Das ist *mein* Fall, von Anfang an! Du hast noch auf dem Schulhof gespielt, als diese Geschichte begonnen hat, Denis.«

»Sonst noch was?«, wollte Yuko wissen.

»Ja«, räumte Sophie Saint-Laurent ein. »Das heißt, vielleicht. Bei manchen Familien hab ich so einen seltsamen Widerstand gespürt … als wollten sie mir nicht antworten.«

»Widerstand?«, wunderte sich Annabelle Lambert.

»Was ist denn schon dabei, die Klinik zu nennen, in der die Mädchen zur Welt gekommen sind? Das ist doch normalerweise kein Geheimnis.«

»Romane Laplantes Vater«, fuhr Sophie fort, »sagte sogar: ›Naja, das hat ja jetzt keine Bedeutung mehr.‹ Ich hab in dem Moment nicht nachgehakt, ich musste noch zwei andere Familien vor dieser Besprechung anrufen. Aber das kam mir schon merkwürdig vor.«

»Jude?«

Aurore. Die Fotos von Aurore in den Armen meiner Mutter vor der Klinik. Meine Eltern Seite an Seite, ein bisschen steif, mitten im Schneegestöber. Mein Vater sieht erleichtert aus. Nicht stolz – erleichtert. Und meine Mutter strahlt. Ich muss diese Fotos wiederfinden. Vielleicht entdecken wir einen Hinweis.

»Jude!«

»Ich weiß nicht, was ich Ihnen sagen soll«, sagte Jude mit müder Stimme.

»Warum hat deine Mutter diese Klinik ausgewählt?«

»Keine Ahnung.«

»Gut. Wenn du nicht weißt, was du sagen sollst, dann handle!«, blaffte der Kommissar ihn an. »Fahr hin. Frag alle, selbst den Mann, der die Mülleimer leert und die Kaffeemaschine wartet. Kapiert? Stell alles auf den Kopf. Das Unterste zuoberst kehren, ist die Devise. Verstehen. Yuko, du begleitest ihn.«

Jude öffnete den Mund, um zu protestieren, aber dann überlegte er es sich anders und nickte.

»Danke. Freut mich, dass du einverstanden bist. Annabelle, du wolltest etwas sagen?«

»Ja. Ich glaube, wir haben uns nicht gründlich genug mit der Geschwisterfrage beschäftigt – oder vielmehr mit der Tatsache, dass es keine Geschwister gibt.«

»Kannst du das bitte näher ausführen?«

»Die Opfer waren alle Einzelkinder, oder? Außer Judes Schwester.«

Sie warf einen verstohlenen Blick in Judes Richtung, aber der reagierte nicht. Er hatte seinen Stuhl zurückgeschoben, die Ellbogen auf die Knie gestützt und den Kopf gesenkt, als wartete er auf sein Todesurteil.

»Welche Schlussfolgerungen haben Sie damals daraus gezogen?«

Der Kommissar nickte. »Ich habe – vielleicht etwas voreilig – daraus geschlossen, dass die Spindel ihren Stil verfeinert hat. Ich dachte, es geht ihm gegen den Strich, Kinder zu töten, zumindest solche, die nicht gewisse Kriterien erfüllen. Und dass Aurore nur eine Art Versuchsballon war – ein Entwurf. Geh raus, Jude, wenn du das nicht hören kannst. Aber wenn du weiter an diesem Fall mitarbeiten willst …«

»… werde ich noch Schlimmeres zu hören bekommen. Ich weiß. Machen Sie weiter.«

»Annabelle und Sophie, ihr nehmt euch die Familien vor. Auch die von Ariane. Ihr müsst ihnen klarmachen, dass sie andere Mädchen in Gefahr bringen, wenn sie uns nicht die Wahrheit sagen. Mit anderen Worten: Bringt sie zum Reden, egal was dabei herauskommt. Ich will in den nächsten vierundzwanzig Stunden ihr gesamtes Privatleben auf meinem Schreibtisch haben – in allen Einzelheiten. Denis, gibt's was Neues zu den Fotos, die das Mädchen in der Schule gemacht hat?«

Denis schaute jetzt ebenfalls auf seine Notizen. »Die waren nicht einfach auszuwerten, wegen des Schattens, der das Gesicht in zwei Hälften teilt. Wir haben sämtliche Dateien drüberlaufen lassen und nur drei brauchbare Profile gefunden.«

Der Kommissar zuckte die Schultern. »Das wissen wir längst. Kannst du das bitte abkürzen? Wir sind hier nicht in der Polizeischule.«

Normalerweise hätte Denis versucht, die Atmosphäre mit einem Scherz aufzulockern. Aber an diesem Morgen hielt er den Mund. Der Kommissar wurde zusehends ungeduldiger und gereizter. An seiner Schläfe traten die Adern hervor und sein Gesicht wurde ziegelrot. Es wäre glatter Selbstmord gewesen, ihn jetzt zu provozieren.

»Wir haben einen Taxifahrer gefunden, der vor zwei Jahren wegen Trunkenheit am Steuer verurteilt wurde.

Zum Glück für ihn, aber nicht für uns: Als die Spindel ihre letzte Rose vergeben hat, saß er im Knast in der Ausnüchterungszelle.«

»Ihre letzte Rose vergeben«, wiederholte Annabelle sarkastisch. »Ganz schön blumig, deine Ausdrucksweise, Denis. Wie wär's, wenn du die Dinge beim Namen nennst?«

Denis Diémé verzog den Mund zu einer halb wütenden, halb spöttischen Grimasse. »Wie du meinst, Schätzchen. Also, kann ich weitermachen? Wir haben auch zwei Sexualtäter, nichts Großes, der eine wurde wegen Exhibitionismus verurteilt, war aber an dem Tag, an dem das Foto gemacht wurde, in Calgary. Sein Arbeitgeber hat das bestätigt. Und der zweite …« Er schwenkte eine Karteikarte mit einem angehefteten Passfoto. »Patrice Cabana. Sohn einer allein erziehenden Mutter, der bei seinen Großeltern aufgewachsen ist. Er hat aber wohl mehr auf der Straße gelebt als sonstwo. Hat eine seiner Mitschülerinnen im Gymnasium belästigt, und er muss es ziemlich wild getrieben haben, weil er dann in der Jugendstrafanstalt landete. Die beiden Fotos stimmen mit seinem überein, sagen die Spezialisten. Er ist unser Mann.«

»Und das erfahren wir erst jetzt?«, brüllte der Kommissar. »Warum lässt du ihn nicht zum Verhör herbringen? Worauf wartest du noch? Auf eine schriftliche

Dienstanweisung in dreifacher Ausfertigung? Oder auf den Segen vom Papst?«

Denis hob beschwichtigend die Hand. »Nein, warten Sie. Er ist unser Mann, ja … der Mann auf dem Foto. Aber es gibt da ein Problem.«

»Was für ein Problem?«, fragte Yuko.

»Cabana ist tot. Er ist mit sechzehn bei einem Autounfall ums Leben gekommen, drei Monate nach seiner Entlassung.«

»Das kann ich nicht, *querida.*«

Wieder vermied Clara es, sie »Lara« zu nennen. Stattdessen gebrauchte sie verschiedene Kosenamen, meistens spanische – *tesoro, mimosa, gatita* und manchmal sogar *cabrita mía* – mein Zicklein.

»Willst du nicht oder kannst du nicht?«, beharrte Ariane.

»Ich kann nicht. Dieser Polizeiinspektor, der Bruder einer meiner Studentinnen … Er ahnt etwas. Er lässt mich überwachen. Die Sekretärin an der Uni sagte mir, dass eine Polizistin bei ihr war, um Fragen über mich zu stellen. Sehr präzise Fragen. Zu präzise, wenn du mich fragst. Auch meine Nachbarn haben Besuch von einer Polizistin bekommen. Und der Werkstattbesitzer, bei dem ich mein Auto reparieren lasse. Mein Arzt, meine Haushaltshilfe. Einfach alle.«

Im Wohnzimmer über der Buchhandlung brannte nur eine Lichterkette, die Beth und Marga am Nachmittag aufgehängt hatten. Die winzigen bunten Lämpchen, die von gewellten Kristallblüten eingefasst waren, verbreiteten ein diffuses, flackerndes Licht. Die Kerzen auf dem Tisch waren längst heruntergebrannt. Sie hatten alle schweigend gegessen, in ihre Gedanken vertieft. Das Essen war köstlich gewesen, ganz anders als das traditionelle Weihnachtsmahl: Muschelsuppe, Hähnchen- und Lammcurry mit indischem Fladenbrot, das mit Käse gefüllt war. Reis, Rosensorbet und in braunem Zucker gewälztes Fondant-Gebäck. Ariane dachte die ganze Zeit an ihre Eltern, die jetzt allein in ihrem Esszimmer in Bridle Path saßen: Gab es auch diesmal den Truthahn und die warmen Austern, die sie so liebte? Ihre Mutter servierte die Austern mit Schalotten-Confit und für den Truthahn zauberte sie eine superleckere Füllung. Zum Nachtisch gab es jedes Mal einen Panforte, den traditionellen Weihnachtskuchen aus der Toskana, wo ihre Mutter eine Zeit lang studiert hatte. Ariane schmeckte die kandierten Früchte und Mandeln buchstäblich auf der Zunge. Sie konnte kaum daran denken, ohne in Tränen auszubrechen.

Marga, die rechts von ihr saß, nahm ihre Hand. »Zumindest wissen sie, dass du noch am Leben bist und dass es dir gut geht«, murmelte sie.

Ariane lächelte. »Kannst du Gedanken lesen?«, flüsterte sie zurück.

»Das war nicht schwierig.«

Im selben Moment verkündete Reine: »Clara hat Recht: Lara darf nicht mehr aus dem Haus, sonst kommt die Polizei ihr bald auf die Spur. Und du darfst eine Zeit lang nicht mehr in die Buchhandlung kommen, Clara. Aus Sicherheitsgründen. Und was diese andere Sache betrifft, das übernehme ich.«

»Was? Du willst in diese Klinik gehen?«, fragte Clara ungläubig. »Unter welchem Vorwand?«

»Ich schreibe ein Buch.«

»Was für ein Buch?«

»Weiß nicht. Einen Roman. Über diesen Killer.«

Clara warf die Hände hoch. »Also wirklich – auffälliger geht's wohl nicht! Und da redet sie von Sicherheit! Nicht zu fassen.«

»Bitte keinen Streit«, warf Marga ein.

»Dafür gibt's auch gar keinen Grund«, fügte Beth hinzu. »Ihr habt schließlich beide Recht. Wir wollen doch alle dasselbe – Lara helfen, ohne sie in Gefahr zu bringen, oder nicht?«

»Ja, sicher«, stimmte Marga zu.

»Sie heißt nicht …«, fing Clara an, dann schüttelte sie resigniert den Kopf.

Beth stützte die Ellbogen auf den Tisch und legte ihr

Kinn auf die verschränkten Hände. Ein leises Lächeln umspielte ihre Lippen. »Man könnte meinen, ihr habt alle vergessen, dass ich einen Nebenjob in einem Institut für Statistik habe …«

»Das wusste ich nicht«, sagte Ariane.

»Von der Buchhandlung können wir nicht leben, vor allem weil Reine uns die Kunden vergrault …«

»Wie kannst du so was sagen? Ich berate sie!«, empörte sich Reine.

»Ja, sicher … ›Das Buch hier dürfen Sie nicht nehmen – der Autor hat keine Ahnung von Grammatik, er schreibt, wie er spricht, er spricht, wie er denkt, und da er nur in primitiven Schlagwörtern denkt, können Sie sich ausmalen, was dabei herauskommt …‹«

»Also Beth!«

»Marga hat ihre Rente«, fuhr Beth unbeirrt fort, »aber ich mache Umfragen, damit wir was auf dem Tisch haben. Über Wahlverhalten, Studiengänge, Spülmittel, Autokäufe, Essgewohnheiten. Warum nicht auch über Geburtskliniken? Ich habe eine offizielle Karte von einem bekannten Institut, niemand wird Verdacht schöpfen.«

»Das ist eine gute Idee«, stimmte Marga zu.

»Also gut … ja«, sagte Reine widerstrebend.

»Und wie ein Gangster siehst du ja wirklich nicht aus«, frotzelte Clara.

Ariane prustete vor Lachen bei der Vorstellung, wie die perfekt frisierte Beth mit ihren treuherzigen blauen Augen der Empfangssekretärin in der Klinik eine Pistole vor die Nase hielt. Das war einfach zu komisch.

»Lach nur, *cabrita mía*«, sagte Clara. »Lache, bis dir der Bauch wehtut. Es gibt nichts Besseres.«

»Also abgemacht?«, fragte Beth.

»Abgemacht«, antworteten die drei anderen im Chor, während Ariane noch immer gluckste.

Dann stand Reine auf. »Jetzt hätten wir doch fast vergessen, dass Weihnachten ist. Ein Weihnachten der besonderen Art, aber trotzdem Weihnachten …«

Mit einer schwungvollen Geste, bei der ihr violetter Seidenärmel aufflatterte, deutete sie auf die kleine Tanne, die im Fenster stand und mit Engelshaar, roten Schleifen, schillernden Glaskugeln und kleinen vergoldeten Kiefernzapfen geschmückt war. Unter dem Baum waren hübsch verpackte Geschenke verteilt und er schimmerte im Halbdunkel wie verlöschende Glut.

»Kein Weihnachten ohne Geschenke! Lara, du bist die weitaus Jüngste hier – zu unserem Leidwesen –, also darfst du die Schätze verteilen …«

Ariane ging lächelnd zu der Tanne und hob eine Hand. Dann erstarrte sie.

»Spann uns nicht auf die Folter«, protestierte Marga.

»Ich … Es ist …« Ariane verstummte einen Moment

lang, dann wurde ihre Stimme schrill. »Wer hat das hierhergelegt?«

Sie zeigte auf den Geschenkestapel. Die vier Frauen sprangen auf und stürzten zu ihr.

»Ich seh nichts«, murmelte Marga ratlos. »Hab meine Brille nicht auf. Wir brauchen mehr Licht …«

»Oh, nein!«, stieß Clara hervor.

Sie legte ihren Arm um Ariane und drückte sie an sich. Arianes Blick war starr, sie zitterte am ganzen Körper.

Auf einem schmalen, flachen Päckchen, das in Goldfolie eingewickelt war, lag eine einzelne Rose.

Eine rote Rose.

Kapitel 5

»Wie alt warst du, als du deine tote Schwester gefunden hast?«

Yuko Okada nahm die Augen nicht von der Straße – sie fuhr gut, schlängelte sich geschickt zwischen den Taxis und Bussen durch, die um diese Zeit die Fahrbahn verstopften. Ihre Stimme blieb sanft, gleichmäßig, ließ keinerlei Neugier erkennen. Vielleicht war das der Grund, warum Jude sich dazu hinreißen ließ, ihr zu antworten.

»Vierzehn. Fast fünfzehn. Aber das weißt du ja alles schon«, fügte er müde hinzu. »Du hast dich doch sicher informiert, die Daten abgeglichen und jedes noch so winzige Detail in einem Winkel deines Gehirns abgespeichert.«

Yuko reagierte nicht. Jude wischte mit den Fingern über das beschlagene Fenster der Beifahrertür. Es schneite immer noch, dicke, flauschige Flocken, die die

Mützen und Hüte der Passanten weiß überpuderten. Am Straßenrand türmte sich bereits eine fünfzehn Zentimeter dicke Schneeschicht auf, und vor einem kleinen, zweistöckigen Gebäude schaufelte ein dick vermummter Mann energisch die Außentreppe frei. Zwei kleine Jungen verglichen unter einem Vordach ihre funkelnagelneuen Hockeyschläger miteinander – wahrscheinlich Weihnachtsgeschenke.

»Im ersten Moment dachte ich, die Mädchen hätten sich irgendein verrücktes Spiel ausgedacht – dass sie eine Geschichte nachspielten, die sie irgendwo gelesen oder vielleicht auch selbst geschrieben hatten«, fuhr er fort. »Später, beim Verhör, erzählten sie, dass sie vergeblich an der Tür geläutet hatten. Die Spindel war ihnen zuvorgekommen. Er muss noch im Haus gewesen sein, als sie hinkamen.«

Mechanisch strich Jude über seine Narbe. Rau. Die Stelle ließ sich nur schwer rasieren, war wie eine stoppelige kleine Bürste auf der runzligen rosa Haut.

»Ich hab gerufen: ›Schläfst du?‹ oder so ähnlich … Ich weiß es nicht mehr. Dann bin ich reingegangen, und als ich das Gestrüpp um ihr Bett weggezogen habe, wusste ich Bescheid. Sie war nicht mehr da.«

Yuko nickte langsam. Sie hatte seine Aussage mit Sicherheit gelesen, kannte jedes einzelne Wort davon. Trotzdem hörte sie aufmerksam zu.

Die winzige Hautrille unter seinem Finger fühlte sich wie der unregelmäßige Verlauf einer Grenze an. Zu beiden Seiten erstreckte sich eine ganze Welt – die, in der er lebte, und die verlorene, in die er nie zurückkehren konnte.

»Und diese Narbe?«, fragte Yuko im selben gelassenen Tonfall. »Woher kommt sie?«

»Als ob du das nicht wüsstest. Hab sie mir selber beigebracht. Mit dem Rasiermesser meines Vaters.«

»Ja, das steht in dem Bericht – während dein Vater die Polizei gerufen hat. Ich meinte: warum?«

Jude ließ seine Hand wieder sinken und starrte jetzt ebenfalls auf die Straße. Die Scheibenwischer beförderten bei jedem Hin- und Hergleiten ein Häufchen Pulverschnee an den äußeren Rand der Windschutzscheibe. Der eisige Wind ließ sie gefrieren, dann riss er sie herunter und schleuderte sie an den Straßenrand, wo sie sich rasch in schwarzen Schlamm verwandelten. Auch Judes Herz war seit Jahren mit schwarzem Schlamm gefüllt, wie erkaltetes Magma aus Schmerz, Schuldgefühlen und ohnmächtiger Wut.

»Ich hab nicht gleich begriffen, dass Aurore tot war«, sagte er schließlich. »Und ich habe nichts gefühlt. Papa … Mein Vater hat mir klargemacht, dass ich auf keinen Fall etwas anfassen durfte, und mich aus dem Zimmer gescheucht. Dann hat er die Tür hinter uns zugemacht. Ein Polizistenreflex. Ich hatte meinen Vater vorher nie zittern sehen. Er war ein Fels in der Brandung, er verlor nie die Nerven. Und plötzlich bröckelte dieser Fels, ja ich konnte buchstäblich sehen, wie er vor meinen Augen in sich zusammensackte. Dieser Anblick war fast noch schlimmer als … als das, was hinter der Tür lag.«

Ein kleiner knallroter Wagen schoss unerwartet aus einer Straße rechts von ihnen. Yuko wich ihm geschickt aus.

»Du verlierst wohl nie die Nerven, was?«, sagte Jude.

»Nein, nie. Hab was Besseres zu tun.«

»Zum Beispiel deine Kollegen ausfragen?«

»Zum Beispiel«, antwortete sie mit schiefem Lächeln.

»Und was erhoffst du dir davon?«

»Ich will es verstehen.«

»Das ist nicht so einfach.«

»Aber es ist ein Anfang. Erzähl weiter … bitte.«

Jude zuckte die Schultern.

»Da gibt's nicht viel zu erzählen. Ich wollte etwas spüren, egal was. Ich bin ins Bad gegangen, hab Papas Rasiermesser aus dem Etui genommen – mein Vater hielt nichts von Rasierapparaten – und mir das Gesicht zerschnitten. Das ist alles. Das war ein Schmerz, den ich spüren konnte. Ein einfacher Schmerz, der einen Anfang und ein Ende hatte. Eine Wunde, die jeder versorgen konnte, mit Alkohol und Verbandsmaterial. Nicht so wie die andere.«

Yuko bremste den Wagen, als sie an einem zweistöckigen Backsteinbau vorbeikamen, der durch einen Garten von der Straße abgeschirmt war. Unter dem Schnee schimmerten gestutzte Hecken hindurch.

»Da ist es«, sagte sie.

Jude stellte seinen Mantelkragen hoch.

»Also dann …«

Während Yuko einparkte, hätte er fast wieder an seine Wunde gefasst, aber er beherrschte sich. Sie brauchte nicht zu wissen, dass sie auf ihre beiläufige Art ein paar seiner Schutzwälle eingerissen hatte. Und was bezweckte sie damit? Wollte sie in die tiefsten Winkel seiner Seele vordringen, in die Tabuzone, in die er seit Jahren niemanden mehr hineinließ?

Die Empfangshalle der Klinik sah aus wie das Foyer eines Luxushotels: Marmortheke, schimmernde Holzverkleidungen, tiefe Couchgarnituren, die in U-Form um einen niedrigen, mit Zeitschriften übersäten Tisch standen. Zwei Frauen saßen Händchen haltend dort, die eine hochschwanger. Yuko fasste sie kurz ins Auge und drehte sich zu Jude um, als wollte sie etwas sagen, aber dann ging sie nach kurzem Zögern zu der Theke, hinter der eine Angestellte in elfenbeinfarbener Seidenbluse mit dezentem jadegrünem Muster saß und sie mit einem freundlichen Lächeln begrüßte. Ihr Name stand auf einem ovalen Ansteckschild: Fiona.

»Haben Sie einen Termin?«, zwitscherte sie – *wie eine Flugbegleiterin,* dachte Jude und lächelte zurück.

»Nein. Aber ich bin sicher, dass Ihr Vorgesetzter uns empfangen wird.«

Die Klinik wurde von einer Frau namens Hélène Robineau geleitet. Sie war um die fünfzig, edel gekleidet, das perfekte Aushängeschild für ein florierendes Unternehmen: maßgeschneidertes Kostüm aus teurem Wollstoff, Perlenkette und Gucci-Mokassins. Sie ließ die Besucher Platz nehmen, bat ihre Sekretärin, Kaffee zu bringen, und setzte sich hinter ihren imposanten Mahagonischreibtisch. Jude fiel auf, dass sie sich mehrmals an die Haare fasste, als wollte sie eine verirrte Strähne zurechtzupfen, die sich aus ihrem makellosen Knoten gelöst hatte.

»Was kann ich für Sie tun, Inspektor?«

Sie wandte sich an Jude, aber Yuko öffnete ihr Notizbuch und las mit lauter Stimme vor:

»Aurore Beauvoir, geboren am 2. November 1986, ermordet auf den Tag genau sechzehn Jahre später. Natascha Ornanski, geboren am 15. Januar 1988, ermordet am 15. Januar 2004. Béatrice Comtois, geboren am 27. Juli 1990, ermordet an ihrem sechzehnten Geburtstag, im Jahr 2006. Elsa Fourment, 1991 – 2007. Und schließlich Romane Laplante, geboren am 23. Dezember 1993 um 21 Uhr. Ihr Herz hörte nach Aussage des Gerichtsmediziners am 23. Dezember 2009 gegen 22:30 Uhr zu schlagen auf. Ich nehme an, diese Namen sagen Ihnen etwas?«

Die Direktorin runzelte die Stirn, als überlegte sie. »Einige davon … Ja, in der Tat. Hat das nicht mit diesen … diesen schrecklichen Verbrechen zu tun, die wochenlang in den Schlagzeilen standen …? Sie müssen wissen, ich kaufe keine Zeitungen, die nur auf die Sensationslust ihrer Leser spekulieren …«

»Möchten Sie uns auf den Arm nehmen, Madame Robineau?«, schnitt Yuko ihr das Wort ab. »Dann vergeuden Sie Ihre Zeit, und unsere auch. Alle diese Mädchen – wohlgemerkt *alle* – wurden hier geboren. Das kann Ihnen doch nicht entgangen sein?«

Hélène Robineau geriet etwas aus der Fassung. »Alle … Sind Sie sicher?«

»Nein, natürlich nicht«, gab Yuko sarkastisch zurück. »Ist nur so eine Hypothese …«

»… die wir gerne überprüfen würden«, fügte Jude ruhig hinzu.

Hélène Robineaus Blick schnellte hektisch zwischen Jude und Yuko hin und her. Ein Anflug von Panik trat in ihre Augen. »Aber … aber …«, stammelte sie, »warum stellen Sie mir diese Frage erst jetzt? Nach so vielen Jahren? Der erste dieser Morde ist 2002 passiert! Wenn das auch nur die geringste Bedeutung hätte … Ich meine, die Polizisten, die damals die Ermittlungen geleitet haben, hielten es nicht für nötig, uns zu …«

Yuko lehnte sich in dem bequemen Sessel zurück, der für die werdenden Mütter reserviert war, und trommelte mit dem Ende ihres Bleistifts gegen ihre Zähne. *Die Sache fängt an, ihr Spaß zu machen,* dachte Jude. *Sie hat ihr Opfer sehr schnell in die Ecke gedrängt – zu schnell. Und jetzt will sie das Vergnügen noch etwas länger auskosten.*

»Wir – das heißt, die vorigen Ermittler – wurden durch die falschen Angaben der Eltern in die Irre geführt«, sagte Yuko in beinahe verträumtem Ton. »Wir haben Fehler in den Akten einiger Opfer entdeckt. Die Mädchen sind angeblich in einer anderen Stadt geboren oder zu Hause. Und auf unsere direkten Fragen haben die betroffenen Eltern nur sehr … wie soll ich sagen … widerstrebend geantwortet.«

Plötzlich richtete sie sich auf und schlug mit ihrer Faust auf die Tischplatte. Die Direktorin zuckte zusammen und drückte sich tiefer in ihren Sessel.

»Die Frage ist nur, warum sollten unbescholtene Bürger die Polizei in die Irre führen wollen? Noch dazu, wenn dadurch die Aufklärung der Morde an ihren Töchtern verhindert wird?«, fuhr Yuko jetzt beinahe sanft fort. »Warum sollten sie den Namen der Klinik verheimlichen, in der die Mädchen das Licht der Welt erblickt haben? Wie erklären Sie sich das, Madame Robineau?«

»Ich … ich weiß nicht«, brachte die Direktorin hervor und rang sichtlich um Fassung. »Wirklich, ich verstehe es nicht.«

»Nun gut, ich werde es Ihnen sagen.«

Yuko rollte ihren Stift zwischen den Fingern, den Blick auf die beige Ledergarnitur gerichtet.

»Ich habe Ihre Zimmer noch nicht gesehen, aber nach der Einrichtung hier zu urteilen, muss ein Aufenthalt in Ihrer Klinik sehr teuer sein. Zu teuer für die meisten Leute. Zum Beispiel für einen einfachen Wachtmeister und dessen nicht berufstätige Frau. Oder eine Bankangestellte. Einen nach einem Unfall arbeitsunfähigen Maurer, die Kassiererin einer Fastfoodkette, einen Schriftsteller ohne Verlag. Soll ich noch mehr Beispiele aufzählen? Aber ich denke, das erübrigt sich.«

Langsam hob sie den Blick zu der Frau, die ihr gegenübersaß, und fixierte sie scharf.

»Als wir diese komfortablen Räumlichkeiten betreten haben«, fuhr sie fort, »sind mir zwei Frauen aufgefallen, die in der Halle gewartet haben …«

»Im Empfangssalon«, verbesserte Hélène Robineau sie mechanisch.

»Na gut, im Empfangssalon. Eine der beiden war schwanger, die andere nicht. Aber beide waren sichtlich aufgeregt. Und sehr verliebt. Das hat mich auf eine Idee gebracht. Sie können sich vermutlich denken, auf welche?«

Diesmal empörte sich die Direktorin. »Künstliche Befruchtung ist absolut legal. Ausnahmslos. Was bezwecken Sie mit diesen Andeutungen?«

»Nichts. Ich stelle nur eine Tatsache fest. Ich nehme an, Sie helfen Paaren, die auf natürlichem Weg keine Kinder bekommen können, und Ihre Honorare dürften nicht unbeträchtlicher sein als das Elternglück, das Sie den Betroffenen auf diese Weise ermöglichen. Auch wenn manche Eltern es vorziehen, ihren Kindern die Wahrheit möglichst zu verheimlichen. Zwei Frauen dagegen können wohl kaum so tun, als hätten sie ihr Kind miteinander gezeugt, im Gegensatz zu den heterosexuellen Paaren. Es ist eine Lüge, die ein ganzes Leben andauern kann. Und das würde auch erklären, warum vier der fünf Opfer Einzelkinder waren.«

Hélène Robineaus Gesicht erstarrte zur Maske.

»Das alles ist vertraulich. Wir betrachten es als unsere Aufgabe, die Identität der Spender zu schützen, wenn sie anonym bleiben wollen.«

Yuko schaute Jude an. Der Austausch war kurz, kaum ein Wimpernschlag. Jude hüstelte.

»Ich verstehe ...«

Er ließ den Satz bewusst im Raum schweben und richtete seinen Blick auf die säuberlich beschrifteten Akten, die sich in einem Regal an der Wand aneinanderreihten. Er spürte die Nervosität der Klinikleiterin, die sich immer mehr in die Ecke gedrängt fühlte. Es war besser, ihr eine kleine Atempause zu gönnen. Versöhnlich lächelte er sie an.

»Können Sie uns zumindest sagen, ob alle diese Geburten das Ergebnis einer Samenspende waren? Damit verstoßen Sie nicht gegen Ihre Schweigepflicht. Die armen Mädchen sind tot, Madame Robineau.«

»Ja, natürlich. Natürlich.«

Hélène Robineau schwitzte. Ihr teures Parfüm konnte den beißenden, moschusartigen Geruch nicht überdecken. Ihre Bluse musste große Schweißflecken unter den Achseln haben.

»Die Akten aus der Zeit vor 2005 sind im Archiv«, murmelte sie. »Ich werde nachsehen.«

»Tun Sie das«, blaffte Yuko.

Als sie das Gebäude verließen, hatte das Schneegestöber aufgehört. Ihr Atem bildete kleine weiße Dunstwölkchen in der kalten Luft.

»Wir hätten mehr aus ihr rausholen können«, sagte Yuko gereizt. »Sie war reif, und du hast sie entwischen lassen.«

Jude drehte sich um und fixierte die Fenster mit den reglosen Vorhängen. »Du musst noch viel lernen. Hast du schon mal geangelt?«

Yuko rümpfte die Nase. »Geangelt?«

»Ja, im Fluss geangelt. Forellen – oder Lachse, falls dir das lieber ist. Wenn man einen großen Fisch am Haken hat, muss man ihn manchmal sausen lassen. Aber nicht zu lange. Und nicht zu weit. Wartest du hier auf mich?«

Er machte auf dem Absatz kehrt.

Yuko rief ihm nach: »Nein, halt! Ich komme mit!«

Ohne sich umzudrehen, winkte Jude ab. »Bloß nicht. Diesmal halte ich die Angel.«

»Was wollen Sie noch? Ich habe Ihnen alle Informationen gegeben, die ich preisgeben darf.«

Ein Satz, den sie auswendig gelernt hatte. Riegel vor – und das war's.

Jude setzte sich in einen der beiden Sessel, ohne dazu aufgefordert zu werden. Dann stand er wieder auf, als hätte er es sich anders überlegt, und schaute der Frau direkt in die Augen.

»Madame Robineau«, sagte er mit samtweicher Stimme. »Ich bin Aurore Beauvoirs Bruder.«

Kapitel 6

Reine reagierte als Erste.

»Das ist der dümmste Scherz des Jahrhunderts«, zischte sie mit zusammengebissenen Zähnen. »Habt ihr den Verstand verloren?«

»Ich war das nicht«, protestierte Beth.

»Ich auch nicht«, sagte Clara. »Und Marga genauso wenig. Im Ernst, Reine, wie kannst du nur glauben, dass eine von uns zu so einem hässlichen Scherz fähig wäre? Komm, *gatita*.«

Sie führte Ariane, die wie gelähmt war, zum Kanapee und reichte ihr ein Glas Champagner. »Hier, Schätzchen, betrink dich. Und denk nicht mehr daran.«

Dann setzte sie sich an Arianes linke Seite, Beth an die rechte, und Marga und Reine zogen ihre Sessel heran und nahmen gegenüber von ihr Platz. Ein Ringwall aus murmelnden Gestalten – sie hatten instinktiv die Stimmen gesenkt –, mit verstörten Augen und zusammengepressten Lippen. Tapfer versuchten sie zu lächeln.

»Hier war heute niemand«, sagte Reine und legte die Stirn in Falten.

»Doch«, widersprach Marga sofort. »Der Lieferservice. Gegen 15 Uhr. Ich war allein im Laden und hab dem Mann gesagt, er soll die Kiste in die Küche hochbringen.«

»Welcher Lieferservice?«, wunderte sich Beth.

»Na der, der den Champagner gebracht hat. Ich dachte …« Sie drehte sich zu Clara um. »Hast du den nicht bestellt? Aber …«

Clara schüttelte den Kopf. »Ja, ich weiß. Ich mache das sonst immer zu Weihnachten. Aber gestern hab ich es vergessen. Ich war zu sehr mit Korrigieren beschäftigt – meine Erstsemester können kaum noch einen Dativ von einem Akkusativ unterscheiden. Ich hab mich an zwei, drei besonders miserablen Aufsätzen festgebissen, und als ich endlich fertig war, hatten die Läden längst geschlossen.« Sie stand auf, nahm die Flasche vom Tisch und studierte das Etikett. »Es ist dieselbe Marke. Ich dachte, der wäre noch vom letzten Jahr.«

»Und wir haben uns nie bei dir bedankt, all die Jahre nicht«, stellte Beth reumütig fest.

»Egal«, unterbrach Reine sie. »Wie sah er denn aus, der Lieferant?«

Marga zuckte die Schultern. »Ehrlich gesagt, hab ich ihn kaum angesehen. Mittelgroß, mit einer Mütze … braune Haare, würde ich sagen, aber ich bin mir nicht sicher …«

»Und du hast ihn einfach raufgehen lassen, obwohl Ariane oben in ihrem Zimmer war?«, empörte sich Clara.

»*Lara* war oben«, verbesserte Marga sie. »Ja. Aber sie war nicht in ihrem Zimmer. Sie hat geduscht, ich hab Wasser laufen hören. Es tut mir leid, wirklich. Aber dieser Lieferant war so … so normal, versteht ihr?«

»Ja, sicher«, seufzte Clara. »Und ob ich verstehe. Wahrscheinlich spekuliert er sogar darauf. Es muss jemand sein, der praktisch mit seiner Umgebung verschmilzt. Nicht der Lieferbursche, natürlich. Der ist bestimmt völlig ahnungslos. Er wurde bezahlt, um ein Päckchen abzugeben, eine nette Weihnachtsüberraschung, etwas ganz Harmloses, Natürliches, gegen das niemand auch nur das Geringste einwenden könnte.«

Ariane zitterte. Ihre Zähne klapperten gegen das Champagnerglas, und das Geräusch ging allen durch Mark und Bein.

»Aber wenn er in einer Weinhandlung in der Nähe arbeitet«, sagte Marga, »dann müsste man ihn doch ausfindig machen und fragen können, ob er sich an den Kunden erinnert, der ihm diese Lieferung anvertraut hat.«

»Du glaubst doch nicht, dass die Spindel ein derartiges Risiko eingeht?«, schnaubte Clara. »Nein. Er hat einfach irgendeinen jungen Typ aufgelesen, der auf der Straße rumhing, und ihn gefragt, ob er sich ein bisschen Geld verdienen will. Die Chance, dass wir ihn finden, ist eins zu einer Million, selbst wenn wir die Kripo von Québec wären … was wir nicht sind.«

»Aber wir können es doch wenigstens versuchen«, schlug Reine vor. »Eine Annonce in die Zeitungen setzen.«

»Damit würden wir nur Aufmerksamkeit auf uns ziehen«, wandte Beth ein.

»Die Spindel kennt unsere Adresse doch längst, du dummes Huhn«, explodierte Clara. »Du kannst sie jetzt in sämtlichen Tageszeitungen veröffentlichen, das ändert nichts mehr …«

Behutsam nahm sie das leere Champagnerglas aus Arianes Händen und stellte es auf den Couchtisch.

»Das reicht jetzt. Wir müssen einen klaren Kopf behalten und so schnell wie möglich handeln. *Cabrita mía,* du kannst hier nicht mehr bleiben. Wir müssen einen sicheren Ort für dich finden.«

»Es gibt keinen sicheren Ort.« Ariane hatte die Augen geschlossen, als wollte sie das Zimmer mit seinem sanften Licht ausblenden, die besorgten Gesichter um sie herum, die verschneiten Bäume draußen vor dem Fenster, die Tore mit den weißen Mützchen, die Straßen, in denen die Gefahr lauerte, unausweichlich, heimtückisch, wie eine langsam ansteigende Flut, die ein tödliches Gift mit sich führte.

Die vier Frauen um sie herum wechselten betroffene Blicke.

»Es bringt uns nicht weiter, wenn wir uns jetzt gehen lassen«, stellte Beth entschlossen, ja fast brutal fest.

»Ja, lasst uns überlegen«, stimmte Clara zu.

»Aber wo sollen wir anfangen?«, fragte Marga.

Alle vier Augenpaare hefteten sich auf die einsame Rose, die einen blutroten Fleck auf dem ominösen Geschenkpäckchen bildete. Das Päckchen mit der goldenen Glanzfolie.

»Ich schlage vor, wir machen das hier erst mal auf«, sagte Reine.

Unten auf der Straße klickte ein Feuerzeug und ein scharfes Profil leuchtete kurz im Licht der Flamme auf – ein Gesicht, mit einem dunklen Schal umwickelt, der Stirn, Haare und Schultern verbarg. Der Motor des leistungsstarken Chevrolets lief seit einer guten halben Stunde im Leerlauf, was bei dieser Kälte zum Glück nicht weiter auffiel. Das machten viele Autofahrer, wenn sie auf ihre Freundin warteten, oder auf die Familie, die zum Weihnachtsessen zu den Großeltern gekarrt werden musste. Die Wärme, die sich im Wagen anstaute, reichte aus, um eine Weile darin auszuharren. Aber irgendwann musste er wegfahren, wenn er keine Aufmerksamkeit erregen wollte. Schade. Das erleuchtete Fenster über der dunklen Auslage der Buchhandlung wärmte ihm das Herz, löste eine solche Glückseligkeit in ihm aus, dass es die reine Folter war, jetzt schon an das Ende zu denken.

Dort oben war sie. Ariane, seine Angebetete, sein verlorenes Kind. Hatte sie das Geschenk schon gefunden? Den Stiel der Rose – er hatte jede einzelne Dorne sorgfältig entfernt – bereits in der Hand gehalten? Hatte sie die Zartheit der Blütenblätter gespürt, ihren betörenden Duft eingeatmet? Hatte sie das Päckchen mit der Goldfolie schon aufgerissen?

Mit einem Lächeln malte die Spindel sich die baldige Niederlage seines alten Feindes Dominique Nadon aus. Ein würdiger Gegner, dieser Kommissar, der selbst die winzigste Fährte mit der Ausdauer eines Trüffelhunds verfolgte – eines Spürhunds, der den köstlich-erdigen Duft aufgenommen hatte, den er unter hundert anderen erkennen würde, ohne je in die Irre zu gehen oder aufzugeben. Im Lauf der Jahre war der Kommissar seinem Ziel manchmal gefährlich nahe gekommen, hatte es nur um einen Atemzug, einen Sekundenbruchteil verfehlt – die Zeit, die es kostete, eine Tür lautlos zu schließen. Hatte er es geahnt? Ja, ganz sicher. Sein Zorn nährte sich von seinen Misserfolgen. Er wurde zusehends gefährlicher – und zum Glück auch berechenbarer. Er tobte herum wie ein wildes Tier in der Falle, ohne zu begreifen, dass jede noch so winzige Bewegung ihn verriet.

Aber nicht durch ihn war ihm Hilfe zuteil geworden, sondern durch seinen Assistenten, den jungen Inspektor. Jude Beauvoir, Aurores Bruder. Die Spindel hatte eine geheime Vorliebe für ihn. Er gehörte ja praktisch zur Familie, und man konnte ihm mit Nachsicht begegnen, ja fast mit Rührung – aber natürlich immer die Distanz dabei wahren. Auch dieser Jude war gefährlich. Intelligent. Nur leider zu emotional, und außerdem neigte er zu Depressionen, die seinen Realitätssinn beeinträchtigten.

Dabei war die Lösung so einfach. Lag gewissermaßen auf der Hand. In Reich- bzw. Blickweite. So leicht zu erkennen.

Warum sah es niemand?

Die Spindel zündete sich eine zweite Zigarette an. Er musste auf der Hut bleiben – durfte sich nicht von der Euphorie, dem Triumph hinreißen lassen, der nur zu häufig dieses köstliche Allmachtsgefühl begleitete. »Hybris« hatten die alten Griechen es genannt, eine Regung, die den Göttern missfiel und tödliche Gefahren barg. Er selbst wusste das nur zu gut. Er kannte die Gefahr, nachlässig zu werden. Ein einziger Fehler, eine winzige unüberlegte Handlung, und man stürzte in den Abgrund. Ohne Wiederkehr.

Jude hatte seine Rolle gut gespielt. Nach Arianes Flucht hatte er ohne erkennbaren Grund eine Professorin beschatten lassen, bei der seine Schwester studierte. Dabei war der Name Clara Caballos nie in den Ermittlungen aufgetaucht, denn sonst wäre es das gefundene Fressen für die Medien gewesen. Wenn Minderjährige im Spiel waren, vor allem junge Mädchen, wurden sofort einschlägige Gerüchte über die betreffenden Lehrkräfte verbreitet.

Warum hatte Jude diese Frau aufs Polizeirevier bestellt? Was bezweckte er mit seinen Fragen zu ihrem Umfeld, ihrer Vergangenheit, ihren Freunden, ihren Aktivitäten?

Die Spindel hatte keine Zeit damit vergeudet, diesen Fragen nachzugehen. Clara Caballos führte ein geordnetes Leben und blickte stets nach vorne. Wo immer sie hinging, folgte ihr nur ihr getreuer Schatten. In den letzten paar Wochen war sie von der Universität zur Bibliothek spaziert, von einer Sporthalle zu einem Kino in ihrem Viertel oder einem Theater, das in einer Gasse der Altstadt verborgen lag, und dann zu einer Buchhandlung. Dort verschwand sie häufig und kam mit leeren Händen wieder heraus; manchmal blieb sie bis nach Ladenschluss. Eines Morgens war sie einen Augenblick auf der Treppe stehen geblieben, in ein heftiges Streitgespräch mit einer dünnen blonden Frau um die sechzig vertieft, die ihr offenbar Vorwürfe machte. Clara Caballos hatte mehrmals zustimmend genickt, dann aber ihren Unwillen mit einer abrupten Geste zum Ausdruck gebracht, die dem Streit sofort ein Ende gemacht hatte. Mit großen Schritten war sie davongestürmt, die Fäuste in den Taschen ihres leuchtend roten Parkas vergraben.

Am nächsten Tag war Clara Caballos wiedergekommen. Diesmal hatte die blonde Frau sich verstohlen umgeblickt, bevor sie sie hereingelassen hatte. Natürlich war ihr nichts Ungewöhnliches aufgefallen. Aber dieser kurze Blick hatte der Spindel genügt: Die Frauen hatten ein Geheimnis. Sie versteckten etwas – oder jemanden.

Warum waren die meisten Menschen so einfach gestrickt? So vorhersehbar. So langweilig.

Alle, außer *ihnen*.

Zufällig war ein Zimmer in einem Gebäude freigeworden, das schräg über dem Schaufenster der Buchhandlung aufragte. Der Makler hatte die großzügige Gebühr eingestrichen und nicht mit der Wimper gezuckt, als ihm die gefälschten Papiere vorgelegt wurden.

Der Raum war winzig, nur mit einem Waschbecken und einer im Wandschrank eingebauten Toilette ausgestattet. Keine Möbel, aber ein alter Vorhang am Fenster. Dort hatte er sein Stativ aufgebaut und eine Nikon mit einem supermodernen Objektiv darauf platziert, das von den Falten der beiden zerschlissenen roten Stoffbahnen kaschiert wurde. So ließen sich der Eingang der Buchhandlung und ein Teil des Wohnzimmers im ersten Stock perfekt überwachen.

Jetzt hieß es nur noch abwarten.

Marga – die Einzige, deren Hände nicht zitterten – öffnete schließlich das Päckchen mit den beiden vollkommen symmetrischen Papierlaschen, die mit zwei Tupfern Klebstoff verschlossen waren.

»Du hättest Handschuhe anziehen sollen«, bemerkte Reine.

Beth zuckte die Schultern. »Falls du glaubst, dass dieser … ähm … Herr es versäumt haben könnte, Handschuhe anzuziehen, als er sein ›Geschenk‹ verpackt hat, bist du naiver, als die Polizei erlaubt, mein armes altes Mädchen.«

Clara hielt Ariane an den Schultern. Die Wärme ihrer Hände strömte durch ihren ganzen Körper, wie Ariane mit leiser Verwunderung feststellte.

Lass mich ja nicht los. Bitte nicht loslassen. Ich bin ein

Eisklotz. Eine Glasfigur. Wenn du mich loslässt, kippe ich um und zerspringe in tausend Scherben, das Licht verfängt sich in den Splittern, und sie leuchten einen Augenblick auf, jeder einzelne, und schon ist es vorbei. Dann habe ich aufgehört zu existieren. Bitte lass mich nicht los.

Clara ließ sie nicht los.

Marga wickelte das knisternde Goldpapier auf.

Beth und Reine hielten den Atem an.

»Fotos«, verkündete Marga mit dumpfer Stimme.

Ein Stapel Farbfotos im DIN-A5-Format, mit einem weißen Rand eingefasst.

Fotos von Ariane. Ariane auf der Haustreppe, wie sie sich umdreht und an der Fassade der Buchhandlung hinaufblickt. Oder Sonnenblumenkerne in ein Vogelhäuschen streut, behutsam eine Meise in den Händen trägt, die gegen das Fenster geprallt ist. Lesend in einem Sessel, hinter den Scheiben des großen Panoramafensters. Beim Tischdecken.

»Oh, nein«, hauchte Reine.

Marga hatte das letzte Foto aufgedeckt: Ariane, die im blauen Pulli auf dem Fußweg entlanggeht, den Kopf erhoben, als suche sie den Himmel ab. Ein Sonnenstrahl liebkost ihr Gesicht. Sie lächelt.

Das Foto war digital bearbeitet, ihre Haarfarbe verändert: aschblonde Strähnen umrahmten ihr Gesicht.

Das Gesicht der Ariane von früher. Der Ariane, die aus Toronto geflüchtet war, um ihre Eltern zu retten und ihrem Mörder zu entkommen.

»Er ist uns ganz nah«, murmelte Clara. »Er beobachtet uns.«

Kapitel 7

Als Jude die Eingangstür hinter sich schloss, verriet ihm bereits das Fußgetrappel auf der Treppe, dass seine Schwester da war. Églantine tauchte auf dem Absatz auf, in Morgenmantel und Hausschuhen, die Haare von einem Gummiband zusammengehalten. Der Duft ihres Lavendel-Duschgels drang ihm in die Nase und er brachte ein Lächeln zustande.

»Wenn ich dich anschaue, fühle ich mich uralt. Und schmutzig«, fügte er hinzu. »Ist das Bad frei? Ich brauche unbedingt eine heiße Dusche.«

»Jude, ich hab nachgedacht. Und ich muss mit dir reden«, verkündete seine Schwester, ohne auf seine Frage einzugehen.

»Jetzt gleich?«

»Ja. Ich hab schon viel zu lange gewartet.«

Jude protestierte nicht. Er kannte seine Schwester gut genug, um zu wissen, dass sie nicht lockerlassen würde.

Mit einem unterdrückten Seufzer ging er vor ihr her ins Wohnzimmer. Dort ließ er sich nicht oft blicken. Er blieb lieber in der Küche oder in seinem Arbeitsbereich, den er sich in einer Art Zwischengeschoss in seinem Schlafzimmer eingerichtet hatte. Das Wohnzimmer war Églantines Reich. Um den Holzofen herum standen Sessel, die Églantine auf dem Trödelmarkt erstanden hatte, dazu Holzblöcke, die mit Zeitschriften, glitzernden Quarzbrocken und Muscheln dekoriert waren und als Couchtischchen dienten. Ein riesiges Regal voller wissenschaftlicher Werke – Psychologie, Kriminologie und Psychoanalyse – nahm eine ganze Wand ein. Im Vorbeigehen überflog Jude ein paar der Titel: »Anatomie der menschlichen Destruktivität« von Erich Fromm. Kriminologische Publikationen von Farid Zine-Eddine Bencheikh. Er selbst hatte seit seinem Studienabschluss nichts mehr davon gelesen. Und einiges war ihm unbekannt. Ein flüchtiges Bedauern stieg in ihm auf. Er hätte sich auf dem Laufenden halten sollen, eine Dissertation vorbereiten, selbst Fallstudien für Hochschulpublikationen aufbereiten können. Reisen. Unterrichten.

Nein. Nicht wirklich. Die praktische Ermittlungsarbeit war ihm lieber. Artikel für eine Handvoll Spezialisten verfassen? Sich mit hochtrabenden Titeln schmücken? Tagtäglich mit mehr oder weniger begabten Studenten konfrontiert sein, von denen viele nur auf ihr Examen hinarbeiteten, weil sie später ein bisschen mehr als ihre Eltern verdienen und ein besseres Leben haben wollten, während andere sich bereits als coole Fernsehcops sahen?

Églantine war anders. Wissbegierig. Die Leidenschaft, mit der sie sich in ihr Studium stürzte, war echt. Schweigend beobachtete er, wie sie sich kerzengerade auf einen Rattanstuhl setzte, die Knie hochzog und den Saum ihres Morgenmantels um ihre Füße schlang. Du liebe Güte, das musste was Ernstes sein. Er setzte sich ihr gegenüber auf einen Stuhl und wartete geduldig, während sie ihr Gummiband aus den Haaren zerrte und mit gespreizten Fingern durch ihre wilde Lockenpracht fuhr. Dann hob sie den Kopf.

»Ich möchte über Aurore sprechen, Jude.«

Er zuckte zusammen. Aurores Name war seit dem Tod ihrer Eltern tabu – darüber herrschte stillschweigendes Einverständnis zwischen ihnen. Wenn sie von früher redeten, sagten sie immer nur *wir. Weißt du noch, wie wir dich auf den Rummelplatz mitgenommen haben und du aus einem Wagen in der Geisterbahn gefallen bist? Du warst noch ganz klein, höchstens vier oder fünf, ich weiß nicht mehr genau. Wir haben dich überall gesucht, und …*

Wir: Aurore und ich. Jude sah sich hinter der geduckten Silhouette seiner Schwester durch den engen

Schlauch gehen: Sie trug einen Jeansrock und ein weißes Top, auf das die verborgenen Strahler in den Zwischenwänden grellrote Zebrastreifen zauberten. Wenn sie den Kopf nach ihm umdrehte, bewegten sich ihre langen Haare, als hätten sie ein Eigenleben, und ein Duftschwall drang ihm in die Nase. Ein sanftes, etwas süßliches Parfüm. Keine bekannte Marke, Jude hatte es noch nie bei anderen Mädchen bemerkt. Nach Aurores Tod, als ihre Mutter ihr Zimmer leer räumte – mit verkniffenen Lippen, leeren Augen und mechanischen Bewegungen, als wären ihre Arme und Beine ferngesteuert –, hatte er unten im Badezimmerschrank ein kleines Fläschchen davon gefunden. Das Etikett war handgeschrieben, mit sorgfältig gemalten Buchstaben: »Ewiger Liebeszauber«. Das hatte ihm fast ein Lächeln entlockt. Aurore und ihre Freundinnen hatten wahrscheinlich Parfümreste von ihren Müttern stibitzt und zusammengemischt. Jude hatte das Fläschchen nicht geöffnet, sondern in sein Zimmer gebracht und dort im Schrank verstaut. Das war alles, was ihm von Aurore geblieben war. Er hatte das Fläschchen nie mehr angerührt, ja nicht einmal angeschaut. Vielleicht war es in einen der Kartons geraten, die nach dem letzten Umzug noch ungeöffnet herumstanden. Oder es war im Mülleimer gelandet.

Und Églantine? Sie redete mit ihm, aber er hatte ihre

Worte nicht gehört. Er war in Gedanken noch in der Geisterbahn, zusammen mit Aurore. Schließlich hatten sie Églantine gefunden – sie saß fröhlich vor einem Skelett und spielte mit den Fußknochen. Die Kleine hatte sofort gefragt, ob das Skelett ermordet worden sei und auf welche Weise. Schon damals hatte sie ihren kriminalistischen Spürsinn unter Beweis gestellt, dachte Jude grinsend.

»Das Parfüm«, murmelte er.

»Jude, du hörst mir gar nicht zu.«

»Entschuldige. Ich hab an …«

»… an Aurore gedacht. Warum sprichst du ihren Namen nie aus? Ich weiß doch, dass du wieder an diesem Fall arbeitest. Und ich weiß auch, wie schwer das für dich ist. Aber der Mord ist zehn Jahre her. Mehr als mein halbes Leben. Und ich weiß gar nichts über meine große Schwester, außer das, was ich in den Zeitungen gelesen habe. Der Ring hier ist das Einzige, was ich von ihr habe, und ich lege ihn nie ab …« Sie hob ihre Hand und die rosa Perlen schimmerten in einem sanften Goldton. »Ich könnte es nicht ertragen, ihn zu verlieren, das wäre so, als sei die letzte Verbindung zu ihr abgebrochen. Endgültig. Und vorigen Monat«, fuhr sie fort, »bin ich in der Bibliothek einem Mädchen begegnet, das jede Menge Zeitungsausschnitte, einen Notizblock und einen Stapel Fotos vor sich liegen hatte. In dem Stapel war auch ein Foto von Aurore. Das war echt ein Schock für mich, und als ich sie gefragt habe, warum sie sich für diese alte Geschichte interessiert, hat sie sich auf ihrem Stuhl zusammengeduckt, als wollte ich sie bei lebendigem Leib auffressen.«

»Kein Wunder bei deinem Gruselpotenzial – ich sag's ja immer«, scherzte Jude lahm. »Wer ist dieses Mädchen? Kennst du sie von der Uni?«

»Nein. Sie ist viel jünger. Sechzehn, schätze ich, vielleicht sogar noch jünger.«

»Sechzehn ...«

Jude runzelte die Stirn und ließ seinen Daumen an den Zähnen entlanggleiten.

»Und war sie blond?«, fragte er möglichst beiläufig.

»Nein, eher braun – dunkel wie Scheherazade. Eine Farbe, die überhaupt nicht zu ihrem Hautton passte. Jede Wette, dass die nicht echt war.«

»Bist du sicher?«

»Klar. Ihr Jungs merkt so was ja nie. Aber Mädchen haben einen Blick dafür. Und außerdem ...«, sie beugte sich zu ihrem Bruder vor und verkrampfte die Hände in ihrem Schoß, »... kennst du sie.«

»Was?«

Églantine brach unerwartet in Gelächter aus. »Jetzt sei doch nicht gleich beleidigt. Man könnte meinen, ich hätte in deinem Tagebuch herumgeschnüffelt.«

»Ich hab kein Tagebuch.«

»Ja, schade. Leg dir eins zu, das ist eine gute Therapie. Aber mal im Ernst: Ich hab nur die Wäsche gemacht, und nett wie ich bin, hab ich deine T-Shirts zusammengefaltet und in deinen Schrank geräumt. Das Foto lag auf dem Schreibtisch.« Églantine setzte sich bequemer hin und ließ ein Bein über die Sessellehne baumeln. »Okay, da hast du mein Geständnis, Inspektor. Aber ich hatte einen guten Grund, mich mit diesem Foto zu beschäftigen. Ich hab nämlich das Original gesehen. Auf der Straße. Hier in Montréal.«

Diesmal konnte Jude seine Überraschung nicht verbergen. »Wo genau?«

»Auf der Lincoln, vor ein paar Monaten. Sie hatte einen Schwächeanfall oder so was, und ich hab ihr meine Hilfe angeboten. Aber sie hat mich angestarrt, als wollte ich sie umbringen. Und jetzt ist mir klar geworden, dass sie vor Angst fast gestorben ist. Ich glaube, am liebsten wäre sie mit den Hauswänden verschmolzen … Nein, warte, das passt irgendwie nicht …«

»Was passt nicht?«, fragte Jude.

»Ihre Klamotten. Das Mädchen war wie … wie für ein Joan-Baez-Konzert angezogen, so Siebzigerjahre-Stil, total auffällig, verstehst du? Langer Rock, Fransenschal … Ich liebe knallige Farben, wie du weißt, aber neben ihr bin ich mir wie eine graue Maus vorgekommen.«

»Was nicht oft der Fall sein dürfte«, bemerkte Jude. »Erzähl weiter, Églantine. Das ist sehr wichtig.«

Seine Schwester warf ihm einen schiefen Blick zu. »Ich sag dir alles, was ich weiß, wenn du mir alles sagst, was du weißt.«

»Unmöglich.«

»Es gibt da eine Verbindung zu Aurore, oder? Zu diesem Killer? Jude, ich bin doch nicht mehr fünf. Du musst mich nicht beschützen.«

Jude wollte protestieren, aber sie brachte ihn mit einer Handbewegung zum Schweigen.

»Ich weiß, das ist alles vertraulich, laufende Ermittlungen, über die du nicht reden darfst. Kenne ich alles auswendig. Und halt mir bloß keine Moralpredigt. Du hast mir doch sonst auch von deinen Ermittlungen erzählt, wenn du wieder mal in einer Sackgasse gesteckt hast. Außer von der Spindel. Ich kenne deine Gründe, Jude, und ich respektiere sie, aber ich will das nicht mehr. Ich *muss* darüber sprechen. Wir schweigen schon viel zu lange – du, ich … und dieses Schweigen wird immer drückender. Verstehst du, das überschattet mein ganzes Leben, und es hindert mich daran, mit dir über die Dinge zu sprechen, die wirklich wichtig für mich sind. Aber hier geht es um Leben und Tod.«

Églantine hatte das alles hervorgesprudelt, ohne ein einziges Mal Luft zu holen. Jetzt hielt sie inne und blickte sich um, als sähe sie jeden einzelnen Gegenstand im Raum zum ersten Mal. »Hier. Wir machen es hier. Wir schütteln unsere Last ab, Bruderherz.«

»Das ist nicht so einfach«, murmelte Jude.

»Wie kannst du das wissen? Du hast es doch nie versucht.«

»Ist das ein Vorwurf?«

»Nein, Quatsch.«

Dann trat Schweigen ein. Jude hob den Kopf und schaute seiner Schwester in die Augen. Was er darin las – eine Entschiedenheit, die nichts Überhebliches hatte, eine Geduld, die von ungewöhnlicher Reife zeugte –, entlockte ihm einen resignierten Seufzer. Was blieb ihm anderes übrig, als sich geschlagen zu geben?

»Also gut«, sagte er. »Fang du an, bitte. Ich brauche noch einen Moment, um meine Kräfte zu sammeln.«

»Ich wusste nichts über dieses Mädchen«, begann Églantine ruhig, »aber ich habe sie wiedererkannt, habe das Foto gesehen, das in der Bibliothek vor ihr lag. Es war nicht schwer, die Verbindung herzustellen. Also hab ich draußen auf sie gewartet und mich hinter einem parkenden Auto versteckt. Als sie rauskam, hatte sie so was Gehetztes an sich, als würde sie damit rechnen, dass ihr jemand folgt. Und ich musste verdammt vorsichtig sein, das kannst du mir glauben – ich meine, so wie ich aussehe. Aber ich hab meinen Regenponcho rausgeholt und meine Haare unter die Kapuze gestopft. Ich hab sie den ganzen Weg bis zum Bahnhof beschattet – lach nicht, das war nicht einfach, weil sie ja auf der Hut war. Dort hab ich sie aus den Augen verloren, aber irgendwann ist sie vor einem Schalter wieder aufgetaucht. Da hab ich alles auf eine Karte gesetzt und bin hingegangen. Nicht zu dicht, aber nah genug ran, um zu hören, was sie sagte. Und …«

»Und?«

»Sie hat eine Zugfahrkarte gekauft«, schloss Églantine lächelnd.

»Églantine!«

»Wenn ich gemein wäre, würde ich dich jetzt eine Weile schmoren lassen. Aber ich will mal nicht so sein. Und ich habe dein Wort, okay?«

»Okay. Also, eine Fahrkarte wohin?«

»Nach Québec.«

Jude schloss halb die Augen, um seine Enttäuschung zu verbergen. »Und mehr weißt du nicht?«, fragte er betont sanft.

»Nein, sonst nichts.« Églantine ließ sich in die Kissen sinken, aber es lag nichts Nachlässiges in dieser Geste, sondern gesteigerte Wachsamkeit. »Und jetzt du, Jude. Ich höre.«

Kapitel 8

ARIANES TAGEBUCH

Beth fährt Auto, als würde sie in den Krieg ziehen, stocksteif, die Augen starr nach vorn gerichtet. Aber wir sind ja auch im Krieg. Ein Krieg gegen die Zeit. Gegen den Tod.

Nur bin ich keine Kriegerin. Aber was dann? Eine Geisel? Nein, auch das nicht. Es gibt nichts zu verhandeln. Kein Lösegeld der Welt kann den Killer zufriedenstellen, der mich verfolgt. Ich kann weder auf einen Deal hoffen noch auf einen Pakt.

Heute Nacht haben meine vier Beschützerinnen abwechselnd an meinem Bett gesessen. Ich stellte mich die meiste Zeit schlafend. Manchmal bin ich auch eingedöst und die Nacht war von grässlichen Träumen bevölkert. Eine Nacht, die kein Ende nehmen wollte. Wenn ich kurz die Augen aufschlug, sah ich Reine, die mit der Brille auf der Nase eingenickt war, ihr Buch, das sie im Schein einer Taschenlampe zu lesen versucht hatte, lag offen auf den Knien. Oder Clara, zu einer Kugel zusammengerollt wie eine Katze, mit angestrengt aufgerissenen Augen. Oder Marga, die sich in ein Schottenplaid eingewickelt hatte, die Lippen bewegte und unverständliche Worte murmelte. Oder Beth, vom Schlaf überrascht, den Kopf auf die Schulter geneigt, sodass ihr blondes Haar im Rhythmus ihres Atems flatterte. Vier Feen, die über meinen Schlaf wachten und einen Schutzwall um mich bildeten.

Gegen acht hörte ich Schritte im Wohnzimmer, gedämpfte Stimmen, das leise Klirren eines Löffels, der gegen den Rand einer Kaffeetasse stieß. Ich zog mir die Decke über den Kopf, vielleicht weil ich mir wünschte, die Nacht möge ewig dauern. Am Ende hätte mich die Dunkelheit verschluckt. Ich hätte mich geräusch- und schmerzlos aufgelöst. Welch eine Erlösung, für mich und für die anderen.
Dann ging leise die Tür auf. Eine bleiche Lichtpfütze zeichnete sich auf dem Parkettboden ab.
»Cabrita mía?«
Clara.
»Zieh dich an und komm frühstücken. Es gibt was Neues.«

Ich gehorchte, funktionierte wie ein Roboter. Die vertrauten Alltagsgesten beherrschen anscheinend unseren Körper und teilweise auch unseren Geist – gestern hab ich mir die Zähne geputzt, bevor ich ins Bett gegangen bin. Die Zähne geputzt! Während er mir auflauerte, auf der Straße oder in irgendeinem Gebäude. Unglaublich, oder?

Die Vorhänge des großen Panoramafensters waren zugezogen; es war, als hielten die Möbel den Atem an. Wie eine Theaterkulisse vor Beginn der Vorstellung. Oder nach dem letzten Akt, wenn alle Zuschauer den Saal verlassen haben und in ihr Leben zurückgekehrt sind.

Alle vier saßen am Küchentisch. Auf den blauweißen Steinguttellern türmte sich das Gebäck von gestern Abend, die mit Blaubeergelee gefüllten Muffins, die Zuckermandel-Brioches, die Reine gebacken hatte, der Butterkuchen mit der gesalzenen Butter, ein sorgfältig gehütetes Familienrezept von Marga, die knusprigen Churros von Clara. Sie hatten nichts angerührt.

Reine goss Kaffee in eine große Tasse und reichte sie mir.

»Du musst erst mal richtig wach werden«, sagte sie.

»Wir haben nämlich einen Plan«, fügte Beth hinzu.

Ich saß hinten im Wagen, an der rechten Tür. Reine und Marga wollten mich in die Mitte nehmen, aber ich weigerte mich. Vor der Abfahrt hatte Reine mir einen peruanischen Hut aufgezwungen, der mit weißen Wollzöpfen unter dem Kinn verknotet wurde, ein grässliches Teil. Ich kam mir vor wie ein Clown, aber mein Gesicht war fast nicht zu sehen, und das ist offenbar alles, was zählt.

Meinen Schutzengeln war wohl nicht klar, dass »fast nicht« nicht genug ist.

Ihr Ziel war Québec, genauer gesagt, die Île d'Orléans im Sankt-Lorenz-Strom. Marga hat dort ein kleines Häuschen. Eine Ferienhütte ohne großen Komfort, »aber es gibt einen Ofen und dicke Federbetten, du wirst nicht frieren«, wie Marga betonte, als wäre das ein Trost. »Und da unten«, fuhr sie fort, »kennt jeder jeden. Die Leute wissen, dass ich eine Großnichte habe, die lange in Frankreich gelebt hat und ungefähr in deinem Alter ist. Ich werde ihnen sagen, dass du krank warst und hierhergekommen bist, um dich zu erholen und wieder zu Kräften zu kommen – in der guten Luft, der Natur, mit drei reichlichen Mahlzeiten pro Tag. Sie werden sicher Mitleid mit dir haben und dich unter ihre Fittiche nehmen. In diesem Dorf werden verdächtige Eindringlinge sofort entlarvt – nach fünf Minuten weiß jeder, ob es nur ein harmloser Tourist ist oder nicht.«

Clara, Reine und Beth nickten zustimmend. »Das ist

die einzige Lösung«, wiederholten sie. »Eine von uns wird immer bei dir sein.«

»Claras Kurse fangen am fünften Januar wieder an, aber die Stunden sind auf zwei Tage verteilt und ich komme dann am Wochenende«, verkündete Reine. »Beth und Marga wechseln sich in der restlichen Zeit ab. Drei Monate müssen wir durchhalten. Nimm doch wenigstens ein Stück Brioche.«

Ich hatte keinen Hunger. Niemand hatte Hunger. Die Kuchen blieben unberührt liegen, schön goldbraun, wunderbar appetitlich. Mir wurde schon vom bloßen Anblick schlecht.

Der Knackpunkt war, dass wir unbemerkt aus der Wohnung kommen mussten. Aber auch dafür hatten sie einen Plan. Beth ist ungefähr genauso groß wie ich; ich würde ihr meine Klamotten leihen, den blauen Pulli, den ich auf dem Foto trug, das ohne unser Wissen gemacht worden war, und meine Jacke. Sie würde sich einen Schal um den Kopf schlingen und mit Reine durch die Buchhandlung hinausgehen. Dann würden sie ins Auto steigen und Richtung Iberville fahren, wo Reine die Besitzerin eines Gästehauses kennt. Sie würden in das Haus gehen und durch die Hintertür sofort wieder hinaus. Ich würde unterdessen meine Tasche packen und mit Marga im Lager warten, das auf den

Hof hinter der Buchhandlung führt. Clara würde ihren Wagen vor der kleinen Durchfahrt parken, die den Hof mit der Straße verbindet. Beth und Reine würden auf schnellstem Weg mit der U-Bahn zu Marga zurückkommen und ihr per SMS Bescheid geben. Sobald die Luft rein war, würden wir alle verschwinden und Richtung Québec fahren.

Ich fühlte mich wie im Kino, in einem nicht sehr guten Film mit einem ziemlich abgedroschenen Plot, aber es funktionierte. Auf der Straße war nicht viel los. Marga und Reine verdrehten sich unablässig die Hälse, um nachzusehen, ob uns jemand folgte. Sie schworen, dass sie nichts Verdächtiges bemerkt hatten. Wir verließen die Stadt auf der Autobahn 20. Beth fädelte sich in die rechte Spur ein, um die anderen Wagen besser im Blick zu behalten und möglichst wenig aufzufallen. »Bloß kein Strafmandat wegen Geschwindigkeitsüberschreitung«, scherzte sie. Ich dachte an meinen Vater, an seine übervorsichtige Fahrweise, die mir immer so auf die Nerven gegangen war. An die häufigen Blicke in den Rückspiegel und wie er das Lenkrad umklammert hatte, als er mich an jenem letzten Morgen in die Schule gefahren hatte.

Eine Träne lief an meiner Nase hinunter und ich wischte sie schnell weg. Jetzt nur nicht weinen. Clara, *die vorne saß, versuchte uns mit den besten Stilblüten ihrer Studenten abzulenken. Einiges davon war wirklich komisch, aber mir blieb das Lachen im Hals stecken. Als wollte ich es mir für später aufsparen.*

Nur weiß ich nicht, ob es »später« für mich noch geben wird.

Jude marschierte blindlings drauflos. Einfach geradeaus.

»Du musst deinen Zorn aktivieren …« *Wenn der Kommissar wüsste!* Jude hätte schreien können vor Wut. Er lief, um das Schreien zu unterdrücken. Es stieg in seinem Bauch auf, brannte ihm in der Kehle, stieß gegen seine fest zusammengebissenen Zähne.

Vor Églantine hatte er sich beherrscht, so gut es ging. Er hatte ihr die Wahrheit gesagt, oder jedenfalls das, was er für die Wahrheit hielt. Gewissenhaft, Wort für Wort. Und die ganze Zeit hatte er gegen seine eigene Verzweiflung angekämpft.

Aurore war seine Halbschwester. Die Tochter seiner Mutter. Dank der Auskünfte, die er Hélène Robineau entrissen hatte, konnte er sich die Umstände von Aurores Geburt zusammenreimen. Es war das Übliche gewesen: Ein Paar, das auf natürlichem Weg kein Kind bekommen kann, versucht es trotzdem mit allen Mitteln, lässt diverse medizinische Untersuchungen über sich ergehen, die nichts ergeben. Selbst nach allen Tests steht nicht endgültig fest, ob einer von ihnen unfruchtbar ist. Schließlich entscheidet sich das Paar für eine Samenspende. Der letzte Versuch.

Und es funktioniert.

In den folgenden Jahren kommen wider Erwarten zwei weitere Kinder zur Welt. Die Eltern hatten von Anfang an beschlossen, ihrer Tochter zu verschweigen, unter welchen Umständen sie zur Welt gekommen war. Und das Wunder der Geburt ihrer beiden jüngeren Kinder bestärkt sie noch darin.

Bis zum bitteren Ende.

»Pass doch auf, wo du hinläufst, du Idiot!«

Jude blieb stehen, völlig außer Atem, und hob entschuldigend die Hand. Er verzog das Gesicht und rieb sich die Schulter. Er war voll mit einem Betrunkenen zusammengerasselt, der aus einer Bar gewankt kam. Langsam drehte er den Kopf. Manche hier im Viertel wurden aggressiv, wenn sie zu viel Bier intus hatten. Aber der Betrunkene torkelte bereits davon, wobei er unverständliche Drohungen vor sich hinmurmelte. Seine Gestalt löste sich in dem Nebel auf, der vom Fluss aufstieg und in dicken grauen Schwaden zwischen den Häuserfassaden herumwirbelte. Jude kniff die Augen zusammen und sein Blick fiel auf das Neonschild einer chemischen Reinigung. Das »g« am Ende flackerte in regelmäßigen Intervallen. *So wie mein Gehirn, das mir unablässig die gleichen chaotischen Signale sendet. Ariane. Aurore. Ariane. Aurore.*

Und alle anderen.

Ariane war in Québec. Vielleicht. Der Kommissar hatte ein Team hingeschickt, das die Stadt durchkämmen und alle Anmelderegister der Hotels, Pensionen und privaten Zimmervermieter prüfen sollte. Jude würde später zu ihnen stoßen. Er war noch nicht ganz fertig mit der Klinik Sainte-Marguerite. Sophie Saint-Laurent und Yuko nahmen sich unterdessen die Akten aller zwischen 1982 und 2013 geborenen Kinder vor. Das Wichtigste war jetzt, weitere Morde zu verhindern. Drei Mädchen standen momentan unter Polizeischutz, aber die Spindel hatte den ominösen Brief vermutlich auch an andere Familien geschickt, die seine Drohung nicht ernst genommen hatten. Diese Familien mussten sie finden, um sie zu warnen und zu schützen.

Vor allem aber mussten sie die Gemeinsamkeiten der Mädchen aufspüren. Eine bestimmte Eigenschaft, die sie für den Killer attraktiv machte. Die Haarfarbe allein reichte nicht aus; Jude spürte, dass es noch eine andere Verbindung zwischen den Opfern geben musste – etwas Subtiles, Hochemotionales. Er hatte so eine Ahnung, was es sein könnte. Aber er musste abwarten, bis Yuko und Sophie mit ihrer minutiösen Durchsicht und dem Abgleich der Akten fertig waren.

Und was war mit dem Mann auf dem Foto? Noch ein Fragezeichen … Wie konnte ein Sexualtäter, der nachweislich seit Jahren tot und begraben war, plötzlich unter den Fenstern eines französischen Gymnasiums in Toronto auftauchen, um dort nach dem potenziellen Opfer eines Serienkillers Ausschau zu halten? Denis Diémé verhörte gerade seine Familie. Hatte dieser Patrice Cabana vielleicht einen Bruder oder Cousin, der ihn rächen wollte? Aber warum sollte der junge Mädchen töten, die mehrere Hundert Kilometer von seinem Wohnort entfernt lebten? Und was hatte die Geburtsklinik Sainte-Marguerite damit zu tun?

Jude war weitergegangen, ziellos wie vorher, ganz auf den Rhythmus seiner Schritte konzentriert. So viele Fragen … Sie mussten endlich Antworten finden, die fehlenden Teile des Puzzles, das sich langsam vor seinen Augen zusammenfügte. Das Leben von Ariane und ihren Eltern hing davon ab.

Auch sein eigenes Leben.

Er irrte im Nebel umher. Nicht nur jetzt, in diesem Moment, sondern seit vielen Jahren.

Warum diese Heimlichtuerei? Warum schämten sich die Eltern, die er befragt hatte, ihm die Wahrheit zu sagen? So wie seine eigenen Eltern die Wahrheit verschwiegen hatten. Warum vertuschten sie die Tatsache, dass sie keine Kinder bekommen konnten, wie einen

Makel, obwohl es doch etwas rein Körperliches war? Hielten sich die zeugungsunfähigen Männer deshalb für unmännlich? Glaubten sie im Ernst, dass die Liebe und Zuwendung, die sie ihrem Kind im Lauf der Jahre angedeihen ließen, weniger zählte als die biologische Vaterschaft? Hatten sie Angst, ausgelacht und diskriminiert zu werden? Fühlten sie sich schuldig? Immer nur Schuldgefühle, wohin man auch schaute. Was für ein sinnloses Wort, unmännlich, und trotzdem so vernichtend. Sie hatten der Natur ein Schnippchen geschlagen – na und? Aber sie schwiegen weiter, selbst nachdem sie ihr Kind verloren hatten – das Schlimmste, was einem Elternpaar zustoßen konnte.

Auch Jude hatte Schuldgefühle, genau wie seine Eltern. Das gestand er sich jetzt endlich ein. Schuldgefühle seit dem Tag, an dem er seine tote Schwester gefunden hatte.

Schuldig.

Er fühlte sich schuldig, weil er am Leben war.

Auf dem Gehsteig hasteten frierende Menschen vorüber, die Köpfe tief gesenkt. Kaum einer achtete auf den jungen Mann mit dem schönen, vernarbten Gesicht und den hellen Augen, der weinend an ihnen vorbeilief, ohne seine Tränen abzuwischen.

Teil 4

Kapitel 1

Montréal, 18. März, 18:38 Uhr.

»Du musst mal auf andere Gedanken kommen. Pack deine Tasche, ich nehm dich mit.«

Jude trank betont langsam seinen Kaffee aus, ehe er sich umdrehte. Yuko hatte bisher ihr Versprechen gehalten. Er war ihr nie im Haus begegnet, ja nicht mal im Garten. Die Apartments hatten einen separaten Eingang auf der Rückseite des Gebäudes, der durch einen unregelmäßig gepflasterten Weg mit der Straße verbunden war. Manche Mieter hatten versucht, Rosensträucher zu pflanzen, aber sie kümmerten unter den großen Tannen an der Nordseite lustlos dahin. Jude hasste diesen »schwarzen Weg«, wie Églantine ihn getauft hatte, als sie mit dem Erbe ihrer Eltern und einem Kredit über zwanzig Jahre Laufzeit das Haus gekauft hatten. Es bestand also kaum die Gefahr, dass er den Bewohnern der oberen Etage über den Weg lief.

Als er endlich seine Tasse auf die Arbeitsplatte stellte und sich umdrehte, lehnte Yuko mit verschränkten Armen im Türrahmen. Sie trug Jeans, Stiefel und einen schwarzen Feinstrick-Pullover mit V-Ausschnitt. Ihre Haare waren zu einem lockeren Knoten hochgesteckt.

»Ist das eine Entführung?«, fragte Jude, um seine Verlegenheit zu überspielen.

»Genau. Du drehst dich seit Tagen im Kreis, so wie ich. Und ich hab Lust, ein bisschen rauszufahren. Kommst du mit? Wir könnten über den Fall sprechen oder auch nicht, ganz wie du willst. Und wir könnten in einem der Touristenlokale zu Abend essen. Du weißt schon – die, wo es diese deftigen Fleischpasteten und Fischeintopf gibt. Damit wir mal auf andere Gedanken kommen.« Sie hob zwei Finger. »Ganz unverfänglich natürlich – ich hab uns zwei Zimmer reserviert.«

Jude zögerte. So viel Spontaneität und Lockerheit hätte er Yuko nie zugetraut. Was bezweckte sie damit? Wollte sie ihn manipulieren, ihm vielleicht irgendwelche Vertraulichkeiten entlocken? Höchstwahrscheinlich, falls er sie nicht komplett falsch einschätzte. Aber egal, was riskierte er schon, wenn er auf ihren Vorschlag einging? Nicht sehr viel.

Oh, doch, wisperte ihm eine innere Stimme zu, die in letzter Zeit immer zynischer wurde. *Wenn du mit ihr übers Wochenende wegfährst, lässt du sie näher an dich heran, als dir lieb ist. Und das jagt dir eine Höllenangst ein.*

Nebenan knarzte das Parkett. Jude lächelte: Églantine kam aus der Dusche. Sie war zu einer Party eingeladen und würde die nächsten zwei Stunden damit verbringen, ihre Haare zu entkrausen und ihr Outfit auszuwählen. Das bedeutete, dass Jude sich ein Tiefkühlgericht in der Mikrowelle aufwärmen und allein essen musste.

Was nicht sehr verlockend war.

Er nickte.

»Warum nicht? Gib mir fünf Minuten. Willst du was trinken?«, fügte er in einem plötzlichen Anflug von Gastfreundlichkeit hinzu.

»Nein, ich muss ja noch Auto fahren. Ich warte im Wagen, okay?« Yuko klimperte mit ihrem Schlüsselbund, den sie sich über den Daumen gestreift hatte, und ging. Er hörte, wie die Tür zufiel.

18. März, 20:11 Uhr

Der Wagen sauste seit ein paar Minuten über die Autobahn. Yuko und Jude hatten einmütig beschlossen, an einem italienischen Restaurant anzuhalten und eine Kleinigkeit zu essen, bevor sie Richtung Nordwesten fuhren. Yuko hatte Penne mit Brokkoli und Huhn genommen, dazu ein Knoblauchbrot, Jude nur eine Pizza.

Belustigt hatte er zugeschaut, wie seine Begleiterin ihre Pasta verschlungen hatte.

»Hast du gedacht, ich ernähre mich von rohem Fisch?«, hatte Yuko lächelnd gefragt.

»Ja. Und von Algen natürlich. Und Misosuppe. In winzigen Mengen, versteht sich.«

»Du bist ein wandelndes Vorurteil.«

»Ich weiß.«

Jude hatte mit Genuss ein Glas Chianti getrunken und sich erstaunlich entspannt gefühlt. Die meisten Tische um sie herum waren besetzt: Familien mit Kindern, Paare, Wandergruppen mit bunten Daunenjacken und Rucksäcken. Das Stimmengewirr war nicht unangenehm gewesen – wie ein Wiegenlied, die Hintergrundmusik eines schönen Tagtraums.

»Wohin fahren wir?«, fragte Jude, als Yuko ausscherte, um einen Kombi zu überholen, der die Ausfahrt nach Trois-Rivières nahm.

»Auf eine Insel.«

»Ein Denkparadies?«

»Genau. Kann jedenfalls nicht schaden. Und außerdem … nein. Mehr verrate ich nicht. Du wirst schon sehen.«

Beim Abendessen hatte keiner von ihnen das Thema angeschnitten, das ihr ganzes Denken beherrschte. Ein dritter Gast, stumm und unsichtbar, saß an ihrem Tisch: Jude spürte ihre Anwesenheit selbst jetzt hinter ihnen im Wagen.

Ariane. Er schloss die Augen und lehnte sich an die Kopfstütze. Hin und wieder tauchte das Gesicht des jungen Mädchens vor seinem inneren Auge auf, zusammen mit dem seiner Schwester. Sie waren sich seltsam ähnlich, verschmolzen miteinander. Helle Haare. Rosa Perlen. Dunkle, lächelnde oder traurige Augen. Lippen, die sich bewegten, ein kaum wahrnehmbares Flüstern: *Jude, Jude, hilf mir, rette mich diesmal.* Eine anmutige Silhouette. Ein Parfüm.

Ein Parfüm.

Er öffnete die Augen.

Als er nach Toronto gefahren war, um die Prudents zu befragen, hatten sie ihm Arianes Zimmer gezeigt. Ein ganz gewöhnliches Zimmer, etwas zu ordentlich, das nicht viel über die Persönlichkeit seiner Bewohnerin verriet. Er hatte die Schränke inspiziert, die Kommodenschubladen aufgezogen. Im Bücherregal standen Romane, Kunstbücher, Werke über Fotografie. Ein bemaltes Holzkästchen auf dem Schreibtisch enthielt ein paar Schmuckstücke, einen Milchzahn in einem kleinen Samtbeutel, einen Schlüsselanhänger – ein Werbegeschenk von Nikon – und ein winziges Parfümfläschchen.

Er hatte das Fläschchen nicht geöffnet. Hatte seine Empfindungen nicht zu analysieren versucht – dieses Gefühl, die Vergangenheit neu zu durchleben, die panische Angst, die ihn dazu gebracht hatte, das Haus so schnell wie möglich zu verlassen. Und jetzt erkannte er seinen Fehler.

Das Parfüm. Das Parfüm, das er nach Aurores Tod in ihren Sachen gefunden hatte. Der Duft, der noch in Arianes verlassenem Zimmer hing. Es war derselbe.

Île d'Orléans, 19. März, 9:23 Uhr

Jude hatte den Nebel immer geliebt. Die milchigen Schwaden, die feuchte, kalte Berührung. Er ging zügig, ohne auf die Bäume zu achten, die wie Monster aus der Urwelt neben dem Weg aufragten. Er marschierte blind, den Blick auf seine Stiefelspitzen geheftet, auf das rötliche Laub, das er zertrat. Auf diese Weise abgetrennt von der Landschaft, konnte er sich besser konzentrieren. Ungestörter nachdenken. Die verschiedenen Puzzleteile ordnen.

Das Parfüm. Hoffentlich hatte Églantine ihre Nachrichten abgehört. Seine Schwester fand sich praktisch blind im Haus zurecht. Sie hatte eine Karte im Kopf, mit deren Hilfe sie jedes Buch, jeden Gegenstand genau lokalisieren konnte, auch wenn sie ihn nur einmal gesehen hatte. Ihr phänomenales visuelles Gedächtnis speicherte alles ab – die genaue Position der Gegenstände in einem Regal, den Platz jedes einzelnen Schraubenziehers in der kleinen Werkstatt im Garten, die Anordnung ihrer Blusen im Schrank, nach Farben oder Größen sortiert. Wenn sie das Parfümfläschchen jemals irgendwo gesehen hatte, würde sie es wiederfinden. Und dann musste man so schnell wie möglich zu Arianes Eltern fahren und die beiden Proben miteinander vergleichen. Herausfinden, von wem das Parfüm stammte – wer es den Mädchen geschenkt hatte. Gleich morgen Früh würde er Yuko bitten, sich darum zu kümmern.

Er hatte im Auto auch bereits Denis Diémé angerufen und ihn gebeten, ihm die Spindel-Akte zu mailen. Nur gut, dass er sein Tablet mitgenommen hatte.

»Aber die kennst du doch in- und auswendig«, hatte Yuko eingewandt.

»Ich will sie noch mal ganz genau durchsehen, das ist alles. Irgendwas ist mir entgangen. Das weiß ich. Etwas, das praktisch auf der Hand liegt.«

»Soll ich mal rekapitulieren?«, hatte Yuko etwas zu eifrig vorgeschlagen.

»Nein. Nimm's nicht persönlich, aber ich arbeite allein am besten.«

»Na klar – ist mir auch schon aufgefallen«, hatte Yuko halblaut gemurmelt.

In dem Gasthof – einem großen Gebäude, das von einer Holzterrasse mit Blick auf die Felder und den Wald umgeben war – hatte er sich in seinem Zimmer eingeschlossen, ohne das makellos bezogene Bett auch nur eines Blickes zu würdigen. Er hatte sein Tablet auf den kleinen hellen Fichtenholzschreibtisch gestellt und bis 3 Uhr morgens jeden einzelnen Ermittlungsbericht und sämtliche Zeugenaussagen studiert. Anzahl der Familienmitglieder. Berufe. Nachbarschaft. Sophie und Annabelle hatten gute Arbeit geleistet. Er besaß jetzt umfangreiche Informationen, die er nur noch nach ihrer Wichtigkeit sortieren musste. Die meisten waren vermutlich wertlos, aber er zwang sich, alles genau durchzulesen. *Ein Detail.* Er war jetzt überzeugt, dass die Lösung des Rätsels in einem winzigen Detail lag, dem er bisher keinerlei Beachtung geschenkt hatte.

Der Flügelschlag eines Schmetterlings in Brasilien kann ein Erdbeben am anderen Ende der Welt auslösen, sagte er sich immer wieder, während er die Seiten durchscrollte. *Der Flügelschlag eines Schmetterlings … Ein Parfüm …* Er war hellwach, in höchster Alarmbereitschaft, um Haaresbreite von der entscheidenden Entdeckung entfernt, dem Wendepunkt in den Ermittlungen, die noch immer voller Ungereimtheiten, voller Fragezeichen waren. Voller Sackgassen, in die ein kranker Geist sie lockte, um sich über ihre Anstrengungen und ihren vergeblichen Eifer zu amüsieren. Er – die Spindel – strauchelte nie. Er lachte über die Hindernisse, die ihm in den Weg gelegt wurden, ignorierte die Köder, umging alle Fallen.

Auch die Sainte-Marguerite-Fährte hatte in einer Sackgasse geendet. Die Nachforschungen im Archiv hatten ergeben, dass einige der Opfer aus dem Samen desselben Spenders entstanden waren – aber nicht alle. Drei verschiedene Gen-Karten hatten sich ergeben. Drei Männer, von denen keiner der Mörder sein konnte. Der erste war ziemlich jung an einem bösartigen Tumor gestorben; die beiden anderen, Europäer, die an der McGill University studiert hatten, waren in ihre Herkunftsländer zurückgekehrt. Auch die Ärzte, die sie betreut hatten, waren aufgespürt und befragt worden, aber ohne Ergebnis. Einer hatte sich vor Jahren zur Ruhe gesetzt und der andere praktizierte in Vancouver. Keiner der beiden erinnerte sich an etwas Ungewöhnliches hinsichtlich der werdenden Mütter, die man ihnen aufgelistet hatte. Doktor Jacques Mestre, der in einem ruhigen Vorort von Montréal lebte, mitten unter seinen Jagdtrophäen und einer Sammlung von anmutigen ausgestopften Vögelchen, Eichhörnchen und Wieseln, hatte ihnen seine persönlichen Aufzeichnungen gezeigt. Eine Art Tagebuch, in dem er nicht nur den Verlauf der Schwangerschaften, sondern auch den psychischen Zustand der Mütter, ihre Ängste, ihre Hoffnungen, den Einfluss ihrer Umgebung eingetragen hatte. Jude hatte diese Notizen sorgfältig studiert, ohne etwas zu finden. Keine der Frauen hatte über Probleme mit ihrem Partner geklagt, über Eifersucht, Groll und dergleichen. Die Hypothese des Kommissars, dass vielleicht einer der »Väter« sein Kind umgebracht haben könnte, weil ihn dessen Existenz fortwährend an den Samenspender und damit an seine eigene Zeugungsunfähigkeit erinnert hatte, erwies sich als unhaltbar.

Ganz zu schweigen von diesem Patrice Cabana, der keinerlei Verbindung zu den Opfern gehabt hatte, außer dass er post mortem unter den Fenstern des französischen Gymnasiums von Toronto aufgetaucht war. Jude hatte das Foto aufgehängt, das Ariane von ihm gemacht hatte, und daneben die etwas verschwommene vergrößerte Kopie der Gefängnisverwaltung.

Es war eindeutig dasselbe Gesicht. Er musterte es nervös. Etwas störte ihn daran, aber was? Der Mann war älter geworden, hatte sich aber gut gehalten, wenn man die Anzahl der verflossenen Jahre in Betracht zog.

Fast zu gut, um ehrlich zu sein. Das Gesicht hatte sich kaum verhärtet, war nicht aufgedunsener oder fleischiger geworden. Nur ein paar kleine Fältchen zeichneten sich um die Augen und auf der Stirn ab … Wenn Patrice noch leben würde, wäre er jetzt um die fünfzig. Wie konnte es sein, dass die Jahre so wenig Spuren in seinem Gesicht hinterlassen hatten?

Im Fall einer Erdbestattung hätte man seine Überreste exhumieren lassen können, um Gewissheit zu erlangen. Aber nein, der Mann war eingeäschert worden. Die Urne hatte man seiner Mutter ausgehändigt – was sämtliche Angestellten des Bestattungsinstituts bezeugen konnten – und die war längst weggezogen. Wenn also dieser Typ nicht Patrice Cabana war – wer dann?

Eine vage Erinnerung geisterte am Rande von Judes Bewusstsein herum, ohne dass er sie zu fassen bekam. Genervt schloss er die Akte und scrollte erneut durch die Fotos, die die Familien zur Verfügung gestellt hatten. Geburtstagsfeiern, Weihnachtsfeste, Picknicks in Gärten jeglicher Größe. Kleine Mädchen im Badeanzug, die in einem frei stehenden Pool oder in einem einfachen aufblasbaren Schwimmbecken planschten. An der Hand von Erwachsenen – Väter, Mütter, Großeltern, Kindermädchen, Freunde. Geschenktische. Schulfeste. Das vorletzte Bild zeigte Romane im Alter von vier oder fünf Jahren. Sie hob den Arm, um einen Tennisball auf eine Pyramide aus Konservendosen zu werfen. Ihr kindliches Gesicht war vor Anstrengung ganz verzerrt. Die Eltern beugten sich über sie, wie um sie anzufeuern. Im Hintergrund weitere Kinder, weitere Erwachsene, die die Szene lächelnd beobachteten.

Auch Jude hatte sich jetzt vorgebeugt, näher zum Bildschirm. Ungläubig. Fassungslos. Er hatte seinen Augen nicht getraut.

Dann war er Hals über Kopf auf die Terrasse hinausgestürzt, die über eine kleine Treppe direkt in den Park hinunterführte. Von dort war er einem Pfad in den Wald gefolgt, dessen Tiefe und Dichte von außen kaum zu erahnen war.

Schon bald hatte ihn der Nebel verschluckt.

Im ersten Moment sah er nur eine verschwommene Silhouette im Nebel. Reglos stand sie da, das Gesicht ihm zugewandt. Ein paar Sekunden zuvor hatte er geglaubt, eine Stimme zu hören. Mit wem redete das Mädchen? Es war doch niemand in der Nähe. Jude setzte seinen Weg in ruhigem Tempo fort, um die Spaziergängerin nicht zu erschrecken. Sie sah ihn kommen. Er konnte ihre Gesichtszüge nicht erkennen, aber er spürte ihre Angst, ihre Abwehr. Ein scharfer Schmerz durchzuckte ihn. Was war das für eine Welt, in der junge Mädchen nicht unbeschwert allein im Wald spazieren gehen konnten, um die Stille und den Frieden zu genießen? Was war das für eine Welt, in der Aurore tagtäglich irgendwo von Neuem ermordet wurde? Das regennasse, aufgeschwemmte Laub, das zwischen den hohen Schneewehen hindurchschimmerte, quietschte unter seinen Füßen. Dicke Nebelschwaden wogten zwischen ihm und dem Mädchen, entzogen sie immer wieder seinem Blick. Sie trug einen dicken dunkelblauen Rippenpulli, dessen Kapuze ihr Haar teilweise verhüllte. Ihre Hände verschwanden in den langen Ärmeln. Der Fels, an dem sie lehnte, war mit rötlichgelben Flechten überwuchert, die auf ihre Jeans abgefärbt hatten. Trotzdem klebte sie weiter an dem rauen Stein, glitt ein wenig zur Seite, als wollte sie mit ihm verschmelzen. Als Jude nur noch ein paar Schritte von ihr entfernt war, hob sie die Hand … um eine Haarsträhne aus ihrem Gesicht zu streichen. Eine nervöse Geste, typische Übersprungshandlung. Ihre ganze Haltung verriet, dass sie am liebsten verschwunden wäre, weggerannt, so schnell ihre Füße sie trugen.

Jude hätte sich jetzt abwenden und seine Schritte beschleunigen können. Er *wollte* es auch. Aber er konnte seinen Blick nicht von dem ovalen Gesicht lösen, dessen Züge immer deutlicher hervortraten.

Dann purzelten die Worte aus ihm heraus, noch ehe er sie in Gedanken formulieren konnte: »Da bist du ja, Ariane – endlich!«

Die Antwort war ein verzweifelter Schrei.

Kapitel 2

Île d'Orléans, 19. März, 8:54 Uhr

Ariane öffnete die Augen. Durch eine Ritze in dem dicken Holzladen drang ein Sonnenstrahl und bildete eine durchbrochene Lichtrosette. Sie streckte die Hand aus, knipste die Nachttischlampe an, blieb aber liegen, die Wange ins Kopfkissen geschmiegt. Bei jedem Wimpernschlag erbebte die Rosette und veränderte ihre Form. Die Sonne war schon über das Scheunendach hinausgewandert; es musste fast 9 Uhr sein, obwohl sie keinen Laut hörte. Das bedeutete, dass weder Marga noch Reine bei ihr wachten – die beiden hätte sie in der Küche rumoren gehört. Sie kochten immer Essen für mehrere Tage im Voraus – Gemüselasagne, Brathähnchen, Pasteten, ganze Schüsseln voll Sauce Bolognese. Das Klappern der Töpfe und das dumpfe Geräusch der Holzscheite, die sie in den alten Holzofen warfen, war inzwischen eine vertraute Hintergrundmusik für Ariane.

Sie schlug die Decke zurück und stand fröstelnd auf. Es war kalt im Zimmer, trotz des Tauwetters. Der Schnee um das Haus herum schmolz bereits und gab große faulig-schwarze Grasflächen frei. Die Eiszapfen, die das Dach zierten, tropften und wurden zusehends dünner. Ariane hörte das Pling-Pling des Wassers, das unter ihrem Fenster gegen den Rand des Blecheimers klatschte, in dem die Asche aus Ofen und Küchenherd gesammelt wurde, um sie später im noch kahlen Gemüsegarten zu verteilen.

Sie zog Jeans, Strümpfe und einen dicken Pulli an und dachte dabei an den Frühling, den Sommer. An die grünen Kornfelder, durch die der Wind seidige Furchen zog; an den Rosenstrauch ihrer Mutter, der vor Blüten überquoll und einen süßen Duft verströmte; an die schimmernden Seen, die von dichtem Laub umrahmt waren, das wie lauter Edelsteine funkelte; an die Kiefernzapfen, die unter den Sandalen knackten; an den Fluss, der über die Ufer trat und die »Rangs« überflutete, die langen Landparzellen, die im 18. Jahrhundert den französischen Kolonisten zugesprochen worden waren.

Der Fluss. Wer auf der Île d'Orléans wohnte, lebte mit dem Fluss, lauschte von morgens bis abends seinem Gesang, fürchtete seine Launen und Wutausbrüche, sah mit an, wie er im Winter langsam unter dem Eis erstarrte, wartete auf die ersten Anzeichen des Eisgangs, sehnte das offene Wasser als Vorboten wärmerer Tage herbei.

Der Sommer. Würde sie ihn erleben? Würde sie lange genug durchhalten, um das kühle Wasser an ihrer Haut zu spüren, die Glut der Sonne, das sanfte Kribbeln der Sandkörner? Würde sie in einen Zug steigen, ohne sich ein einziges Mal umzudrehen? Zu ihren Eltern fahren, sie umarmen und endlich wieder mit ihnen sprechen, das Schweigen brechen, in dem sie so lange gefangen gewesen waren? Nur noch knappe 36 Stunden, dann wurde sie sechzehn. Etwas mehr als ein Tag. Sie schlief jetzt kaum noch. Stundenlang lag sie im Dunkeln, mit offenen Augen, schlummerte erst gegen Morgen ein, wenn sich bereits die Umrisse der Möbel und anderer Gegenstände um sie herum im Dämmerlicht abzeichneten. Die Dunkelheit erschreckte sie, aber sie wollte es sich nicht eingestehen und bot ihr Abend für Abend die Stirn. *Mich erwartet eine viel tiefere Dunkelheit,* sagte sie sich. *Es ist besser, wenn ich mich jetzt schon daran gewöhne.*

Ihre Beschützerinnen hatten die Wache verschärft. Ariane wurde fast nie mehr allein gelassen. Reine, Beth, Clara und Marga schliefen abwechselnd in ihrem Zimmer auf einem Feldbett. Ariane warf einen Blick zur Seite. Das Bett war gemacht, die Decken zusammengefaltet, das Kopfkissen an seinem Platz. Beth. Ihr Vater war beim Militär gewesen, und von ihm hatte sie den peniblen Ordnungssinn, den Hang zur Symmetrie übernommen. Clara ließ die Decken in einem zusammengeknüllten Haufen auf dem Bett liegen – wie eine erstarrte Sturmwoge. Reine vergaß ständig irgendwelche Bücher. Marga, die leicht fror, hatte immer und überall ihr Schottenplaid dabei. Es war also Beth, die jetzt in der Küche frühstückte und mechanisch mit einem Löffel ihren ungesüßten Kaffee umrührte, während sie verträumt durchs Fenster auf die Tannenwipfel vor dem Haus starrte. Beth, die Ariane ihre heiße Schokolade einschenken, ihre Toasts buttern und dabei fröhlich über den neuesten Film sprechen würde, der gerade herausgekommen war, oder über den Nachbarhund, über die Farbe des Himmels, über den Zustand des anschwellenden Flusses, der von der Schneeschmelze gespeist wurde. Über den Albtraum, der sie beide fest im Griff hatte, redete sie nicht. Sie begnügte sich damit, das Kalenderblatt vom Vortag abzureißen, zu zerknüllen und ins Feuer zu werfen.

Ariane öffnete das Fenster und atmete die feuchte Luft ein. Dichter Nebel hing über dem Boden, sie konnte kaum einen Meter weit sehen. Weiter oben lichtete er sich, und ein Fitzelchen blauer Himmel blitzte auf, um sofort wieder verschluckt zu werden.

Es wird schön heute. Das musst du ausnutzen, Ariane. Du hast nicht mehr viel Zeit.

Ariane erstarrte. Sie hatte Laras Anwesenheit seit Monaten nicht mehr gespürt – seit sie nach Québec gefahren war, um herauszufinden, was sie mit den anderen Opfern der Spindel verband. In gewisser Weise war es wie eine Rückkehr in die Normalität gewesen, sofern ihr Leben – zumindest in einigen Punkten – als »normal« bezeichnet werden konnte.

Mit einem Lächeln streckte sie die Hand aus und verfolgte gebannt, wie der wabernde Nebel ihre Umrisse weichzeichnete.

»Warum bist du zurückgekommen?«, flüsterte sie.

Um dir zu helfen.

Du kannst mir nicht helfen. Niemand kann mir helfen. Er wird mich finden.

Ja.

Also warum …?

Es kostet Mut, gewisse Schwellen zu überschreiten.

Erneut bewegten sich Arianes Lippen.

»War es schlimm? Ich hab mich nie getraut, dir diese Frage zu stellen.«

Nein. Ich hatte Glück.

Wie kannst du so was sagen?

Na, überleg mal, Schwesterchen. Warum wohl?

Ein Vogel flog aus dem Gestrüpp auf. Schwerfällig,

torkelnd. Ariane hörte seinen gellenden Schrei über dem Dach, dann etwas weiter weg, in Richtung der bewaldeten Landzunge, die direkt zum Strom führte. Ein überwachsener Weg schlängelte sich zwischen den Bäumen hindurch zu einer winzigen Bucht, die kaum größer war als ein Balkon. Von dort konnte man die Brücke über den Sankt-Lorenz-Strom und jenseits davon den Montmorency-Fall sehen. Ariane liebte diesen Ort. Es hatte etwas Beruhigendes, in den Wasserfall zu schauen, in die Stromschnellen, die unablässig in einer Wolke aus Dunst herunterdonnerten. Seit Jahrhunderten höhlte das Wasser den Fels aus und wie durch Magie verwandelte sich seine rohe Gewalt in ein märchenhaftes Schauspiel. Die Leute blieben stehen, gebannt vom Anblick des Wasserfalls, und bewunderten seine Macht und seine Schönheit.

Ohne zu überlegen, schwang Ariane sich über den Fenstersims. Als sie den Fuß auf die Terrasse setzte, merkte sie, dass sie nur Strümpfe anhatte, und bückte sich, um ein Paar Gummistiefel aufzuheben, die am Vorabend neben einem Korb voll Feuerholz zurückgeblieben waren. Es waren Reines Stiefel und zum Glück hatten sie beide dieselbe Größe. Ariane hatte ihre Jacke und Handschuhe im Windfang des Häuschens gelassen, aber das war egal. Weit wollte sie ja nicht gehen. Nur einen Augenblick am Strand ausruhen, allein sein. Der Fürsorglichkeit ihrer Beschützerinnen entkommen, dem Smalltalk, den höflich abgewandten, unruhigen Blicken.

Ungestört nachdenken.

Sie setzte sich auf die ausgetretenen Fichtenbretter und zog die Stiefel an, dann schlenderte sie zu einem Birkenwäldchen, das wie eine Versammlung von geisterhaften Gestalten mit langen, starren Fingern aus dem Nebel auftauchte. Bald war sie in einen Wattekokon eingehüllt, der jeden Laut dämpfte, selbst das Geräusch ihrer eigenen Schritte. Der Weg lag voll im Licht und zeichnete sich deutlich zwischen den Bäumen ab, sodass sie ihm leicht folgen konnte. Aber die Welt hatte sich verändert, war zu einem Kreis aus schneeverkrustetem Laub eingeschnurrt, um den die Nebelwand sich ausbreitete. Ariane ging ungefähr hundert Meter, dann blieb sie ratlos stehen. Sie wusste hundertprozentig, dass sie auf dem Weg zum Ufer noch nie diesen bizarren Fels bemerkt hatte, der aussah wie ein Kopf mit einer überdimensionalen Nase, mit tief im Moos eingesunkenen Augen und einem weit aufgerissenen Mund. Fast, als würde er schreien vor Angst oder Verlangen. Ein Monster aus der Urzeit, aus einem gruseligen Märchen – ein Oger, ein Troll, der beim ersten Sonnenstrahl wieder zu Stein erstarrte.

Ariane ging näher heran, ließ eine Hand über die raue Oberfläche gleiten.

»Du tust mir nicht weh«, flüsterte sie.

Eine Stimme in ihr, die Stimme der Vernunft, raunte ihr zu, schleunigst umzukehren und sich in die warme, sichere Küche zurückzuflüchten. Sie brauchte nur ihren eigenen Spuren in der dünnen Schneeschicht zu folgen, die sich über Nacht gebildet hatte. Oder zu warten, bis der Nebel sich lichtete.

Oder weitergehen.

In der Ferne hörte sie einen Motor brummen – vielleicht ein Eisbrecher, der den Kanal wartete. Der Wald um sie herum war hingegen in tiefe Stille gehüllt. Man hätte meinen können, die Menschheit mit ihren Städten und Straßen und ihrer ewigen, lärmenden Hektik sei von diesem Teil der Erde verschwunden. Es war eine wohltuende Stille. Endlich musste sie nicht mehr gute Miene zum bösen Spiel machen, über belangloses Zeug reden, lächeln.

Ja. Hier konnte sie ausruhen. Nicht sehr lange, um Beth oder Clara, die gegen 9:30 Uhr kommen würde, nicht zu beunruhigen. Nur ein paar Minuten. Ein bisschen durchatmen. Die Augen schließen. Sich selbst vergessen. Vergessen, dass *er* wahrscheinlich nicht weit war, ihr irgendwo auflauerte und auf seine Chance wartete.

Reine war vom Gegenteil überzeugt, wie sie immer

wieder lauthals verkündete: Ihr Plan hatte funktioniert. Reine erledigte die Einkäufe und zeigte sich dabei ungewöhnlich interessiert am Dorfklatsch. Aber keine der Frauen, mit denen sie redete, hatte einen verdächtigen Fremden bemerkt. Um diese Zeit waren nicht viele Touristen da; sie kamen höchstens im Auto über die Brücke, um den Tag auf der Insel zu verbringen. Zwei Ornithologenpaare hatten eine Woche im Gasthaus Vieux Presbytère gewohnt, waren aber am vorigen Montag schon wieder abgereist. Die vier Freundinnen achteten sorgfältig darauf, nicht gesehen zu werden, wenn sie hin- und herfuhren, und ergriffen jede erdenkliche Vorsichtsmaßnahme. Reine hatte sogar ein Abo bei der Autovermietung und ließ sich jedes Mal ein anderes Auto mit einer anderen Farbe geben. Die Mietwagen wurden auf verschiedenen Parkplätzen für sie bereitgestellt, die über den ganzen Ort verstreut waren.

»Das ist ja langsam wie in einem James-Bond-Film«, brummte Clara, die es hasste, kilometerweit zu Fuß zu gehen, ehe sie sich ans Steuer setzen konnte.

Und trotzdem wusste Ariane, dass alles vergeblich war. Die ständigen Beratungen, die Nachtwachen, die zahllosen Umwege, damit schlugen ihre Beschützerinnen doch nur die Zeit tot, bis der fatale Tag gekommen war. Es gab ihnen das Gefühl, den Lauf des Schicksals beeinflussen zu können, und jede von ihnen tat auf ihre

Weise ihr Bestes. Sie gaben sich unerschütterlich optimistisch, schmiedeten Pläne, was sie nächsten Herbst alles miteinander unternehmen würden – eine Wanderung in die Laurentinischen Berge, oder vielleicht würden sie den Winter abwarten, um eine Hütte zu mieten und in Mont-Tremblant Ski zu laufen … Ariane hatte sich noch nie in diesem Sport versucht, aber Beth war eine hervorragende Skifahrerin und hatte in ihrer Jugend zahlreiche regionale Wettkämpfe gewonnen.

Nur Clara beteiligte sich nie an diesen Gesprächen. Sie wurde von Tag zu Tag schweigsamer, begnügte sich mit einem gelegentlichen Nicken und ging häufig mitten unter dem Essen aus der Küche. Dann sah man sie durchs Fenster, wie sie mit großen Schritten zum Holzhaufen stapfte. Kurz darauf hörte man sie Holz spalten und die Axt sauste wütend auf die Scheite hinunter.

»Sie muss sich austoben«, erklärte Reine.

»Das beruhigt sie«, fügte Beth hinzu.

Und Marga schließlich: »Mach dir nichts draus.«

Ariane antwortete nicht. Lauschte nur. Sah, wie das Holz zerbarst, wie die zarten, fast rosigen Fasern im Inneren zerfetzt und verzwirbelt wurden. Sah die Tränen, die Clara über die Wangen strömten und sich mit dem feinen Sägemehl vermischten. Und die Traurigkeit in ihrem Blick, die Verzweiflung, die sie zu verbergen versuchte, als könnte sie die anderen damit anstecken.

Was sie auch tat. Aber die vier Frauen ließen sich nicht unterkriegen und kämpften tapfer. Sie bildeten einen Schutzwall aus Liebe und Fürsorglichkeit um Ariane, fest entschlossen, sie zu retten. Komme, was wolle.

Seufzend lehnte Ariane sich an den Felsen. Ein dumpfes, fortwährendes Beben drang aus seinen Tiefen. In Gedanken führte sie Zwiesprache mit Lara.

An dem Tag … also morgen muss ich mich irgendwie fortschleichen. Über die Brücke, in Richtung Québec oder sonstwohin.

Warum? Das ist doch idiotisch.

Nein. Ich will nicht, dass eine von ihnen meinetwegen stirbt.

Na gut, aber dann würde ich an deiner Stelle sofort abhauen. Jetzt gleich. An dem Tag X lassen sie dich garantiert keine Sekunde lang aus den Augen.

Und außerdem – er rechnet doch damit, dass ich hierbleibe, oder? Eingebunkert, halb tot vor Angst, und dass ich bei jedem Geräusch zusammenzucke. An dem Abend, als ich meine Eltern belauscht habe, redeten sie über ein Mädchen, das kurz vor ihrem sechzehnten Geburtstag mit ihrem Freund durchgebrannt war. Die Spindel hat sie nicht gefunden. Weil sie sich nicht wie ein Opfer verhalten hat.

Glaubst du wirklich, er weiß, wo du bist?

Ja.

Okay, dann hast du Recht. Du musst ihn überraschen. Aber du musst deinen Coup sorgfältig planen.

Das klingt ja so, als wollte ich eine Bank ausrauben.

Ein leises, kaum hörbares Lachen – der Ruf eines einsamen Vogels?

Das ist eine geniale Idee. Einfach genial.

Du spinnst.

Überhaupt nicht. Hör mir zu.

Im selben Moment tauchte eine Gestalt aus dem Nebel auf.

Kapitel 3

Île d'Orléans, 19. März, 9:27 Uhr

Jude wich einen Schritt zurück und hob beschwichtigend die Hände. »Keine Angst, ich bin nicht der, für den du mich hältst.«

Das Schreien hörte nicht auf, ging schließlich in ein Röcheln, ein Keuchen über. Ariane stürzte sich auf den Felsen, hämmerte mit den Fäusten darauf ein, jeden Muskel zum Zerreißen gespannt, den Kopf auf die Schulter geneigt, einen irren Ausdruck in den Augen.

»Ich will dir nichts Böses.«

Das junge Mädchen lachte schrill. »Ja, klar – das würde er auch sagen!«, schrie sie.

»Ich weiß. Ich kenne seine Handschrift«, erwiderte Jude. »Ich bin Polizist, Ariane.«

Er wühlte hektisch in seiner Jeanstasche. Hoffentlich steckte seine Brieftasche mit den Papieren nicht in der Jacke, die im Zimmer zurückgeblieben war … Nein. Er nahm sie heraus, öffnete sie, zeigte ihr seinen Ausweis am ausgestreckten Arm, um Abstand zu wahren.

»Siehst du? Inspektor Jude Beauvoir von der Kripo Québec. Ich gehöre zum Team von Kommissar Nadon, der seit Jahren mit der Aufklärung der Spindel-Morde beschäftigt ist. Du kennst diesen Namen sicher, du hast ja in der Bibliothek recherchiert.«

»Woher wissen Sie das?«

Arianes Stimme klang heiser, sie keuchte heftig, schrie aber nicht mehr. Ihre Wangen hatten wieder etwas Farbe bekommen.

»Meine Schwester hat es mir erzählt. Das rothaarige Mädchen. Erinnerst du dich? Églantine.«

»Dann wusste sie, wer ich bin?«

»Nein. Aber sie hatte einen guten Grund, sich für deine Nachforschungen zu interessieren. Das erste Opfer des Killers war unsere ältere Schwester, Aurore Beauvoir. Ich nehme an, der Name ist dir bekannt. Hier, schau.«

Er zog ein kleines Foto aus seinem Geldbeutel und zeigte es ihr. »Das ist sie.«

Ariane blinzelte.

Dann sagte sie, immer noch starr vor Angst und Misstrauen: »Das Foto hier könnte jeder haben.«

»Du hast Recht. Ich habe keine Beweise, Ariane.«

Ariane musterte ihn mit zusammengezogenen Augenbrauen. »Inspektor Beauvoir«, sagte sie langsam. »Dann sind Sie der Polizist, der Cl…«

Jude sah, wie sie sich auf die Lippen biss, als ihr klar wurde, dass sie sich verplappert hatte.

»Clara«, ergänzte er in neutralem Ton. »Professor Caballos. Ja, stimmt. In ihrem Fall hab ich mich also ausnahmsweise nicht getäuscht …«

»Sie hat nichts gemacht! Lassen Sie sie in Ruhe!«

»Ich hab nicht die Absicht, ihr nachzuspüren. Sie hat dir geholfen, nicht wahr? Ich möchte dir auch helfen.«

»Aber die anderen Mädchen konnten Sie nicht retten. Warum sollte es bei mir anders sein?«

»Wir können dich beschützen. Dich irgendwo verstecken, wo du in Sicherheit bist. Komm mit mir, Ariane. Jetzt gleich. Ich wohne im Hotel, nicht weit von hier. Mit einer Kollegin. Wir nehmen dich mit nach Montréal und …«

»Nein!« Ariane schüttelte den Kopf. Dann murmelte sie vor sich hin: »Sie würden denken, dass er mich gefunden hat.«

»Wer? Clara Caballos?«

»Das geht Sie nichts an.«

Ariane hatte immer noch mit dem Rücken am Fels gelehnt. Jetzt bewegte sie sich seitwärts, wie auf einem schmalen Grat, der nur knapp vom Abgrund entfernt war. Ihr Ärmel verhakte sich an einem scharfen Vorsprung im Fels. Ungeduldig machte sie sich los und ein paar Wollfäden rissen.

»Also, passen Sie auf«, stieß sie hervor. »Ich verschwinde jetzt und Sie folgen mir nicht. Sie rühren sich nicht vom Fleck, sonst laufe ich zum nächstbesten Bauernhof und behaupte, dass Sie mich vergewaltigen wollten. Bis Sie den Polizisten hier klargemacht haben, wer Sie sind, bin ich längst über alle Berge. Aber ich hätte eine Menge Aufmerksamkeit erregt, und das wollen Sie doch nicht, oder?«

»Nein. Aber … Sei doch vernünftig, Ariane!«

»Vernünftig? Dass ich nicht lache. Meine Eltern waren vernünftig; sie haben auf die Polizei gehört und sich brav versteckt. Genau wie die anderen Familien. Jahrelang sind sie bei jedem Geräusch zusammengezuckt, haben sich vor jedem noch so harmlosen Passanten gefürchtet, sind fast gestorben vor Angst. Und wozu das Ganze? Die Spindel hat sie alle gefunden. Er findet seine Opfer immer. Aber ich denke nicht daran, hier herumzusitzen und zu warten, bis er mich holen kommt. Ich mach das auf meine Art – ALLEINE!«

Jude versuchte sie zu beschwichtigen. »Gut. Ist ja gut. Ich mache nichts, was du nicht willst. Aber du musst mir eins versprechen …«

»Ich verspreche gar nichts.«

»Wie du meinst.« Er nahm eine Visitenkarte aus seiner Brieftasche und klemmte sie in eine Astgabel. »Ruf mich an. Wenn du in Gefahr bist, ruf mich an.«

Ariane rempelte ihn beinahe an, als sie die Karte an sich riss und fest umklammerte. In ihrem Blick lag Herausforderung, Angst, vielleicht auch Verwirrung.

»Nicht bewegen!«, befahl sie. »Und spionieren Sie mir bloß nicht nach.«

Jude deutete zum Fluss, der noch immer vom Nebel verhüllt war. »Das wäre auch schwierig bei diesem Nebel.«

»Umso besser.«

Ariane warf ihm einen letzten Blick zu, so flehend, dass er sie fast zurückgehalten hätte. Aber das Mädchen hatte sich bereits umgedreht und rannte nahezu lautlos davon.

Der bleiche Dunst verschluckte sie innerhalb weniger Sekunden, als wäre sie nur eine Erscheinung oder ein Traum gewesen.

Île d'Orléans, 19. März, 10:14 Uhr

»Du bist verrückt. Oder verantwortungslos. Oder beides.«

Yuko hatte ihre Stimme nicht erhoben. Sie bestrich betont sorgfältig einen halben Muffin mit Butter, aber ihre Augen waren wie zwei scharfe Dolche. Jude fühlte sich aufgespießt, festgenagelt. *Wie ein Sammlerobjekt, das der Länge nach auf einem Brett fixiert ist, mit einem Schild darüber: Unfähiger Polizist.*

»Was hätte ich denn anderes tun sollen?«, verteidigte er sich.

»Du hättest sie zurückhalten müssen. Und du hättest mich rufen können.«

Er senkte den Blick auf die Serviette mit dem Blümchenmuster und fingerte an seinem Messer herum.

»Ich hatte mein Handy nicht …«

»Bravo. Auch das noch.« Fast im Flüsterton fuhr sie fort: »*Ich arbeite allein am besten* … Dass ich nicht lache, Jude. Als ob das dein freier Wille wäre! Du bist schlicht unfähig, im Team zu arbeiten. Ich rufe jetzt Nadon an und sorge dafür, dass er dich von diesem Fall abzieht. Und damit du es weißt: Wenn es in meiner Macht stünde, dich ganz rauszuwerfen, würde ich es tun. Du gehörst in eine Bibliothek mit staubigen alten Büchern, wo du irgendwelchen Wissenschaftsquark produzieren kannst, den kein Mensch liest. Ehrlich, ich bin so enttäuscht von dir«, fuhr sie wütend fort. »Wie noch nie in meinem Leben.«

Die Bedienung kam mit einer Kanne Kaffee an ihren Tisch, aber Yuko wimmelte sie mit einer Handbewegung ab.

»Glaubst du, ich wüsste nicht, dass dich hier alle mit Samthandschuhen anfassen? Der arme kleine Jude, der seine Schwester auf so grausame Weise verloren hat. Sie halten dich von jedem Tatort fern, damit du nur ja nicht noch mehr traumatisiert wirst. Du hast immer nur die Fotos der Opfer gesehen und Papa Nadon hat die ganze Dreckarbeit allein gemacht. Und folglich hat er deine Fähigkeiten nur zur Hälfte genutzt. Deinen Verstand, der verdammt gut funktioniert, das muss man dir lassen. An die Konsequenzen denkt er offenbar nicht. Und du auch nicht.«

»Was willst du damit sagen?«, fragte Jude tonlos.

»Das weißt du ganz genau.« Yuko beugte sich zu ihm vor und stellte dabei behutsam ihre Tasse auf den Tisch. »Frag dich doch mal, wie viele deinetwegen gestorben sind!«

Île d'Orléans, 19. März, 11:12 Uhr

Der Nebel lichtete sich. Ein Sonnenstrahl drang durch die Wolken, vergoldete die Eisbänke auf dem Fluss, die bereits aufzubrechen begannen. Große Spalten klafften auf, zischten durchs Eis wie ein Funke an einer langen Lunte, breiteten sich sternförmig aus, bildeten rissige Muster, einen Spitzensaum, der bald von einem Ufer zum anderen reichen würde. Dicke Eisbrocken tanzten im Kanal. Ein Windstoß schüttelte die noch kahlen Baumwipfel und ein Nadelschauer ging auf die Uferstraße nieder.

Das Auto war im Schutz eines Wäldchens geparkt, ein Mietwagen mit glänzender, frisch polierter Karosserie. Kleine Eisbrocken prallten mit einem metallischen Geräusch vom Dach ab. Im Wageninneren drehte der Killer langsam am Hauptstellrad seines Feldstechers. Der verschwommene Ausschnitt der Holzterrasse um den Gasthof trat langsam deutlicher hervor. Dann erschien eine Gestalt, eine junge Frau in Jeans und weißer Wolljacke. Sie hielt eine Reisetasche in der Hand und trug eine Computertasche unter dem Arm. Sie drehte sich um, sagte etwas zu der Person, die im Zimmer geblieben war, schüttelte sichtlich ungeduldig den Kopf und stürmte die Holzstufen herunter.

Das Fernglas blieb auf die halb offene Balkontür gerichtet. Nach ein paar Minuten tauchte ein Mann auf, auch er mit einer Reisetasche, die er zu seinen Füßen abstellte, um den Türflügel ganz aufzustoßen. Einen Augenblick blieb er reglos stehen, dann zuckte er die Schultern und ging seinerseits in Richtung Parkplatz, wo die Wagen der Hotelgäste unter einer Reihe von Bäumen geparkt und praktisch nicht zu sehen waren.

Die Spindel summte ein paar Noten – ein einfaches Motiv, das sich ständig wiederholte wie ein Abzählreim. So nett, dieser Jude. Immer bereit, einem den Weg zu ebnen. Nicht mit Absicht natürlich, genauso wenig wie seine Kollegin, der er problemlos eingeredet hatte, dass vielleicht ein interessanter Zeuge auftauchen würde, wenn sie sich mit ihrem Kollegen auf der Île d'Orléans einmietete. Ein Anruf aus einer öffentlichen Telefonzelle hatte genügt. Anonym natürlich. Die Gefahr, dass sie den Anruf nicht ernst nehmen würde, war äußerst gering gewesen. Yuko Okada war verliebt, außerdem übertrieben ehrgeizig und leicht in ihrem Stolz zu verletzen. Das alles hatte ihre berufliche Wachsamkeit außer Gefecht gesetzt. Sie würde ihrem Kollegen nichts sagen, das war ihm klar gewesen – sie wollte ihn überraschen, beeindrucken. Vor ihm glänzen.

Die Arme würde sich noch grün und blau ärgern. Aber nicht jetzt sofort. Sollte sie nur weiterhin glauben, dass sie die Fäden in der Hand hielt. Umso besser konnte er die Niederlage des Kommissars auskosten, die tödliche Blamage, die er ihm bereiten würde.

Die vier Frauen würde er am Leben lassen. Sie interessierten ihn nicht, hatten letztlich das Ganze nur noch spannender gemacht. Es genügte, wenn er sie sich vom Leib hielt, was ihm mithilfe der Polizei auch bald gelingen würde.

Aber Arianes Ende … das war die Krönung.

Kapitel 4

Québec, 19. März, 15:54 Uhr

»Sehen Sie sich dieses Foto an. Bitte, das müssen Sie sich ansehen.«

Jude ignorierte die drohende Miene des Kommissars. Er drehte sein Tablet zu ihm um und zeigte auf einen Punkt links auf dem Display.

»Gut, ich hab's gesehen. Und?«, knurrte Nadon.

»Vergleichen Sie es mit denen hier.« Jude legte das Foto von Patrice Cabana auf den Schreibtisch, dann das Bild, das Ariane vom Fenster der Schule aus gemacht hatte. Der Kommissar warf einen flüchtigen Blick auf die Fotos.

»Eine Frau, ein Mann. Beide brünett. Und?«, wiederholte er.

»Schauen Sie genauer hin.«

Nadon zuckte die Schultern. »Eine gewisse Familienähnlichkeit – meinst du das?«

»Mehr als das. Warten Sie einen Moment.« Jude richtete sich wieder auf, aber Yuko war ihm zuvorgekommen. Sie tippte bereits etwas auf dem Tablet, gab einen Druckbefehl ein, nahm das Foto von Patrice Cabana in die Hand und ging zum Kopierer, der zwischen den beiden Glastüren stand. Die Luft in dem stickigen Büro vibrierte. Hinter den Türen arbeiteten andere Polizisten, ohne sie zu beachten. Sie waren mit ihren eigenen Angelegenheiten beschäftigt. Die Operation, die der Kommissar auf die Beine gestellt hatte, erforderte Räumlichkeiten und Personal. Das alles hatte er bekommen, aber inzwischen hatte sich die Aufregung, die die ganze Mordkommission von Québec erfasst hatte, wieder gelegt. Die Spindel war noch immer auf freiem Fuß, und der berühmte Kommissar saß wie angeleimt in seinem Sessel, der unter seiner Körpermasse beinahe verschwand. Er telefonierte, besprach sich mit seinem Team, ohne die Stimme zu heben, fast regungslos. Nur manchmal strich er sich mit seiner fleischigen Hand über die Stirn, als hätte er Kopfschmerzen oder kämpfte mit einem ausgewachsenen Kater. Selbst die Praktikanten starrten ihn nicht länger an – und vielleicht hatte er genau das bezweckt. Er wollte mit seiner Umgebung verschmelzen, keine Aufmerksamkeit auf sich ziehen. Sich konzentrieren können.

»Hier.« Yuko kam mit den drei auf A4 vergrößerten

Fotos zurück und breitete sie vor dem Kommissar aus. »Jude hat Recht«, sagte sie mit etwas heiserer Stimme. »Ausnahmsweise. Es ist dasselbe Gesicht. Haargenau.«

Nadon beugte sich stirnrunzelnd vor und ließ seinen Daumen leicht über das verschwommene Bild der Erwachsenen gleiten, die hinter der kleinen Romane auf dem Schulhof versammelt waren.

»Weiß man, wer diese Frau ist?«

»Sie wollte gerade weggehen, das sieht man an ihrer Körperhaltung«, bemerkte Sophie Saint-Laurent. »Wahrscheinlich hat jemand ihren Namen gerufen und sie hat den Kopf zur Kamera gedreht.«

»Vielleicht wollte sie nicht fotografiert werden«, sagte Jude.

Die Frau, die ein leichtes Kleid und weiße Riemchensandalen trug, reichte dem Mann, der Romane mit strahlendem Lächeln anfeuerte, kaum bis zur Schulter. Ihr brauner Zopf schlängelte sich an ihrem Arm hinunter. Sie hob eine Hand, wie um ihr Gesicht zu verbergen. Ihre Finger streiften ihr Kinn. Lange, ringlose Finger.

»Ich rufe sofort die Eltern von Romane an«, murmelte Yuko. »Das kann kein Zufall sein.«

»Mach eine Kopie von dem Foto und schick sie an die Eltern. Auch die von Ariane«, sagte der Kommissar, ohne aufzublicken.

»Und was ist mit Ariane?«, fragte Sophie Saint-Laurent.

»Denis und Annabelle sind vor Ort, um die ganze Insel zu durchkämmen. Du fährst zur Verstärkung hin, Sophie. Findet sie und bringt sie her. Das Mädchen muss in Sicherheit gebracht werden. Das hat oberste Priorität. Wir haben nur noch wenige Stunden. Und du …« Er drehte sich so abrupt zu Jude um, dass die Federung seines Sessels quietschte. »Du arbeitest nicht mehr an dem Fall. Du bist mit sofortiger Wirkung suspendiert. Ich habe dich mehrmals gewarnt. Du hast es vermasselt. Ich hab nichts gegen dich, und du hast zweifelsfrei ein entscheidendes Element zur Lösung dieses Falls entdeckt, aber du bist nicht mehr fähig, objektiv zu sein. Dein Verhalten heute Morgen ist der Beweis dafür. Mir bleibt also nur noch, für Schadensbegrenzung zu sorgen. Hast du mich verstanden?«

Jude brachte kein Wort hervor, nickte nur stumm. Der Kommissar streckte die Hand aus.

»Deine Dienstwaffe bitte.«

Das Holster kam Jude ungewöhnlich schwer vor. Seine Finger lösten sich nur widerstrebend davon, blieben sekundenlang in der Schwebe. Worauf wartete er? Eine feste Umarmung, ein freundliches Schulterklopfen, eine Berührung? Er starrte auf seine Hand, die jetzt leer war. Offen. Entwaffnet. Die Hand eines Fremden.

Dann drehte er sich auf dem Absatz um und ging aus dem Zimmer.

Île d'Orléans, 19. März, 17:54 Uhr

Keuchend brach Ariane am Ufer in die Knie, mitten in dem ganzen Unrat, den der Fluss angespült hatte. Eines der Schwemmhölzer, das halb im feuchten Sand begraben war, hatte die Form einer Nixe mit anmutig eingerolltem Schwanz und einem fauchenden Katzenmaul. Sie nahm es in die Hand und hob es hoch.

»Beschütze mich«, flüsterte sie.

Sie hatte den Motor des Wagens gehört, als sie nach dem Essen das Geschirr in der Küche abgespült hatte. Beth und Clara redeten über die Klinik Sainte-Marguerite, und Beth erzählte, dass ihr eine Sekretärin dort zugesichert habe, den Mund aufzumachen, vorausgesetzt, dass ihre Indiskretion gebührend belohnt wurde.

»Hab sie dreimal zu dem Libanesen in Sainte-Catherine eingeladen und zu drei sterbenslangweiligen Konferenzen begleitet«, schimpfte Beth, »und dann muss ich erfahren, dass es letzten Endes auch ein großzügiger Scheck getan hätte!«

»Wie viel will sie?«, fragte Clara.

»Das ist das Problem. Sie sagt es nicht geradeheraus. Sie ziert sich, redet um den heißen Brei herum. Ich hasse solche Frauen!«

Ariane ließ abrupt das Spültuch fallen. Kaum war das weiße Rechteck federleicht auf den ausgetretenen Fliesen gelandet, da quietschte schon die Tür vom Windfang in ihren Angeln und Ariane rannte los.

Der Wald. Sie musste in den Wald laufen.

Zu der Straße, die um die Insel führte.

Zur Brücke, dem einzigen Fluchtweg, auf dem sie aus der Falle entkommen konnte, in die sie gelockt worden war.

Sobald sie im Schutz der Bäume war, ging Ariane langsamer und folgte einer Biegung, die hinter dem Holzschuppen vorbeiführte. Dort blieb sie stehen und riskierte einen Blick zum Haus. Ein Mann und eine Frau stiegen aus einem kleinen grauen Wagen. Beide waren in Zivil. Der Mann war riesig, dunkelhäutig, die Frau ein bisschen pummelig mit kurzem blondem Haar. Der Polizist, dem sie am Flussufer begegnet war, war nicht dabei. Trotzdem wusste sie sofort, dass die beiden Polizisten waren. Sie erkannte es an der Art, wie sie die Örtlichkeiten inspizierten, sich mit einem Nicken verständigten und dann mit ruhigen Schritten zur Haustreppe gingen.

Clara und Beth werden sie aufhalten, um mir einen Vorsprung zu verschaffen.

Sie lief wieder los, achtete aber jetzt darauf, sich nicht durch knackende Äste zu verraten. Gute zehn Minuten folgte sie dem Flussufer, blieb hin und wieder stehen, um Atem zu schöpfen, dann schlug sie eine westliche Richtung ein. Der Wald wurde lichter, ein Holzfällertrupp hatte kürzlich Lücken zwischen den Ulmen und Ahornbäumen hinterlassen – kahle Schneisen, mit Schösslingen und Rindenstücken übersät. Aber das Unterholz war immer noch dicht und schneebedeckt, sodass sie versteckt blieb.

Als sie an einem kleinen Graben vorbeikam, hob sie den Kopf und erstarrte.

Ein Stück weiter vorne parkte ein Wagen auf der Straße, von der ein kleiner Abschnitt zwischen den Ästen hindurchschimmerte, der Beginn einer Kurve.

Schnell ging sie in Deckung. Niemand in Sicht. Die Tür stand auf, die Schlüssel steckten gut sichtbar im Zündschloss.

Plötzlich hörte sie die Stimme ihres Vaters, so deutlich, als stünde er neben ihr.

Vorsichtig, Ariane, du klammerst dich zu sehr am Lenkrad fest. Und tritt nicht so hart auf die Bremse, um Himmels willen! So ein Auto ist empfindlich. Zwei Finger und die Zehen genügen, verstehst du?

Der letzte Satz hatte sie beide zum Lachen gebracht. Es war im vorigen Sommer gewesen, irgendwo nördlich von Winnipeg. Drei Wochen in einem einsamen Haus am Seeufer. Zahlreiche Pisten zogen sich durch den Wald, und ihr Vater hatte die Gelegenheit genutzt, um ihr das Fahren beizubringen. Vielleicht aus Angst, dass Ariane auf die Idee kommen könnte, die Gegend zu erkunden, wenn es ihr zu langweilig wurde. Ihr Aktivitätsradius war stark eingeschränkt – sie durfte sich nicht außer Sicht- und Rufweite begeben, und zum ersten Mal hatte Ariane protestiert.

»Ich bin doch kein Baby mehr, Papa! Wovor hast du Angst? Dass ich mich von einem Grizzly verführen lasse und einen Mutanten in die Welt setze?«

Ihr Vater hatte gelächelt, ein gezwungenes Lächeln, das nicht bis zu den Augen reichte. Sein Blick hatte immer etwas Gehetztes gehabt.

»Tut mir leid, Ariane. Ich weiß, wie absurd dir das vorkommen muss.« Er hatte ihre Wange gestreichelt, und zu ihrer Bestürzung hatte Ariane gesehen, dass er mit den Tränen kämpfte. »Bald kann ich es dir erklären, Ariane.«

»Bald? Wann denn?«

»Sehr bald. Du musst Geduld haben.«

Ariane bog das Gestrüpp auseinander und setzte ihren Weg fort, alle Sinne geschärft. Sie nahm unzählige Geräusche wahr, auf die sie sonst nicht achtete: das Zwitschern eines Vogels, der auf einem Ast hockte, das ferne Dröhnen des Straßenverkehrs, ihren eigenen Atem. Und ein sachtes Knistern, das aus dem Moos aufstieg, wenn sie es zertrat.

Geduckt ging sie um den Wagen herum und setzte sich ans Steuer. Es war ein Mietwagen, der noch ganz neu roch. Eine schwarze Ledermappe lag auf der Rückbank neben einer zusammengerollten Decke. Ariane schloss leise die Tür und drehte den Zündschlüssel. Der Wagen sprang sofort an.

Gut. Und jetzt tief durchatmen. Du schaffst das.

Auf dem Beifahrersitz entdeckte Ariane eine schwarze Mütze und einen Schal, den sie sich um den Hals wickelte und bis übers Kinn hochzog. Dann fasste sie ihre Haare zu einem Pferdeschwanz zusammen, zwirbelte ihn nach oben und stopfte ihn unter die Mütze. Als sie in den Rückspiegel schaute, begegnete sie ihrem eigenen Blick, der ganz starr vor Angst war. Sie zwang sich, ihre Panik zu verbergen, zog Mundwinkel und Augenbrauen nach oben. Arroganz war besser als Angst. Wer Angst hat, macht Fehler.

Und das konnte sie sich nicht leisten.

Vor der Brücke staute sich der Verkehr. Ariane nahm den Fuß vom Gas und folgte langsam dem SUV, der vor ihr fuhr. Obwohl sie die Heizung voll aufgedreht hatte, liefen ihr eisige Schweißperlen den Nacken hinunter. Zum Glück hatte der »geliehene« Wagen Automatikschaltung und sie musste sich nicht um die Gänge kümmern. Sie hatte sich große Mühe gegeben, nicht ruckartig oder zu langsam zu fahren und eine entspannte Haltung einzunehmen.

»Zwei Finger und die Zehen. Zwei Finger und die Zehen«, wiederholte sie mit zusammengebissenen Zähnen.

Niemand hatte sie verfolgt und »Haltet den Dieb!« geschrien. Sie hatte damit gerechnet, dass jeden Moment eine Gestalt aus dem Gebüsch hervorspringen würde, aber der Fahrer des Mietwagens schien sich in Luft aufgelöst zu haben.

»Hoffentlich hatte er keinen Schwächeanfall«, dachte sie laut. »Ich hätte vielleicht mal nachsehen sollen …«

Ach, hör auf, Mutter Theresa. Hast du nichts Besseres zu tun? Kümmere dich lieber um die Polypen da vorne an der Brücke.

Ariane umklammerte das Lenkrad noch fester und beugte sich zur Windschutzscheibe vor. Zwei uniformierte Polizisten standen neben einem weiß-blauen Kleintransporter und überwachten den Verkehr, der an ihnen vorbeirollte. Der Kleinere musterte die Insassen, der andere schaute auf die Autokennzeichen.

Die suchen dich. Lass dein Fenster runter.

Warum?

Mach, was ich dir sage. Die werden sonst misstrauisch, wenn sie dich am Steuer sehen. Streck den Arm raus und winke ihnen zu.

Bist du verrückt? Dann werden sie doch erst recht auf mich aufmerksam.

Im Gegenteil. Na los! Wink ihnen zu! Und schön lächeln. Was, mehr hast du nicht drauf? Streng dich ein bisschen an!

Ariane zwang sich zu einem Lächeln und befolgte Laras Anweisungen. Der erste Polizist winkte zurück, während der zweite gereizt mit den Schultern zuckte und auf die Brücke deutete.

»Sie können weiterfahren, Mademoiselle.«

Ariane nickte und beschleunigte vorsichtig. Eine Familie hinter ihr wurde an den Straßenrand gewinkt. Ariane konnte gerade noch sehen, wie eine dicke Frau aus dem Wagen stieg, gefolgt von einem ungefähr vierzehnjährigen blonden Mädchen. Die Polizisten nahmen sie in die Mitte.

Schau auf die Straße.

Die ersten Regentropfen klatschten auf die Windschutzscheibe und die Stadt tauchte aus dem Nebel auf.

Kapitel 10

Québec, 19. März, 18:20 Uhr

Jude ging an der Dufferin-Terrasse entlang, erst in die eine, dann in die andere Richtung. Ein paar dick vermummte Touristen machten Fotos vor dem Château Frontenac. Die bunten Schirme, die sie aufgespannt hatten, waren fröhliche, wandernde Flecke auf den regennassen Steinen. Beim Musikpavillon wartete ein Fiaker; das Pferd döste mit gesenktem Kopf hinter seinen ledernen Scheuklappen. Ein fliegender Händler hielt ein Bündel Luftballons in der Hand, die an ihren Schnüren flatterten wie gefangene Vögel. Ein Kind ließ den Luftballon entwischen, den seine Eltern ihm gerade gekauft hatten, und rannte mit hochgerecktem Kopf hinterher. Dann segelte der knallgelbe Ballon auf den Fluss hinaus und der Kleine blieb stehen. Ein gellender Wutschrei stieg auf, verwandelte sich aber bald in ein Schluchzen.

Auch Jude folgte dem Luftballon mit seinen Blicken. Das runde Ding leuchtete wie eine kleine Sonne auf dem zerklüfteten Eis, das alles Licht an diesem eisigen weißen Tag zu schlucken schien. Die Oberstadt war in reglose Stille gehüllt, aber der Sankt-Lorenz-Strom, der von langsamen Eisschüben erschüttert wurde, ächzte und bebte unter dem Krachen und Splittern der Schollen, die flüchtige Schneeschauer in die Luft jagten. Die schimmernde Masse des Stroms schwoll an, versuchte ihren Eispanzer zu sprengen. An manchen Stellen wurden die Eisschollen überflutet; sie lösten sich, strudelten einen Augenblick herum, prallten gegen das Ufer und nahmen ihre mahlende Bewegung wieder auf.

Jude spürte dieses Aufbrechen und Zersplittern tief in seinem Inneren. Bilder stiegen in ihm auf, streiften sein Bewusstsein, schwebten losgelöst umher, stießen zusammen, zerstoben. Églantine am Küchentisch, in ihre verstreuten Vorlesungsnotizen vertieft, wie sie gedankenverloren in ein Butterbrot biss; sein Vater in Uniform, in dem Jahr, bevor er pensioniert wurde, das Gesicht gealtert, müde, die Stirn zerfurcht von dem Leid, das er nie überwunden hatte; Ariane, an den Felsen gelehnt, keuchend vor Angst; der Kommissar, der die Hand nach seiner Dienstwaffe ausstreckt; Aurore in der Geisterbahn, ihre wehenden Haare, ihre zarten Arme, ihre langen, dünnen Fohlenbeine, ihr Lächeln, ihre Stimme.

Folge mir, Jude. Es ist nicht gefährlich.

»Oh, doch, Aurore«, sagte er leise. »Wenn ich gewusst hätte, wenn ich doch nur gewusst hätte …«

Eine Frau, die fast neben ihm ging, drehte den Kopf und starrte ihn neugierig an. Er funkelte zurück und sie senkte verlegen den Blick.

Die Spindel. Er war jetzt ganz nahe. Jude konnte seine Gegenwart fast spüren. Der gesichtslose Gegner trat allmählich aus den Schatten hervor, hinter denen er sich so lange verborgen hatte. Diese Frau, eine Doppelgängerin von Patrice Cabana … oder vielleicht Patrice Cabana selbst? Ein Toter, der aus dem Totenreich zurückgekehrt war, ein Scheintod, ein Tod zum Lachen, ein Bühnentod … Aber wer war sein Komplize gewesen? Die Familie, ein Arzt, ein Polizist, der vielleicht ein Auge zugedrückt hatte? Welche Leiche war an seiner Stelle verbrannt und begraben worden? Welchem Trugbild waren die Tränen einer Mutter, Großmutter und die mehr oder weniger aufrichtigen Beileidsbekundungen der Nachbarn und Freunde zuteil geworden?

Im Hauptquartier der Kripo liefen die Ermittlungen auf Hochtouren weiter. Ohne ihn. Seine Hände fühlten sich nackt und bloß an, kribbelten vor Ungeduld. Was hatten sie inzwischen herausgefunden?

Vielleicht hätte er nach Montréal zurückfahren sollen. Aber Ariane war hier und er wollte sie beschützen. Vor allem Bösen bewahren. So wie Aurore.

Für Aurore.

Ein plötzlicher Windstoß peitschte die Luftballons herum, verscheuchte die letzten Passanten. Der Kutscher stieg auf seinen Sitz, berührte den Hals des Pferdes mit seiner Gerte und es setzte sich schwerfällig in Gang. »Zu spät, zu spät«, skandierten seine Hufe auf dem Pflaster. Der Tag, der sich langsam dem Ende zuneigte, nahm die Farbe von Asche an.

Ein leichtes Vibrieren in seiner Jeanstasche riss Jude aus seiner Benommenheit. Églantine. Sie redete schnell, mit einer Stimme, die ihm fremd war, hart, fast metallisch.

»Jude.«

»Ja.«

»Bist du noch in Québec?«

»Das weiß ich selber nicht genau. Ja, teilweise.«

Ein ersticktes Lachen.

»Und welcher Teil von dir ist da? Die Ohren hoffentlich. Hör mal, es geht um diese Parfümgeschichte … Aurores Parfüm … ich habe danach gesucht.«

»Und?«

»Ich hab's endlich gefunden. Auf dem Speicher, mitten in einem unglaublichen Chaos. Das Fläschchen war geöffnet. Man riecht nichts mehr.«

»Egal. Ist es ein gewöhnliches Fläschchen oder ein richtiges Flakon aus einer Parfümerie? Ich meine …«

»Ich weiß, was du meinst. Das hier dürfte Tinte oder Farbe enthalten haben. Jemand hat ein beschriftetes Etikett draufgeklebt. In einer sehr sorgfältigen, kindlichen Handschrift.«

Jude schloss die Augen.

»Und was steht drauf?« Er flüsterte. Am Rande der Erschöpfung. Oder der Gewissheit.

»*Ewiger Liebeszauber*. Wenn mich nicht alles täuscht, war es ein Geschenk von … Ach, verdammt! Hab ihren Namen vergessen. Eine von Aurores ersten Erzieherinnen. Das war noch vor meiner Geburt. Aber sie hat es mir mal gezeigt.«

Jude sog die Luft ein. Seine Erinnerungen hatten ihn nicht getrogen. Er unterdrückte seine Gefühlsaufwallung und stieß mit heiserer Stimme hervor: »Hast du das Fläschchen angefasst?«

»Ich bin doch nicht blöd, Bruderherz. Ich hab natürlich Handschuhe angezogen. Und gut aufgepasst, dass ich nichts verwische.«

»Gut. Gib es in eine ungebrauchte Plastiktüte und bring es …«

»Das weiß ich auch. Zu Nadon, auf direktem Weg.«

»Frag nach Céline. Ich rufe sie an, damit sie Bescheid weiß. Églantine?«

»Ja?«

»Ich glaube, wir haben ihn.«

Québec, 19. März, 20:05 Uhr

Auch die Ratte, wie Ariane den alten Mann genannt hatte, schlich in der Stadt herum. Am Fluss entlang. Durch die Oberstadt. Er stieg den Sainte-Foy-Weg hinauf und durchquerte den Champs-de-Bataille-Park, ohne sich vor dem Regen unterzustellen, der auf die Bäume und den Boden pladderte. Seine Schuhe, die zu leicht waren, saugten den geschmolzenen Schnee auf. Völlig durchnässt blieb er schließlich an einem der Türme stehen, die über dem Cap Diamant aufragten, und nahm seine beschlagene Brille ab, um sie mit einem Hemdzipfel abzutrocknen. Seine lange Nase zitterte, und er reckte den Hals, drehte den Kopf nach links und rechts, um den Horizont abzusuchen.

Ein Blick auf die Uhr. Noch eine Viertelstunde bis zum wichtigsten Rendezvous seines Lebens.

Denn das Böse war am Werk. Das wusste er, seit er sie in der Bibliothek gesehen hatte – sie, die Leuchtende, die Letztgeborene. Ihr Bild verfolgte ihn unablässig, so wie das der anderen. Den ganzen Winter hatte er gegen seine Angst, seine Scham, sein schlechtes Gewissen angekämpft. Er hätte so vieles preisgeben können. Was er beobachtet, was er erraten hatte.

Niemand schenkte der Ratte Beachtung. Niemand verstummte, wenn er kam. Er war nur ein diensteifriges Nichts, etwas mehr als eine Maschine, aber weniger als ein Mensch. Im Verborgenen hatte er zahllose Informationen zusammengetragen, verglichen, verifiziert. Er konnte sich noch nicht wirklich einen Reim auf seine Entdeckungen machen, aber er wusste genug, um aus seinem Loch herauszukommen. Um herumzuschnüffeln, zu beobachten, über die höchsten Hecken zu spähen, den Kilometerstand gewisser Wagen zu notieren, das Kommen und Gehen in bestimmten Gebäuden zu überwachen; alte Kollegen zu befragen, die er in einer Cafeteria nahe der Klinik getroffen hatte; und sogar alte Akten zu studieren. Er hatte den Schlüssel für die Tür zur Wäscherei behalten. Das war sein Geheimnis. Sein »Sesam, öffne dich!«. Sein winziges bisschen Macht, das er in Händen hielt.

Und das aus ihm einen anderen Menschen machen würde. Einen Mann, der fähig war, gerechte Rache zu üben, ohne dass seine Hand dabei zitterte.

ARIANES TAGEBUCH

Québec, 19. März, 20:40 Uhr

Ich habe ein Notizbuch im Handschuhfach des Wagens gefunden. Einen Spiralblock mit blauem Ein-

band. Ganz neu. Mit einem schönen, tröstlich schweren Kugelschreiber. Mir ging dabei der Ausdruck »seine Worte abwägen« durch den Kopf. Das trifft es genau. Ich schreibe langsam, mühsam. Ich habe nicht viel zu sagen, aber es beruhigt mich irgendwie, auf diesen Seiten Worte aneinanderzureihen.

Morgen, in wenigen Stunden, ist mein Geburtstag. Und vielleicht der letzte Tag meines Lebens. Ich bin vor allen geflüchtet, die mich beschützen wollen, um nicht an ihrem Tod schuldig zu werden. Ich liebe meine Eltern, Clara, Marga, Beth, Reine. Selbst für diesen komischen Polizisten, der mich einfach gehen ließ, als hätte er verstanden, empfinde ich so etwas wie Zuneigung. Jetzt, da ich allein bin, umgeben von Dunkelheit, sehe ich sein Gesicht wieder vor mir. Seine Augen. Er ist sehr schön. Er könnte der Prinz in einem Märchen mit Happy End sein.

Aber ich glaube nicht mehr an Feen und auch nicht an die Macht der Liebe. Der Hass ist so viel mächtiger. Wenn die Spindel zu mir kommt – und er wird kommen –, dann will ich ihm nur eine einzige Frage stellen: Warum? Er soll mir erklären, warum er das macht. Ich will nicht sterben, ohne es verstanden zu haben.

Ich habe den Wagen am Rand eines Gartens geparkt, unter einem Baum, von dem ich nicht mal den

Namen kenne. Die Äste hängen über das Autodach und geben mir ein Gefühl von Geborgenheit – eine reine Illusion natürlich. Es ist nicht besonders kalt. Ich habe mir die Decke um die Schultern gelegt. Sie ist mit einem Parfüm getränkt, das mir irgendwie vertraut vorkommt. Ich fühle mich beinahe wohl.

21 Uhr

Ariane griff nach hinten und nahm die schwarze Ledermappe vom Rücksitz. Sie war ganz leicht. *Wahrscheinlich ist der Mietvertrag für das Auto drin,* dachte sie. *Dann weiß ich wenigstens, wen ich bestohlen habe.*

Sie knipste das Innenlicht an und öffnete die Mappe. Von den umliegenden Häusern aus konnte man sie vermutlich sehen, aber das war ihr jetzt egal. Sie versank in einer Art Trance. Von Anfang an hatte sie die falschen Entscheidungen getroffen, hatte hilflos wie eine Fliege im Spinnennetz gezappelt, ohne daran zu denken, dass jede noch so kleine Bewegung sie verraten würde. Und dadurch hatte sie dem unsichtbaren Killer, der ihr seit ihrer Geburt nachspürte, fortlaufend wertvolle Hinweise gegeben.

Die Mappe enthielt nur ein einziges Blatt mit dem Briefkopf des Hotels Château Frontenac. Mit zwei Fingern zog sie es heraus.

Ich hätte heute Morgen mit dem Polizisten weggehen sollen. Er wollte mir helfen. Warum hab ich nicht auf ihn gehört? Ich wollte ... Ich weiß nicht mehr. Ich bin so müde ... so müde.

Eine Reservierung. Für heute Abend.

Dieser Bulle und dir helfen? Spinnst du? Er wollte dich nur als Köder benutzen. Du weißt schon, so wie man eine kleine Ziege an einem Pfahl im Dschungel anbindet. Ihr Gezappel lockt den Tiger an, der durch den Wald schleicht. Pech für sie, wenn sie gefressen wird. Der Jäger interessiert sich nur für den Tiger. Krieg endlich deinen Hintern hoch, Ariane. Dein bester Freund bist du selbst. Und ich. Aber ich zähle nun mal nicht.

Ach, halt die Klappe. Ich will nichts mehr hören. Nie mehr. Verschwinde, Lara.

Zimmer 646. Auf den Namen Prudent, Ariane.

Das Blatt zitterte in ihren Händen und die Zeilen verschwammen. Sie glaubte sich verlesen zu haben, hielt das Blatt näher an ihre Augen. Aber nein. Da stand ihr Name. Auf der Rückseite klebte ein Post-it, auf dem sie sofort die Handschrift ihrer Mutter erkannte.

Komm so schnell wie möglich zu uns.

Und sprich mit niemandem darüber.

Mama.

Ariane ließ ihre Fingerspitzen über die drei handgeschriebenen Zeilen gleiten. Ihre Lippen bewegten sich.

Mama, sagte sie stumm.

Kapitel 6

Wann genau hatte sie es begriffen? Als sie den Fuß auf die erste Treppenstufe gesetzt hatte? Oder als sie durch die hohen Eingangstüren des Hotels in die lichtdurchflutete Halle getreten war? Als sie ihre Silhouette in einer Abfolge von Spiegeln gesehen hatte, die ihr alle eine Aura aus schimmernden Tröpfchen verliehen? Oder schon ein paar Minuten eher, als sie den Kopf gehoben und zu dem vor Türmchen strotzenden Dach hinaufgeschaut hatte, zu den zahlreichen erleuchteten Fenstern, die in die Nacht hinausblickten wie tausend wachsame Augen?

Die Empfangsdame, die ihre Reservierung geprüft hatte, war jung, blond und wirkte in ihrer Uniform wie aus dem Ei gepellt. Ariane hätte mit ihr sprechen, sie zumindest fragen können, wer vor ihr in das Zimmer 646 hinaufgestiegen war. Stattdessen hatte sie nur die Magnetkarte entgegengenommen.

»Oberster Stock. Der schönste Ausblick im ganzen Hotel. Sie sind ein Glückspilz.«

Ein Echo. Diese Unbekannte in der Straße von Montréal. *Hey, du bist ein Glückspilz.*

»Ja«, hatte Ariane geantwortet. »Ich weiß.«

Sie war Richtung Aufzug gegangen, der am anderen Ende der Eingangshalle lag. Sie hatte die endlose Marmorfläche überquert, war aber dann doch links abgebogen, zu der Treppe, die mit einem dicken roten Teppich ausgelegt war. Ganz langsam war sie hinaufgestiegen, eine Hand am Geländer. Geschwungene Handläufe aus poliertem Holz. Helle Lampenschirme. Polsterbänke auf jedem Absatz, die vermutlich nie benutzt wurden. Geschlossene Türen. Restaurants, die gerade ihren Service beendeten und aus denen gedämpfter Lärm drang – Geschirrklappern, Gemurmel, manchmal von einem Lachen unterbrochen.

Das Leben. Gleich hier, so nahe. Zu ihren Füßen. Und oben – was erwartete sie dort?

Ein langsamer, unendlich langsamer Aufstieg. Jeder Schritt zählt. Und mit jedem weiteren Schritt wird es leichter. Monate dauert das jetzt schon. Flüchten. Sich verbergen. Alles genau berechnen und vorhersehen. Zittern.

Schlaflose Monate.

Monate mit dieser Angst, die sich nach und nach in ein wildes Tier verwandelt hatte. Die sich durch nichts bezähmen ließ.

Und jetzt ist es zu Ende. Ariane atmet auf, ist fast erleichtert. Von den oberen Stockwerken, diesem leuchtenden Schacht, der sie unwiderstehlich anzieht, senkt sich ein tiefer Frieden herab und hüllt sie ein. Ihre Erinnerungen lösen sich von ihr: die gemeinsamen Mahlzeiten zu Hause, die Spiele, die Feste, die Streitereien, die Dramen, die guten und schlechten Noten, die Geschenke, der Kummer, die Rebellion, die geliebten Gesichter, die Bilder, die sie in ihrem Album gesammelt hatte, ihre ganze Ernte, alles löst sich auf, wie eine Handvoll Salz, das sich schnell verflüchtigt hat.

Ariane ist allein. Allein auf dieser Treppe, die sich endlos nach oben windet, aber dann doch viel zu früh in einen langen Flur mündet, in dem der scharlachrote Teppich sich fortsetzt und jeden ihrer Schritte dämpft.

Die Schrift auf dem gelben Post-it ist die ihrer Mutter, ohne jeden Zweifel. Aber nicht ihre Mutter erwartet sie dort, am Ende dieses Flurs, hinter der letzten Tür.

Ariane weiß es, ohne sagen zu können, woher sie diese Gewissheit nimmt.

Vor der Tür bleibt sie stehen und hebt die Hand, als wolle sie anklopfen.

Aber das ist überflüssig.

Sie wird ja erwartet.

Sie zieht die Magnetkarte durch. Ein Klicken. Der Türknauf dreht sich.

Und die Tür schwingt sachte auf, gibt das dunkle Zimmer frei.

Kapitel 7

Québec, 20. März, 3:12 Uhr

»Marisa Cabana.«

Die Stimme des Kommissars war schwer, teigig, seine Worte klangen unartikuliert, als hätte er getrunken. Er sah auch wirklich betrunken aus, wie er da in seinem Sessel hing, über den seine massigen Hüften und Schenkel hinausquollen. Seine Augen waren blutunterlaufen, das Gesicht mit rauen Bartstoppeln bedeckt. Um ihn herum Berge von zusammengeknüllten, zertretenen Kaffeebechern, die über Tisch und Boden verstreut waren. Denis, Annabelle, Yuko und Sophie standen im Kreis um ihn herum, die Augen krampfhaft aufgerissen. Denis rieb sich immer wieder die Wangen, in einer zwanghaften Geste, die seine Lippen zu einem künstlichen Lächeln verzerrte. Sophie kaute auf einer Haarsträhne, Annabelle strich ihren zerknitterten Rock über den Knien glatt. Nur Yuko sah frisch und sauber aus, als käme sie direkt aus der Dusche. Aber zwischen ihren Augenbrauen hatte sich eine steile Falte gebildet, die sie von Zeit zu Zeit berührte.

Auf der anderen Seite der Glastür warteten uniformierte Polizisten, stumm, mit erschöpften Gesichtern. Alle Augen waren auf dieselbe Wand gerichtet.

Eine Wand aus Gesichtern. Immer wieder dasselbe Gesicht.

»Marisa Cabana«, wiederholte der Kommissar. »Auch als Marie Dervant, Louisa Anna Carson oder Eugénie Nardelli bekannt. Arianes Eltern haben sie ein Jahr lang als Kindermädchen beschäftigt. Romanes Eltern zwei Jahre. Die von Elsa Fourment achtzehn Monate. Die Eltern von Béatrice und Natascha kennen sie nicht, aber sie hat unter ihrem richtigen Namen in dem Kindergarten gearbeitet, den die kleine Aurore besuchte. Das heißt, wir können eine Verbindung zu vier der sechs Mädchen herstellen. Die Analyse der beiden Parfümfläschchen – das von Aurore und das von Ariane –, wird das zweifellos bestätigen. Marisa hat dieses Parfüm ihren Schützlingen geschenkt. Aber ist es dasselbe wie das an den Tatorten? Muss noch überprüft werden.«

Ohne aufzustehen, ruderte er mit seinem Stuhl zum Anschlagbrett. Die fünf Rollen knirschten unheilvoll. Der Kommissar stützte die Hände auf die Armlehnen und studierte erneut jedes einzelne Foto, dann legte er den Finger auf das Bild in der Mitte, auf dem drei Personen vor einem kleinen Haus mit abblätternder Fassade und gelblich-grünen Läden posierten.

»Patrice, seine Zwillingsschwester Marisa und ihre Mutter Alma«, zählte er auf. »Die Ähnlichkeit ist frappierend.«

»Das kommt vor, selbst bei zweieiigen Zwillingen«, sagte Sophie Saint-Laurent.

»Ich spreche nicht von *dieser* Ähnlichkeit. Seht euch die Mutter an. Habt ihr alle Tomaten auf den Augen, um Himmels willen?«

Annabelle trat jetzt ebenfalls näher und drückte fast ihre Nase an das Bild. »Ariane«, murmelte sie.

»Genau. Und alle anderen.«

Alma Cabana hielt ihre Kinder an der Hand. Sie beugte sich leicht vor, ohne zu lächeln, fixierte den Fotografen fast feindselig. Hinter ihr zeichnete sich die verschwommene Gestalt einer älteren Frau in einer Bluse ab. Nadon tippte mit dem Zeigefinger auf das Glanzpapier.

»Die Großmutter. Die Frau, die die Kinder aufgezogen hat. Die Mutter hatte wenig Lust dazu, wie ihre Haltung auf dem Foto erkennen lässt. Kein Wunder, sie war ja selber noch ein halbes Kind, als die Zwillinge zur Welt kamen. Sechzehn, wohlgemerkt. Auf dem Foto hier ist sie ungefähr dreiundzwanzig, vierundzwanzig. Sie könnte eine etwas ältere Ariane sein. Oder eins der anderen Mädchen. Gleiche Haarfarbe, gleiche Gesichtszüge, gleiche Figur.«

Er seufzte.

»Es war nicht einfach, sie zum Sprechen zu bringen. Vor allem am Telefon. Sie gibt der Polizei die Schuld am Tod ihres Sohnes. Zu ihrer Tochter hat sie keinen Kontakt mehr. Und natürlich sucht sie die Schuld bei ihr und allen anderen. Das Übliche eben. Sie hat mich erst mal beschimpft, was das Zeug hielt, aber am Ende hab ich ihr dann doch noch alles aus der Nase gezogen.« Nadon wirbelte so abrupt herum, dass sein Sessel entrüstet aufkreischte. »Zum Beispiel, dass Patrice vor seinem Tod Sperma gespendet hat. An eine Privatklinik. Er war damals noch nicht volljährig, und ich nehme an, er hat sich mit der Samenspende ein bisschen Taschengeld verdient. Die IVF-Leute sind ganz schön ins Stottern gekommen, weil das alles andere als legal ist. Aber darum geht es jetzt nicht …«

Er hielt einen Augenblick inne und fuhr dann fort: »Wie ihr wisst, soll bei solchen Samenspenden vermieden werden, dass zu viele Kinder in derselben Gegend aus dem Sperma eines einzigen Spenders hervorgehen. Deshalb werden die Proben nach drei geglückten künstlichen Befruchtungen weitergeschickt.«

»Und die von Patrice sind auf diese Weise in der Klinik Sainte-Marguerite gelandet.«

»Wie kommt es dann, dass er nicht auf der Liste der potenziellen Spender steht?«, fragte Sophie.

»Marisa Cabana hat in dieser Klinik gearbeitet«, sagte Yuko. »Als Pflegehelferin. Sie hatte dort eine Schwesternausbildung angefangen, aber die Prüfung nicht bestanden.« Sie warf einen Blick auf die Notizen in ihrer Hand. »Sie hat auch ein paar Monate als Telefonistin gearbeitet und Akten einsortiert. Den Rest überlasse ich eurer Fantasie.«

Eine schwere, erwartungsvolle Stille senkte sich über den Raum. Der Kommissar starrte noch immer auf die Fotos. Auf die beiden Gesichter, die sich so ähnlich waren. Auf Marisas braune Zöpfe und Patrice' etwas rötlichere Locken. Auf die zarten Schultern der beiden in den gleichen gestreiften Polohemden. Der Junge lachte mit seinen leuchtend grünen Augen in die Kamera, während die kaum dunkleren Augen des Mädchens zärtlich, ja voller Anbetung auf dem Bruder ruhten.

»Es muss die Hölle für sie gewesen sein«, sagte der Kommissar halblaut, bevor er sich umdrehte.

Annabelle war aufgesprungen und öffnete den Mund, um zu protestieren.

»Später«, wehrte der Kommissar ab. »Wo sind die

beiden Frauen, die ihr von der Insel hierhergebracht habt?«

Denis Diémé wies mit dem Kopf zu der Tür, die ins Nebenzimmer führte. »Nebenan, im Verhörraum.«

»Und sie wissen wirklich nicht, wo die Kleine hingegangen sein könnte?«

»Nein. Aber sie wüssten es gern. Sie haben wahnsinnige Angst um sie.«

»Da sind sie nicht die Einzigen. Ich werde mit ihnen reden. Wir müssen unbedingt Ariane finden. In ein paar Stunden ist es zu spät.«

»Wir müssen vor allem diese Frau suchen«, zischte Annabelle mit zusammengebissenen Zähnen.

Der Kommissar stand auf. Das Polster seines Bürosessels blieb, wie es war – schief und plattgedrückt. Er stieß den Stuhl mit dem Fuß weg.

»Wir finden sie vermutlich am selben Ort«, sagte er. »Und wir können nur hoffen, dass wir rechtzeitig hinkommen.«

Québec, 20. März, 5:53 Uhr

Der Mann musste sich mit letzter Kraft zu der Bank geschleppt haben, davon zeugten die Blutflecken auf der kahlen braunen Erde der Allee. Er lag mit angezogenen Beinen da, die Augen geschlossen, hielt sich den Bauch und keuchte. Seine Brille war ihm von der Nase gerutscht und hing nur noch an einem Bügel. Als Jude sich neben ihn kniete und nach seinem Puls tastete, blinzelte er und stöhnte leise.

»Nicht bewegen«, sagte Jude. »Ich hole Hilfe.«

Er wählte bereits mit der freien Hand eine Notrufnummer, aber der Verletzte packte ihn am Arm und drückte mit aller Kraft zu.

»Zwecklos … Zu spät … Geht bald zu Ende mit mir … Kümmern Sie sich um *sie* … Letzter Tag … Sagen Sie ihm … diesem Polizisten …«

Jude zuckte zusammen. Er beugte sich ganz nahe zu dem Gesicht des Mannes herunter.

»Welcher Polizist?«, fragte er.

»Der junge Polizist aus Montréal … der in der Klinik Sainte-Marguerite war …. Sie müssen ihm sagen …«

Der Mann wurde von Krämpfen geschüttelt.

»Ich sterbe«, fing er nach einer Pause wieder an, »… jetzt. Aber sie, die Kleine, stirbt heute Abend. Die Spindel … tötet immer … abends.« Zwei Tränen rollten über sein verzerrtes Gesicht. »Schauen Sie … in meine Jackentasche.«

Jude tastete in dem blutdurchtränkten Stoff herum und spürte einen zusammengefalteten Zettel unter seinen Fingern. Er war ganz nass.

»Die Adresse«, flüsterte die Ratte. »Dort bewahrt er sie auf. Und dorthin hat er sie heute Nacht gebracht …

Ich hab sie gesehen. Ich wollte ihnen folgen … ich wollte … wollte ihn aufhalten …«

Dann rollte sein Kopf zur Seite und knallte auf die harte Bank. In seine Augen, die jetzt zum Himmel gerichtet waren, trat ein neuer Glanz …

In der Nähe von Québec, 6:07 Uhr

Sie zittert. Es ist kalt, viel kälter als draußen. Kalt und dunkel. Ein Keller? Ist sie eine Treppe hinuntergegangen? Sie erinnert sich nicht mehr. Weiß nur noch, dass sie in dem Hotel war und die Treppe mit dem scharlachroten Teppich hinaufgestiegen ist … Danach ist alles verschwommen. Sie hat etwas getrunken. Ihre Lippen haben den Rand einer Tasse berührt … oder eines Glases. Ein dicker Rand. Die Flüssigkeit war lauwarm und süß. Fast zu süß, so als sollte sie einen bitteren Geschmack überdecken. Seitdem fühlt sie sich seltsam losgelöst von ihrem Körper, nimmt alles wie aus weiter Ferne wahr. Ihr Geist ist gewandert. Auf der Insel. Im Wald. Ist um den moosbedeckten Felsen gekreist und in den Wasserfall eingetaucht, bis er selbst nur noch ein Tropfen unter unzähligen anderen war, trunken vor Licht auf seiner kurzen Bahn ins Nichts.

Und jetzt … Hat sie das alles nur geträumt? Sie konzentriert sich, aber Vergangenheit und Zukunft vermischen sich, die Bilder purzeln durcheinander, schwarzes

Seidencape, sanfte Hände, die ihre heiße Stirn kühlen, eine Stimme, die ein Wiegenlied singt, ein vertrautes Parfüm. Was hatte die Stimme noch mal gesagt?

»Sie gehört dir.«

Und dann noch: »Lass dir nicht zu viel Zeit.«

Kapitel 8

Québec, 7:01 Uhr

Die Reihe der Büros war in graues Dämmerlicht getaucht. Der Kommissar lag zusammengekauert auf einer Couch und schnarchte laut.

»Eine Stunde«, hatte er zu seinem Team gesagt. »Weckt mich in einer Stunde. Und keine Minute später.« Ein Hemdzipfel hing unter seinem zerknitterten Jackett hervor. Ganz am anderen Ende, hinter den zugezogenen Vorhängen der Glastüren, arbeitete seine Mannschaft. Die Lampen warfen grelle Lichtkreise auf die Schreibtische, erfassten zerknüllte Zettel, Stifte, die Ecke einer Tastatur, ein aufgeweichtes, halb gegessenes Sandwich, in dem noch der halbmondförmige Abdruck einer Zahnreihe zu sehen war.

»Verdammt, ich hasse es, so auf der Stelle zu treten.«

Yuko klemmte sich den Telefonhörer zwischen Kinn und Schultern und warf Denis Diémé einen finsteren

Blick zu. »Kannst du vielleicht noch lauter schreien? Ich telefoniere gerade, wie du siehst! Ja, Madame«, fügte sie an ihre Gesprächspartnerin gewandt hinzu. »Ich hab's mir notiert. Vielen Dank.« Sie legte auf und rieb sich mit einer schmerzverzerrten Grimasse den Nacken. »Es ist zum Verrücktwerden – als wäre diese Marisa Cabana seit mindestens vier Jahren wie vom Erdboden verschluckt. Ich hab ihre letzte Adresse, aber ich fürchte, das bringt uns auch nicht weiter.«

»Also eins kapier ich nicht«, murmelte Annabelle, die im Schneidersitz auf einem Schreibtisch saß, einen Bleistift zwischen die Zähne geklemmt.

»Ich auch nicht!«, explodierte Denis. »Und ich sag euch auch, was: Heute Abend stirbt die Kleine, und wir sitzen weiter hier rum und arbeiten gemütlich vor uns hin, als hätten wir alle Zeit der Welt.«

»Du vielleicht«, schoss Yuko zurück. »Von ›gemütlich vor sich hinarbeiten‹ kann bei mir jedenfalls keine Rede sein. Ich hab seit vierundzwanzig Stunden nicht mehr geschlafen!«

»Es war bescheuert, Jude zu suspendieren. Wir brauchen jeden Mann. Er würde sich hier nützlich machen. Hättest du mal die Klappe gehalten, Yuko!«

»Also wie gesagt, ich kapier das nicht«, wiederholte Annabelle.

»Streitet euch nicht«, warf Sophie ein, die gerade mit

einer Liste in der Hand den Raum betrat. »Ich habe noch mehr Namen. Weitere Mädchen, die in der Klinik Sainte-Marguerite geboren sind und deren Eltern keinen Brief bekommen haben oder jedenfalls nie damit zur Polizei gegangen sind. Leanne Rochefort, Marie Clément, Lucie Gill, Lara Rochette, Odile Lafrance, Gaëlle Courtemanche. Die Spindel entfaltet vielleicht gerade ihre Talente als Babysitter in einer dieser Familien.«

Yuko runzelte die Stirn. »Lara Rochette? Das sagt mir was. Wurde sie nicht vor ein paar Monaten als vermisst gemeldet? Das war kurz bevor ich von meinem alten Posten weggegangen bin. Ich prüf das mal nach.«

»Okay. Aber genau das wollte ich gerade sagen«, murmelte Annabelle. »Lauter Mädchen. Immer nur Mädchen. Ist euch das nicht auch aufgefallen?« Sie zog die Knie an und umschlang sie mit den Armen. »Ich meine, anfangs dachten wir alle, dass er seine Opfer gezielt auswählt, hauptsächlich nach ihrem Äußeren. Aber jetzt wissen wir, dass sie alle denselben Erzeuger haben, selbst wenn er unter drei verschiedenen Identitäten registriert ist. Wir haben die Geburtsregister der Klinik haarklein durchkämmt. Kein einziger Junge. Nicht einer! Aus allen ausgetragenen Schwangerschaften sind immer nur Mädchen hervorgegangen. Ich kenne mich da nicht aus, aber das ist doch ziemlich unwahrscheinlich, oder nicht?«

»Es gibt Paare, die nur Jungs haben. Oder nur Mädchen«, wandte Sophie ein.

»Paare, ja. Aber in diesem Fall war es doch nie dieselbe Mutter. Das müsste ein verdammter Zufall sein …«

»Warte, warte. Du hast Recht. Du hast verdammt noch mal Recht!«, brüllte Denis. »Wo sind die Register?«

»Ich hab eine Kopie davon mitgenommen«, sagte Yuko.

Sie öffnete eine dicke grüne Akte und beugte sich über die fotokopierten Seiten. Einige Namen waren angekreuzt. Sie überflog sie rasch, nahm einen anderen Registerauszug heraus, den sie mit dem ersten verglich, dann machte sie dasselbe mit einem dritten.

Als sie den Kopf hob, waren ihre Augen zu zwei schmalen Schlitzen verengt.

»Wenn Blicke töten könnten«, frotzelte Denis. »Wie eine Kobra, die einen Vogel verschlingt. Jetzt spuck's schon aus, oder ich erwürge dich!«

»Annabelle hat Recht. Von den Frauen, die Cabanas Sperma bekommen haben, hatten zwei eine Fehlgeburt. In beiden Fällen war es ein männlicher Fötus.«

Québec, 8:30 Uhr

Clara Caballos zündete die letzte Zigarette aus dem Päckchen an, zerknüllte es und warf es nach hinten auf den Rücksitz.

»Nur keine Umstände«, sagte Beth sarkastisch.

»Ich kann mich jetzt nicht um solchen Haushaltskram kümmern«, seufzte Clara und nahm einen tiefen Zug.

»Das würde dich wenigstens wach halten.«

»Toller Vorschlag. Aber wenn ich mit einem Müllbeutel und einem Handfeger aussteige – und warum nicht gleich mit meinem Federbett? –, sehen die Polizisten mich doch.«

»Die sehen dich sowieso.«

»Nicht unbedingt. Die kommen hier nur raus, wenn sie eine Spur haben – eine richtige. Und ich wette, dass sie dann nicht hinter sich schauen.«

»Willst du ihnen wirklich folgen?«

»Ja, will ich.«

Clara fuhr mit gespreizten Fingern durch ihr Haar, das sich auf ihrem Kopf aufstellte wie ein Hahnenkamm. Tiefe Ringe zeichneten sich unter ihren Augen ab und ihr Gesicht war fahl, die Haut ganz dünn und durchscheinend.

»Ariane ist bei diesem Irren. Tot oder lebendig, ich weiß es nicht. Aber wenn auch nur die geringste Chance besteht, dass er sie noch nicht umgebracht hat, dann werde ich nicht hier sitzen bleiben und Däumchen drehen und darauf warten, dass … dass …«

Ihre Stimme versagte. Sie griff mit einer Hand unter

ihren Sitz und holte einen Gegenstand in einem zugezogenen Stoffbeutel hervor.

»Ich will der Spindel ins Gesicht schauen. Und er soll mich dabei ansehen. Und das wird er, verlass dich drauf.«

In der Nähe von Québec, 9:44 Uhr

Jude raste wie ein Irrer das Sträßchen entlang, über das ein feuchter Wind hinwegfegte. Heftiger Regen prasselte gegen seine Windschutzscheibe. Von Zeit zu Zeit schimmerte der See durch eine Lücke in den Bäumen. Dahinjagende Wolken verhüllten die Hügel. Die Reifen knirschten auf der vereisten Straße.

»Schneller. Schneller.«

Er wusste selbst nicht mehr, wen er um jeden Preis beschützen wollte. Aurore oder Ariane. In seiner Vorstellung waren sie zu einem einzigen Mädchen verschmolzen, einem Mädchen, das ein Recht darauf hatte, erwachsen zu werden – dieselben Schmerzen zu erleiden wie die anderen, dieselben Freuden, wütend oder müde zu sein, krank, glücklich, gestresst – am Leben!

Wenn er sie retten konnte, würde auch für ihn ein neues Leben beginnen.

Sein Mietwagen hatte kein Navi. Der Angestellte der Autovermietung hatte ihm eine brauchbare Touristenkarte von der Gegend hier gegeben. Damit würde er finden, was er suchte.

Einen winzigen blauen Fleck.

Ringsum von Wald umgeben. Der ideale Ort, um sich von der Welt zurückzuziehen – oder vor neugierigen Blicken zu verbergen.

Er raste ungebremst durch das Tor und parkte dreihundert Meter weiter, nachdem er in einen Feldweg eingebogen war, der nirgends hinzuführen schien, außer in ein Waldstück, wo gerade Holz geschlagen wurde. Er fuhr so weit wie möglich unter die Bäume, dann stieg er aus und schloss die Tür, ohne sie zu verriegeln. Von der Straße aus war das Auto nicht mehr zu sehen. Er ließ den Schlüssel in seine Tasche gleiten und marschierte mit gleichmäßigen Schritten los.

Er ging am Zaun entlang, schätzte die Höhe ab, registrierte die Überwachungskameras und elektrischen Leitungen. Dieses Haus war besser geschützt als eine Bankfiliale. Als berge es die kostbarsten Schätze.

Oder was auch immer …

Ungefähr dreihundert Meter nach der Einfahrt machte der Zaun eine Biegung und verschwand in einem Gewirr aus Erlen und Birken und stachligem Dornengestrüpp. Das Unterholz war hier schon lange nicht mehr ausgedünnt worden. Vermutlich ganz bewusst. Das Grundstück war nur schwer zugänglich, außer von der Straße her.

Hier musste er also suchen.

Er stellte seinen Jackenkragen hoch und drang ins Gestrüpp ein, ohne auf die Dornenranken zu achten, die sich in seinen Kleidern verhakten, ihm Hände und Gesicht zerkratzten, an seinen Ärmeln zerrten. Als würde er von einer Armee aus Skeletten attackiert, die ihn mit ihren dürren Gliedern umzingelten und zurückhielten – als wäre er in einem wirren Albtraum gefangen. *Ich werde das Terrain erkunden,* redete er sich ein. *Sonst nichts. Ich muss mir Gewissheit verschaffen. Dieser Mann im Park war vielleicht ein Irrer. Ein verzweifelter Vater, der den Verstand verloren hat. Wer kann das schon wissen? Und ich möchte das Team nicht auf eine falsche Fährte ansetzen. Wenn wirklich was dran ist, dann rufe ich sie an. Und warte auf sie. Der Kommissar kann mich nicht wegschicken, wenn ich schon mal hier bin.*

Eine Stimme in seinem Kopf flüsterte ihm zu, dass das in Wahrheit der einzige Grund für seinen Alleingang war: Er wollte nicht ausgeschlossen sein. Kaltgestellt.

Er wollte die Verhaftung der Spindel miterleben. Um vielleicht zu verstehen.

Ein kleines Stück weiter fand er, was er suchte. An der Stelle, wo das Gestrüpp am dichtesten war, grenzte die Einfassung an eine alte Steinmauer, die zwar massiv, aber niedrig war und einem geübten Kletterer ausreichend Halt bot. Keine Kamera in Sicht. Er hielt an, stützte seine Handflächen auf den Knien ab und holte tief Luft, den Kopf gesenkt. Seine Lungen brannten, seine Handgelenke waren mit spitzen Dornen gespickt.

Dornen. Die Dornenranken, die an jedem Tatort auftauchten. Der Killer hatte sie hier im Wald geschnitten. Nichts wucherte so wild, und niemand würde sich etwas dabei denken, wenn der Besitzer eines Anwesens hin und wieder das Gestrüpp entfernte und auf einen Anhänger lud.

»Ja, natürlich«, murmelte er. Es lag auf der Hand. Die Profiler waren von einem Stadtbewohner ausgegangen und Nadons Team hatte es einfach übernommen. Ohne Einwände, wie gute Soldaten, die prompt Befehle befolgen. *Wir Idioten!*

Eine doppelte Reihe Stacheldraht krönte die Mauer. Jude zog seine Jacke aus, knotete die Ärmel um seine Hüften zusammen und kletterte hinauf. Die Mauer war oben breit genug, um ein Knie aufzusetzen. Mit einer Hand zog er die Jacke weg und legte sie über den Stacheldraht. Dann lehnte er sich mit seinem ganzen Gewicht darauf, bis das Hindernis nachgab. Einer der Haken, die ins Mauerwerk eingelassen waren, ächzte leise und verbog sich. Jude nutzte diesen Moment, um sich hinüberzuschwingen und auf der anderen Seite der Mauer fallen zu lassen. Es war ein riskanter Sprung, aber die dichte Laubschicht und der Schnee dämpften seinen Fall; er rollte sich ab und stand auf, unversehrt, bis auf einen Riss in seinem Pulli.

Um ihn herum Stille. Der Frühnebel tropfte in eisigen Perlen von den Zweigen. Ein Eichhörnchen huschte direkt über seinem Kopf an einem Baumstamm hinauf. Jude spitzte die Ohren, hörte aber nicht das leiseste Gebell. Kein Hund, zum Glück. Er konnte sich unbemerkt dem Haus nähern.

Vorsichtig machte er sich auf den Weg, hielt sich im Schutz der Bäume, zwängte sich durch das dichteste Gestrüpp. Von der Straße aus hatte er keinerlei Gebäude gesehen. Wahrscheinlich war das Haus am See errichtet worden, in der leichten Senke, dort, wo der Wald lichter war. Und tatsächlich, er hatte sich nicht getäuscht: Hundert Meter weiter vorn schimmerte eine Kiesallee durch, die eine scharfe Biegung machte. Er folgte ihr, blieb aber immer noch in Deckung. Der Park wirkte vernachlässigt, aber diese Allee hätte zu einem Luxushotel oder Golfclub gehören können; nicht das winzigste Unkrautbüschel in der weißen Fläche. Alle paar Meter verbreiteten Solarlampen im schummrigen Halbdunkel ein schwaches Licht.

Jude arbeitete sich weiter durchs Dickicht, und bald entdeckte er ein riesiges Dach mit langen Wassernasen, das vermutlich auf der Seeseite eine Veranda überschattete. Zu beiden Seiten der Eingangstür öffnete sich eine schmale Galerie. Das Gelände fiel hier steiler ab, sodass sie von einem Hang mit dichten, buschigen Zedern überragt wurde. Jude blickte sich um: niemand zu sehen. Geduckt überquerte er die Allee und warf sich hinter einer Hecke flach auf den Bauch. Von dort konnte er die Freitreppe überblicken und – noch besser – in die Räume spähen, die an der Galerie lagen. Wenn ein Auto kam, würde er es früh genug hören, um sich im Gebüsch zu verstecken.

Mit angehaltenem Atem bog er die Äste auseinander.

Drei bodenlange Fenster reihten sich unter dem Vordach aneinander. Die Vorhänge des ersten waren geschlossen. Durch das zweite erspähte er einen Bücherschrank aus Graueiche, der viel zu aufgeräumt war, um häufig benutzt zu werden. Die Werke darin mit ihren vielfältigen Einbänden und Formaten waren sicher nach dekorativen Kriterien ausgewählt worden. Sanft schimmerten die goldgeprägten Rücken im Zwielicht. Davor ein Tisch, mit Krimskrams überladen, ein rundes Beistelltischchen mit einer Schale voll Rosenblüten, die Ecke einer Kamineinfassung. Jenseits davon ein Sessel mit geschwungenen Beinen und einem perlgrauen Satinbezug …

Jude erstarrte. Eine Frau saß darin. Er sah nur ihre

Haare – dunkelblond, glatt, perfekt frisiert – und ihre übereinandergeschlagenen Beine. Sie trug hauchfeine weiße Nylonstrümpfe und glänzend polierte Schuhe. Einer ihrer Füße ruhte auf dem Rücken eines großen Hundes, der auf dem Teppich lag.

Beide waren völlig reglos.

Merkwürdig. Jude drückte sich tiefer ins Gebüsch und reckte den Hals. Er ließ seinen Blick über die Fassade schweifen und hielt beim dritten Fenster inne. Dort brannte eine Lampe. Sie beleuchtete ein Holzpult mit Schnitzereien, auf dem eine aufgeschlagene Partitur lag. Jemand spielte Harfe; er hörte eine Folge von sanft dahinplätschernden Tönen, wie das unablässige Murmeln eines kleinen Bachs. Auf die Ellbogen gestützt kroch er ein Stück weiter, aber eine hohe Topfpflanze verbarg die Harfenspielerin vor ihm. Nur ihre Hände konnte er erkennen.

Feine, gepflegte Hände, mit Ringen geschmückt, die die Stahlseiten berührten.

Reglose Hände.

Geduckt tauchte Jude aus dem Gebüsch auf und näherte sich langsam der Galerie. Er hörte keinen Laut, nur die sanften Harfenklänge. Und als er sich auf den Boden kniete, knarzte es kaum hörbar.

Sein Gesicht war jetzt dicht am Fenster. Die Harfenspielerin saß ihm zugewandt, den Kopf erhoben, ein leichtes Lächeln um die Lippen. Sie trug ein Kleid mit Reifrock und tiefem Ausschnitt, ihre Haut und ihr Haar waren gepudert, und auch sie schien der Musik zu lauschen. Eine Perlenkette lag um ihren reglosen Hals und ein Schönheitspflästerchen aus schwarzem Samt in ihrem Mundwinkel ließ sie noch schöner, noch hochmütiger erscheinen. Einer ihrer Ellbogen war auf eine Konsole gestützt; ein Eisenstab, der im altrosa Taft ihres Kleides verschwand, stützte ihren Rücken.

Jude hatte keine Zeit mehr, in die glänzenden Glasmurmeln zu blicken, die Lara Rochettes Augenhöhlen ausfüllten. Er spürte einen heftigen Schlag auf den Hinterkopf, dann verlor er das Bewusstsein.

Kapitel 9

In der Nähe von Québec, 14:34 Uhr

Er atmete ein sanftes, süßliches Parfüm ein. Seine Wange war gegen einen Stoff gepresst, der damit getränkt sein musste. Vergeblich versuchte er, ihn wegzuschieben, wollte eine Hand an sein Gesicht heben, aber auch das gelang ihm nicht.

Er öffnete die Augen.

Er kniete, sein Oberkörper lehnte an einem großen Bett mit einem Baldachin, von dem ein Schwall von Musselin herabfiel, der an den Seiten hochgerafft und mit Haltern befestigt war. Seine Arme waren gefesselt. Er konnte nur den rechten sehen, der mit einer seidigen, aber dicken und festen Schnur an einen Holzpfosten gebunden war. Auch seine Knie und Knöchel waren gefesselt. Vor ihm lag ein junges Mädchen auf einer Tagesdecke ausgestreckt und schaute ihn flehend an.

Ariane. Sie lebte, war aber gefesselt, so wie er. In ihrem

Mund steckte ein Knebel. Das Mädchen war nackt; er konnte ihre feinporige Haut erkennen, die Schauer, die darüber hinliefen, die flaumigen, vor Angst gesträubten Härchen an ihren Armen und Beinen.

Auf dem Nachttisch stand eine schmale Vase mit einer einzigen makellosen roten Rose, die kaum aufgeblüht war.

»Ah, Sie sind wach.«

Keine Frage, sondern eine Feststellung, ruhig, beinahe höflich.

»Sehen Sie sie an … Ja, sehen Sie gut hin … Sie ist wunderschön, nicht wahr? Die Schönste neben Aurore … Ah, ich vergesse ganz, dass Sie von Ihrer Schwester ja nur den Rücken sehen konnten, da sie dem Seeufer zugewandt ist … Möglicherweise haben Sie sie nicht wiedererkannt. Ich habe ihr einen Hund gegeben, damit sie sich nicht so einsam fühlt, verstehen Sie? Dieser Ort gehört der Einsamkeit und dem Schweigen. Aber jetzt ist alles anders. Wenn wir fertig sind, kommt Ariane in dasselbe Zimmer, gegenüber von Aurore, auf eine reizende kleine Empire-Causeuse, ein Sofa, das ich von einer Frankreichreise mitgebracht habe. Dann können sie sich Gesellschaft leisten.«

Eine Hand mit einem Zerstäuber näherte sich der Rose und eine Wolke von hauchfeinen Tröpfchen rieselte auf die Blütenblätter hinunter.

»Und Sie, mein Lieber, werden sie begleiten. Bis zur letzten Tür.«

Québec, 18:12 Uhr

Niemand schaute noch auf die immer dunkler werdenden Fenster – nicht einmal verstohlen. Die Nacht, ihr Feind, war gekommen, hatte sie überrumpelt. Die Dunkelheit spielte dem Killer in die Hände. Der riesige Raum war von Gemurmel und Rascheln erfüllt, vom hektischen Klicken der Tasten, dem nervösen Trommeln eines Fußes, von gestressten Seufzern.

Und dann Stille. Denis hatte sich wortlos aufgerichtet, mit erhobenen Armen und starrem Blick. Er sah riesig aus, sein Schatten türmte sich an der Wand auf bis zur Decke.

»Ich hab's«, sagte er.

»WAS?«, bellte der Kommissar.

»Marisa Cabana. Verheiratet. Wir haben zwei Adressen von ihrem Mann: die eine in Montréal, die andere etwa dreißig Kilometer von hier, mitten in der Pampa.« Er wischte sich mit der Hand übers Gesicht und starrte die anderen fassungslos an. »Und ratet mal, wen sie geheiratet hat. Einen alten Bekannten von uns. Äußerst kooperativer Zeuge. Sehr hilfsbereit und gastfreundlich.«

Der Kommissar erhob sich schwerfällig, beugte sich

über Denis' Schulter und überflog die Zeilen, die auf dem Bildschirm erschienen waren.

»Du lieber Himmel«, murmelte er. »Los, Kinder, wir fahren hin.«

Québec, 18:19 Uhr

»Da sind sie.«

Clara drehte den Zündschlüssel. Ihre Hände zitterten. Schattenhafte Gestalten versammelten sich auf dem Gehsteig, stürzten zu den Wagen der Kripo, rissen die Türen auf, quetschten sich hinein.

Beth zählte zwölf Polizisten, einige in Uniform mit kugelsicheren Westen. Mit lautem Getöse sprangen die Motoren an. Sie schnallte sich an und sagte mit unsicherer Stimme: »Du schaffst es nie, hinter ihnen herzukommen. Wir wissen doch nicht, wo sie hinwollen … Das Glatteis …«

»Ich krieche auf allen vieren hinterher, wenn es sein muss.«

»Und wenn sie es merken …«

»Sie haben keine Zeit, auf Verfolger zu achten.«

Die Wagen bildeten einen Konvoi und bald heulten die Sirenen auf. Clara glitt hinter ihnen auf die Straße, mit grimmig zusammengebissenen Zähnen. Beth wollte erneut protestieren, aber dann gab sie auf und klammerte sich am Türgriff fest.

»Ich hätte diesen Winter neue Reifen aufziehen lassen sollen«, murmelte sie reumütig. »Ich dachte, die halten noch eine Saison. Hoffentlich kommen wir nicht ins Rutschen bei diesem Glatteis. Wenn doch nur …«

Sie wollte die Augen schließen, konnte es aber nicht. Stumm fing sie an zu beten, nicht zu einem Gott, sondern zu einer Art Schutzgeist, den sie manchmal anrief: weiblich natürlich – großzügig, kompetent, mit einem wilden Temperament, so wie Clara.

In der Nähe von Québec, 18:47 Uhr

»Ariane, dieses liebe Kind, ist mir buchstäblich in die Arme gelaufen. Ohne die geringsten Schwierigkeiten. Ich hatte ein paar Zeilen aufbewahrt, die ihre Mutter ihr vor vielen Jahren geschrieben hatte – an dem einzigen Tag, an dem sie Ariane nicht von der Schule abholen konnte, weil ihr Mann sich den Knöchel gebrochen hatte. Ich musste nur alles … Überflüssige abschneiden. Ich wusste immer, dass mir dieses Briefchen eines Tages noch nützlich sein würde. Alles ist nützlich.«

Eine Wasserperle glitt von einem der Rosenblätter herunter; Jude sah sie aufs Bett fallen, wo sie eine Tränenspur hinterließ.

»Ja, alles ist nützlich«, fuhr die ruhige Stimme fort. »Leider hat mein alter Freund, Kommissar Nadon, das nie verstanden. Er stürzt sich mit Brachialgewalt in seine Ermittlungen, wirbelt viel Staub auf und bringt zahllose subtile Hinweise durcheinander, die einen Sinn ergeben würden, wenn er nur genauer hingesehen hätte. Ich will nicht behaupten, dass ich ihm geradezu in die Hände gearbeitet habe, aber … nun ja …«

»Sie sind doch krank«, knurrte Jude.

Eine Hand mit einem Siegelring fuhr herunter und schlug ihm so brutal ins Gesicht, dass sein Mund sich mit Blut füllte. Jude schluckte schwer.

»Wenigstens haben Sie nicht auf die Decke gespuckt«, bemerkte die Stimme mit schneidendem Hohn. »Das ist gut. Sonst hätte ich sie wechseln müssen. Ich hasse solche Unannehmlichkeiten in letzter Sekunde.«

Jude leckte sich über seine aufgeplatzten Lippen und stieß mühsam hervor: »Wie haben Sie es geschafft, Ariane unbemerkt aus dem Hotel herauszubringen?«

»Alles ist nützlich, das sagte ich ja bereits. Unter anderem gewisse Drogen. Wenn Sie wüssten, was sich in einer Krankenhausapotheke so alles findet. Ariane hatte Vertrauen, verstehen Sie? Sie hat getrunken, ohne sich bitten zu lassen … Aber die Zeit drängt … Ich muss dieses Gespräch jetzt leider beenden. Und nachdem Sie nun Ihre Neugier befriedigt haben, werden Sie schweigen, mein Lieber. Für immer.«

In der Nähe von Québec, 19:03 Uhr

Yuko stieg als Erste aus dem Zivilstreifenwagen, in dem sie zusammen mit dem Kommissar, Sophie und Annabelle hergefahren war. Die anderen Wagen reihten sich mit ausgeschalteten Scheinwerfern am Straßenrand ein. Niemand achtete auf den kleinen dunkelblauen Hyundai, der direkt hinter der Kurve hielt. Auf einen Wink des Kommissars schwärmten die Männer aus, hielten sich aber unter den Bäumen.

»Denis, Annabelle, ihr kommt mit mir. Wir klingeln zunächst an der Einfahrt. Und hinterher lassen wir die Kavallerie kommen, falls es nötig ist.«

»Warten Sie!« Yuko lief auf dem verkrusteten, holprigen Schneestreifen ein Stück zurück und vertrat sich dabei den Knöchel. Mit einem unterdrückten Fluchen fing sie sich an Denis' Arm ab. »Da sind Fußabdrücke, ein Stück weiter weg. Ganz frisch. Es muss jemand um das Anwesen herumgegangen sein.«

Der Kommissar runzelte die Stirn. »Lass sehen.«

Sie folgten ihr die Straße entlang. Yuko hatte ihre Taschenlampe angeknipst; der Lichtfleck tanzte vor ihren Augen.

»Da ist es.«

Der Kommissar bückte sich, die Knie gebeugt – eine massige Gestalt in der Dunkelheit, kompakt wie ein wilder Eber. Und tatsächlich hatte es den Anschein, als schnüffelte er im Unterholz, wie um eine Fährte aufzunehmen.

»Leicht«, brummte er. »Die Abdrücke sind nicht tief. Zu groß für eine Frau. Ein Mann. Jung, oder jedenfalls erheblich dünner als ich. Wir folgen den Spuren. Sophie, du gehst zurück und holst die beiden Jungs aus Québec. Ich bin ein Stadtmensch, Waldläufe sind nicht mein Ding.«

Sophie war bereits davongestürzt. Kurz darauf knirschten schwere Stiefeltritte durch den Schnee auf sie zu. Die Atemwölkchen, die im Gewirr der Taschenlampen von den Mündern aufstiegen, bildeten einen einzigen großen Dunstschwaden.

»Francoeur«, befahl der Kommissar einem der uniformierten Polizisten, »du gehst vor. Und pass auf, dass du die Spuren nicht verwischst, man kann nie wissen. Ich hoffe, du kannst uns einen Weg durch dieses Gestrüpp bahnen.«

Der junge Polizist richtete seine Taschenlampe auf die Dornenhecke und lächelte. »Der Typ hat gute Vorarbeit geleistet. Das wird ein Kinderspiel.«

»Für dich vielleicht«, brummte der Kommissar.

Direkt vor der Mauer fanden sie ein Handy. Yuko nahm es hoch und löste die Tastensperre.

»Das gehört Jude«, wisperte sie. »Ich erkenne es am Displayschoner.«

Denis, der seine Taschenlampe auf Armeslänge vor sich hielt, suchte mit seinem Blick den Stacheldraht ab.

»Er ist über den Zaun geklettert. Ich glaube, das ist seine Jacke, dort oben auf den Spitzen. Gestern hatte er sie noch an.«

»Idiot«, knurrte der Kommissar. »Dieser verdammte Idiot!«

»Was machen wir jetzt?«, fragte Annabelle.

»Wir schenken uns das ganze Brimborium und stürmen das Haus.«

19:05 Uhr

Jude beobachtete die sorgfältigen Vorbereitungen der Spindel. Konzentrierte Haltung, langsame, fast anmutige Bewegungen. Ein Ritual. Nein, eine Zeremonie. Der Mörder hatte weiße Handschuhe übergestreift, um jeden einzelnen Gegenstand auf einem mit einem blendend weißen Tuch abgedeckten Tablett hochzunehmen und zu reinigen. Eine Injektionsnadel. Ein winziges Flakon, das vermutlich das Gift enthielt, diesen tödlichen Manzinella-Extrakt. Eine Nagelschere, eine Feile, Polierwerkzeug für Leder, ein Kamm, eine Bürste, Schminke.

Eine weiße Schnur.

Um mich zu erwürgen, dachte Jude. *Nachdem ich das alles mit ansehen musste …*

»Darf ich Ihnen eine letzte Frage stellen?«, sagte er plötzlich. »Welche Rolle spielt diese Frau, die eine Zeit lang Romanes Kindermädchen war? Ich kenne ihren Namen nicht. Aber Sie werden ihn mir sicher sagen. Ich sterbe doch sowieso, oder nicht?«

Er zwang sich, mit ruhiger, gleichmäßiger Stimme zu sprechen. Als säßen sie in einem Restaurant oder in einem Wohnzimmer voller Gäste und plauderten miteinander, ein Glas in der Hand. Eine unwirkliche Stille breitete sich um die beiden Männer herum aus – der eine kniend, der andere aufrecht über ihm, das Flakon mit dem silbernen Stöpsel in der Hand, das er mit langsamen, andächtigen Gesten abtrocknete.

Doktor Jacques Mestre verengte die Augen. »Sie sind ein starker Gegner. Nadon hat Sie gut ausgebildet. Zu gut: Der Schüler ist über den Meister hinausgewachsen.«

»Wenn das so wäre, wäre ich jetzt nicht hier.«

»Nun, das kann man Ihrem jugendlichen Leichtsinn zugutehalten.«

»Wer? Sie?«

»Aber ja. Zumal es mir entgegenkommt. Und ich habe es auch durchaus einkalkuliert.«

Die Spindel stellte das Fläschchen auf der Kommode ab, neben das Nagelnecessaire und die Haarbürste mit dem Elfenbeingriff.

»Der Mann, der Ihnen diese Adresse gegeben hat … Sie glauben doch nicht, dass das ein Zufall war? Nein. Ich habe dafür gesorgt, dass er Ihnen in die Arme läuft. Ich wusste, dass Sie von dem Fall abgezogen sind.«

»Woher?« Diesmal hatte Jude seine Gefühle verraten. Der Arzt erlaubte sich ein triumphierendes kleines Lächeln.

»Ich habe Freunde bei der Polizei von Québec. Und Ihr Chef hat es dankenswerterweise geschafft, sich ein paar erbitterte Feinde bei der Kripo zu machen.«

»Dann haben *Sie* also diesen Mann im Park getötet?«

»Ah – dort haben Sie ihn gefunden? Und er war tot?«

»Er lag im Sterben. Aber das wissen Sie besser als ich. Eine riskante Aktion. Wäre er ein paar Minuten früher gestorben, dann hätte ich ihn vermutlich für einen Betrunkenen gehalten, der auf der Parkbank seinen Rausch ausschläft.«

Die Spindel schüttelte den Kopf. »Wohl kaum. Sie sind ein zu guter Polizist, um so einen dummen Fehler zu machen. Sie hätten ihn durchsucht, bevor Sie Ihre Kollegen alarmiert hätten, und dann hätten Sie den Zettel gefunden. Aber leider muss ich gestehen, dass ich diesen Herrn nicht getötet habe – ein ausgezeichneter Geburtshelfer, aber etwas zu neugierig. Natürlich hätte ich ihn verschwinden lassen, sobald seine Mission erfüllt war. Dieser arme Teufel glaubte allen Ernstes, er müsse sich zum gerechten Rächer aufschwingen. Nein, da muss mir jemand zuvorgekommen sein. Ein Drogenabhängiger wahrscheinlich. Tja, so ist das. Kein anständiger Bürger kann sich in diesem Land noch sicher fühlen.«

Die Spindel brach in heiseres Gelächter aus.

»Ach ja, übrigens, die Frau, nach der Sie gefragt haben – sie heißt Marisa Cabana, oder vielmehr Marisa Mestre, da sie mit mir verheiratet ist –, hat mir auch in diesem Fall gute Dienste geleistet«, fuhr er nach einer kurzen Pause fort. »Sie spielt hervorragend die Rolle der untröstlichen Mutter. Vielleicht, weil es gar nicht wirklich gespielt ist.«

Er schaute auf den kleinen Porzellanteller, auf dem die Injektionsspritze mit dem Gift ruhte – auf die feine, saubere, glänzende Nadel. Um ihn abzulenken, fragte Jude erneut: »Marisa ist also Ihre Komplizin? Heißt das, wir haben uns von Anfang an getäuscht? Dass es zwei Spindeln gibt?«

Die Reaktion des Killers kam unerwartet: Er duckte sich wie unter einem Peitschenhieb, sein magerer Hals erschlaffte, seine Augen funkelten und seine Lippen verzerrten sich zu einem hasserfüllten Grinsen.

Wie eine angreifende Kobra, dachte Jude, der die ganze Zeit sein rechtes Handgelenk unauffällig in der seidigen Schnur hin- und herbewegt hatte, bis diese sich zu lockern begann. Sie war schließlich nur als Halt für einen Vorhang gedacht, nicht als Fessel für einen ausgewachsenen Mann. Mit dem Zeigefinger berührte Jude den Knoten in der Schnur: Wenn er ihn etwas dehnen konnte, brauchte er nur noch zu ziehen und seine Hand würde herausgleiten. Er hatte dieses Spiel früher oft mit Aurore gemacht. »Treten Sie näher, meine Damen und Herren«, hatte Aurore seine Jahrmarktsnummer angekündigt. »Nur ein Dollar und Sie werden etwas Unglaubliches erleben! Jude Beauvoir, der Schlangenmensch, der geniale Entfesselungskünstler, windet sich aus jeder Schlinge! Sie werden staunen, meine Damen und Herren …« Aurore hatte ihm auch gezeigt, wie man die Hand biegen musste, um den kleinen Höcker am Kahnbein verschwinden zu lassen, oder wie man die Fußknöchel aneinanderrieb und einen Fingernagel in den engsten Knoten zwängte.

Rette mich, Schwesterchen, rette mich!

Er wusste, dass Ariane ihre Augen auf ihn geheftet hatte und jede seiner Bewegungen beobachtete. Aber er wich ihrem Blick aus. Er durfte den Mörder nicht aus den Augen lassen. Er musste reden, reden, reden …

Zeit gewinnen.

Sobald er seine rechte Hand freibekommen hatte, würde er abrupt herumwirbeln, den Bettpfosten packen und seine gefesselten Füße der Spindel in den Schritt stoßen, um ihn für einen Augenblick außer Gefecht zu setzen. Ein, zwei Minuten würden Jude ausreichen, um die Fesseln zu lösen.

»Es gibt nur eine Spindel!«, brüllte Jacques Mestre unvermittelt. »Wenn Sie das nicht verstanden haben, haben Sie gar nichts verstanden! Sie enttäuschen mich, Inspektor – ich hätte Sie für intelligenter gehalten. All das …« Er deutete auf das Bett, auf dem Ariane vor Angst stöhnte, auf das Zimmer, das wie für eine makabre Hochzeit hergerichtet war, auf das Haus, in dem seine geschmückten Opfer ihre toten Augen auf den See und den verwilderten Park richteten. »… all das ist ein Werk der Liebe! Ich habe es für sie gemacht!«

Er zog ein Taschentuch hervor, wischte sich damit über die Stirn und die Oberlippe.

»Sie haben nichts verstanden«, wiederholte er, sanfter diesmal. »Als ich ihr begegnet bin, war sie ein Wrack. Sie haben ja selbst eine Schwester verloren, Ihnen muss ich das nicht erklären. Aber wenn ein Zwilling stirbt? Marisa fühlte sich wie amputiert. Ich musste ihr das zurückgeben, was sie verloren hatte, um sie ins Leben zurückzuholen.«

Die Spindel seufzte, hob die behandschuhten Hände und inspizierte sie mit kritischen Blicken.

»Sie suchte verzweifelt ihren Bruder in jedem der Kinder, die aus seinem Sperma entstanden waren. Von den ersten wusste sie nichts, weil sie in einer anderen Klinik zur Welt gekommen waren. Ich weiß nicht, wie sie die Spermaproben an sich gebracht und die Akten der Spender manipuliert hat, aber sie hat es geschafft. Ich war der Einzige, der ihr auf die Schliche kam – ich schreibe immer alles auf, wie Sie feststellen konnten, als Sie mich befragt haben. Natürlich konnten Sie nicht ahnen, dass der Ort der Verwandlung direkt unter ihren Füßen lag … Ja, dort behandle ich sie. In Montréal. Direkt vor der Nase der Polizei!«

Wieder dieses gekünstelte Lachen.

»Eines Abends sagte ich ihr auf den Kopf zu, was ich wusste, und sie geriet in Panik. Bot sich mir an wie … wie ein Gegenstand, wie ein Lösegeld, als wäre ich ein Erpresser. Das hat mich beleidigt. Ich musste sie besitzen, aber gleichzeitig auch bestrafen, verstehen Sie? ›Wer seine Kinder liebt, der züchtigt sie‹, heißt es doch. Ich habe lange über diese tiefe Wahrheit nachgedacht, aber Sie sind zu jung, um das zu verstehen …«

Seine Hand schwebte über dem kleinen Porzellanteller, auf dem die tödliche Nadel glänzte. Er hatte die Augen geschlossen.

»In der ersten Zeit habe ich ihr die männlichen Babys genommen, in deren Zügen sie ihn wiederzufinden hoffte. Ihr eigenes Spiegelbild, nach dem sie so verzweifelt suchte, diese Verrückte, diese arme Irre! Mit anderen Worten: Ich ließ nur Mädchen auf die Welt kommen. Marisa ging nachts auf die Säuglingsstation, wo sie in ihren Bettchen schliefen, wenn die Mütter ebenfalls eingeschlafen waren. Sie nahm sie in den Arm, atmete ihren Duft ein, sang ihnen Wiegenlieder, flüsterte ihnen Versprechungen, gute Wünsche in die Ohren. Aber das genügte ihr nicht. Sie wollte ein Teil ihres Lebens sein.«

»Und deshalb hat sie sich als Kindermädchen einstellen lassen«, murmelte Jude.

»Richtig. Sie hat ihre Arbeit gekündigt, hat mich verlassen – mich! Dann irrte sie von einem kleinen Mädchen zum anderen, von einer Stadt in die nächste, immer rastlos, wie im Fieber. Und sie verzehrte sich vor Sehnsucht, eines dieser Kinder ganz zu besitzen. Denn die vergaßen sie, sobald sie auch nur zwei Tage fort war.«

Die Tür knarzte und der Killer zuckte zusammen. Er hob die Stimme und rief: »Marisa! Du kannst hereinkommen!«

Jude brach der kalte Schweiß aus, als er die Frau sah, die mit gesenktem Kopf ins Zimmer trat. Ihr langer brauner Zopf war verschwunden. Mit gebeugtem Rücken und winzigen Schrittchen trippelte Marisa herein. Ihre Mundwinkel zuckten unter einem nervösen Tick. Jacques Mestre ging zu ihr, legte mit einer besitzergreifenden, ja fast brutalen Geste seine Hand auf ihre

Schulter. Sie erstarrte und sank noch mehr in sich zusammen.

»Verabschiede dich jetzt von ihr«, befahl er, »und bald wird sie dir gehören. Du musst nur ein wenig Geduld haben, das weißt du doch, nicht wahr?«

»Ja«, flüsterte Marisa.

Jude spürte, wie seine rechte Hand sich in der Schlinge bewegte, Zentimeter für Zentimeter. Er holte tief Luft. Sollte er warten, bis die Frau wieder draußen war? Oder würde sie dableiben, um den Mord an Ariane mit anzusehen? Sie wirkte krank, apathisch, stand vielleicht auch unter Drogen. Würde sie ihm in den Rücken fallen?

»Ich habe ihr gegeben, was sie wollte«, fuhr die Spindel fort. »Das hätte sonst niemand gekonnt. *Ihre* Töchter. Sie ist meine getreue Komplizin, lockt sie an, umgarnt sie. Sie stiehlt Handschriftproben von ihren Eltern, macht ihnen kleine Geschenke, liefert die Briefe ab, läutet an der Tür. Sie hat auch Ariane im Château Frontenac empfangen. Im Übrigen weiß sie, dass sie mir vertrauen kann: Ich mache ihre Schützlinge noch schöner, als sie waren, bewahre sie in ihrer Jugendblüte, sorge dafür, dass sie nie welken werden. In jedem Zimmer ist eines der Mädchen untergebracht. So ist Marisa nie allein.«

»Nie allein«, wiederholte die Frau und nickte.

»Geh jetzt … Sag ihr Lebwohl.«

Ein erstickter Schrei drang aus Arianes Kehle. Marisa ging mit ausgestreckter Hand zum Bett. Sie summte etwas – einen Kinderreim, ein Wiegenlied – und murmelte ein paar zärtliche Worte: »Hab keine Angst, mein Liebling, alles wird gut … Zusammen … zusammen … wir beide … so wie früher, als du noch klein warst. Du wirst es schön haben, Herzchen … ich werde dich hegen und pflegen … Bis bald, meine Kleine … Weine nicht, du kommst ja wieder …« Ihre Finger streichelten Arianes Stirn, ihre tränenüberströmten Wangen. Das Mädchen bäumte sich vor Grauen in seinen Fesseln auf.

»Genug jetzt, geh! Marisa? Du weißt doch, dass du mir gehorchen musst, sonst …«

»Ja. Ja, ich weiß. Ich gehe schon.«

Widerstrebend wandte Marisa sich um, trippelte zur Tür zurück und öffnete sie. Als sie über die Schwelle treten wollte, erstarrte sie.

»Da unten ist jemand …«, verkündete sie seltsam unbeteiligt. »Auf der Terrasse.«

19:14 Uhr

Die Spindel reagierte blitzschnell: Er stieß Marisa auf den Treppenabsatz hinaus, so brutal, dass sie stolperte.

»Geh runter!«, zischte er ihr zu. »Schließ die Eingangstür. Und lass niemanden rein, wer immer es auch sein mag. Verwickle sie in ein Gespräch. Stell dich dumm. Ich bin gleich bei dir … *danach!*«

Jude wurde schlecht vor Enttäuschung. Er hatte auf einen Aufschub gehofft, auch wenn er noch so kurz war. Aber die Besessenheit des Killers war stärker als seine Angst, erwischt zu werden. Jetzt ging er rasch zum Bett zurück und in seinen Augen hinter den dicken Brillengläsern lag ein irrer Glanz. Mehrmals fuhr er sich sorgfältig mit der Zunge über die Lippen.

»Hab keine Angst, meine Schöne. Es tut nicht weh. Dein Freund hier wird einen qualvollen Tod erleiden. Du nicht.«

Behutsam nahm er die Nadel zwischen seine behandschuhten Finger und hob sie ins Licht.

»Doch an ihrem sechzehnten Geburtstag, bevor die Sonne am Horizont versinkt, komme ich zu ihr, um sie ins Dunkel zurückzustoßen«, psalmodierte er. »FÜR IMMER! IMMER UND EWIG!«

Im selben Augenblick glitt Judes Handgelenk aus seinen Fesseln. Er atmete tief ein, warf sich herum, packte den gedrechselten Bettpfosten und stieß mit seinen Füßen nach der Spindel. Aber er verfehlte sein Ziel: Seine Fußsohlen klatschten auf die Oberschenkel des Killers, der den Stoß mit einem Grunzen einsteckte. Die Spindel knickte in den Knien ein, die Nadel fiel ihm aus der Hand und bohrte sich in den dicken Teppich.

»Dummkopf!«, brüllte er. »Jetzt muss ich alles noch einmal machen …« Dann stürzte er sich auf den Angreifer. Zwei kräftige, muskulöse Chirurgenhände legten sich um Judes Hals und drückten ihm die Halsschlagader ab. Jacques Mestre verstand sich aufs Töten und er wollte das Ganze jetzt schnell hinter sich bringen.

Ein gelber Schleier senkte sich über Judes Augen; seine Ohren hallten. Kurz bevor er das Bewusstsein verlor, hörte er noch, wie die Tür aufging.

Dann eine Explosion.

Der Mund der Spindel öffnete sich und ein Blutstrom schoss hervor. Langsam, ohne seinen Würgegriff zu lockern, fiel der Mörder zur Seite und gab den Blick auf Clara Caballos frei, die mit beiden Händen eine noch rauchende Waffe umklammerte. Ihr Gesicht war tränenüberströmt.

»Ich bin da, Ariane. Ich bin da.«

Eine gebrochene Stimme, die unablässig dieselben Worte wiederholte, während der Raum von zahlreichen anderen Stimmen vibrierte, von gedämpften Schritten, dem Schlagen der Türen, die im ersten Stock und im Erdgeschoss auf- und zugingen.

»Ich bin da.«

Clara hatte Ariane in eine Decke gehüllt und drückte sie an sich, wiegte sie, immer noch weinend.

Beth berührte ihre Schulter. »Es ist gut, sie hat verstanden. Vielleicht kannst du ihr jetzt den Knebel abnehmen?«

Clara stürzte sich auf Arianes Fesseln und befreite ihre Arme, dann ihre Beine. Ariane kauerte sich in ihren Armen zusammen und Clara hüllte sie wieder in die Decke. »Es ist zu Ende, *cabrita mía*«, flüsterte sie.

Mehrere Polizisten gingen im Raum hin und her. Als sie direkt nach dem Schuss ins Zimmer gekommen waren, hatte Denis Diémé die Professorin entwaffnet. Aber der Kommissar hatte ihn daran gehindert, sie mit Fragen zu behelligen.

»Später«, hatte er gebrummt. »Lass sie in Ruhe. Wir haben Wichtigeres zu tun.«

Yuko und Annabelle hatten Marisa in ihrem Zimmer gefunden, wo Romane Laplante mit geschlossenen Augen in einem Kinderbettchen lag. Sie trug einen Schlafanzug mit bunten Tannenbäumen und sah aus, als ob sie schliefe. Annabelle hatte den Blick abgewandt, aber Yuko war aus dem Haus gestürzt, um sich hinter den Büschen zu übergeben, in denen Jude sich versteckt hatte. Denis hatte sie dort ein paar Minuten später gefunden, wie sie völlig aufgelöst im Schnee kniete.

»Schau mich nicht an«, hatte sie gemurmelt.

Er hatte sie in die Arme geschlossen und hochgezogen, dann hatte er sie an sich gedrückt und ihr seine große Hand in den Nacken gelegt. »Im Gegenteil. Ich schau dich an, und weißt du, was ich sehe?«

»Nein«, wisperte sie.

»Ein menschliches Wesen. Das ist eine positive Überraschung.«

»Und Jude …?«

»Der wird schon wieder. Obwohl es ihn ganz schön erwischt hat. Er wird eine Weile stockheiser sein. Der Rettungswagen kommt gleich und bringt ihn ins Krankenhaus. Die Kleine auch. Sie steht unter Schock. Aber das ist normal. Ich bin auch nicht gerade taufrisch. Diese ganzen Mädchen da drin, ausgestopft wie Jagdtrophäen …. Glaub mir, ich hab schon viel gesehen, aber das hier … Diese Clara Caballos hat meiner Meinung nach einen Orden verdient. Die hat nicht lange gefackelt. Ist einfach schnurstracks in dieses Zimmer raufgegangen … während wir unsere Zeit hier unten vergeudet haben! Und keiner von uns hat sie bemerkt. Ihr Frauen habt einen verdammt guten Instinkt. Also komm jetzt – auf uns wartet Arbeit.«

Yuko schaute zu ihm auf und rang sich ein Lächeln ab. »Ich mag dich, Denis, ehrlich.«

»Das ist die zweite gute Nachricht des Tages«, konterte Denis gelassen. »Hoffentlich folgen noch mehr. Ach ja, übrigens: Hast du heute Abend schon was vor oder darf ich dich zum Essen einladen?« Er streichelte ihre Haare. »Also … ja?«

»Vielleicht …«

Als Marisa in Handschellen in der Tür erschien, stöhnte Ariane wie ein verwundetes Tier. »Ich … ich will sie nicht sehen. Bring mich weg, Clara, bitte!«

»Ja, Schätzchen. Bald. Beruhige dich. Sie können dir nichts mehr tun.«

»Ich hab sie mal geliebt, verstehst du … sie war so nett … Sie hat mir immer ein Wiegenlied vorgesungen, damit ich besser einschlafen konnte. Das ist mir alles wieder eingefallen, als ich gefesselt auf diesem Bett gelegen habe. Ich glaube, sie ist mir gefolgt, nach Montréal, in die Bibliothek und wer weiß wohin sonst noch. Dort hab ich auch dieses Lied gehört … Und im Hotel … das war sie. Sie hat mit mir gesprochen, hat gesagt, dass sie mich retten will … Und dann hat sie mir was zu trinken gegeben … und danach weiß ich nichts mehr … Bis ich in diesem Zimmer wieder zu mir gekommen bin. Warum, Clara? Warum macht sie so was?«

Beth und Clara wechselten einen Blick, schwiegen aber beide. Marisa, die in einen Sessel gesunken war, wiegte sich vor und zurück. Summte leise, murmelte unverständliches Zeug vor sich hin. Ariane hielt sich die Ohren zu.

»Nein … nein … bitte nicht! Nicht das!«

Der Kommissar machte Annabelle ein Zeichen, die Frau wegzubringen. Marisa schlurfte hinaus, ohne Ariane eines Blickes zu würdigen.

Jude wurde fürs Erste auf das Bett gelegt, nachdem man ihm seine Fußfesseln abgenommen hatte. Sophie hatte ihm ein Kissen unter den Nacken geschoben. Sein Hals war mit daumengroßen blauen Flecken übersät und er atmete röchelnd. Zwei-, dreimal hatten seine Lider geflattert, aber er kam nicht wirklich zu sich. Ariane drehte den Kopf zu ihm, und als sie seine reglose Hand auf der seidenen Tagesdecke sah, legte sie ihre darauf.

»Er hat versucht, mich zu retten«, sagte sie.

»Ja«, antwortete Clara. »Es tut mir fast leid, dass ich ihm so viel Kopfzerbrechen bereitet habe. Er ist ein guter Junge.«

Arianes Augen füllten sich mit Tränen und sie entspannte sich ein bisschen.

»Lara wird mir fehlen …«

»Lara?«, fragte Beth.

»Sie war eine Freundin. Sie wollte mich auch retten. Auf ihre Art.«

Dann kam der Kommissar mit einem Telefon in der Hand zu ihnen. »Ariane … deine Eltern. Wir haben sie benachrichtigt. Meinst du, du kannst ein paar Worte mit ihnen sprechen?«

Ariane nickte. Dann beugte sie sich vor und drückte ganz sanft ihre Lippen auf Judes Mund, und endlich schlug er die Augen auf.

Die Musik im Erdgeschoss unten, in dem Zimmer mit der reglosen Harfenistin, verstummte.

Nach Abschluss ihres literaturwissenschaftlichen Studiums blieb Christine Féret-Fleury zunächst an der Universität und forschte zum Thema »Text/Musik in der Oper«. Danach arbeitete sie als Lektorin. 1996 erschien ihr erstes Jugendbuch, »Le petit tambour«, und 1999 ein Erwachsenenroman, der mit dem »Prix Antigone« ausgezeichnet wurde. Seit 2001 widmet sich Christine Féret-Fleury neben ihren Lektoratstätigkeiten hauptsächlich dem Schreiben.

LESEPROBE

»Splitterlicht«
von Megan Miranda
ISBN 978-3-473-58481-9

Als ich das erste Mal starb, habe ich keinen Gott gesehen. Kein Licht am Ende des Tunnels. Keine Engel mit Heiligenschein. Keine verstorbenen Großeltern.

Um ehrlich zu sein: Wahrscheinlich war ich nicht gerade eine Topkandidatin für den Himmel. Aber irgendwie war ich trotzdem davon ausgegangen, dass ich es dorthin schaffen würde.

Da war auch kein Fegefeuer.

Nicht einmal endlose Dunkelheit. Einfach nichts.

Eben noch krallte ich mich in das Eis über mir, meine Haut war taub, meine Lunge brannte. Dann war plötzlich alles verschwunden: das Eis, der Schmerz, der helle Schein, der durch die zugefrorene Wasseroberfläche des Sees drang.

Und dann kam das Licht.

Ein weiß gekleideter Mann – ganz sicher nicht Gott – leuchtete ein paarmal mit einer kleinen Lampe in meine Augen, dann zog er einen dicken Schlauch aus meinem Hals. Er sagte etwas und seine Stimme klang genau so, wie ich mir die Stimme Gottes immer vorgestellt hatte: sanft und doch bestimmend. Aber ich wusste, dass er nicht Gott war, denn wir waren in einem puddinggelben Raum und ich hasse Pudding. Außerdem steckten mindestens fünf Schläuche in meinem Körper. So viel Plastik konnte es im Himmel gar nicht geben.

Beweg dich, dachte ich. Aber das Einzige, was sich bewegte, war etwas verschwommen Weißes, als der Mann meinen reglosen Körper von oben bis unten untersuchte. *Sag was,* dachte ich. Aber nur *sein* Mund spuckte Geräusche aus: Zahlen und Buchstaben und fremd klingende Wörter.

Ich saß nach wie vor in der Falle. Aber jetzt starrte ich nicht mehr von unten auf die Eisdecke eines zugefrorenen Sees, sondern aus einem zu Eis erstarrten Körper. Ich fühlte mich noch immer wie unter Wasser: nutzlos, schwer und voller Angst. Ich war gefangen in meinem eigenen Körper und hatte nichts mehr unter Kontrolle.

»Die Krankengeschichte, bitte«, sagte der Mann, der nicht Gott war. Er hob meinen Arm und ließ ihn wieder fallen. Jemand im Hintergrund gähnte geräuschvoll.

Ich hörte das Echo blecherner Stimmen aus der Ferne.

»Weiblich, siebzehn Jahre.«

»Schwere Gehirnschädigung durch Sauerstoffmangel.«

»Nicht ansprechbar.«

»Seit sechs Tagen im Koma.«

Sechs Tage? Ich klammerte mich an die Wörter, zog mich an die Oberfläche und wiederholte sie so lange, bis sie nichts weiter waren als eine Anhäufung von Konsonanten und Vokalen. *Sechs Tage, sechs Tage, sechs Tage.*

Sechs Tage. Fast eine ganze Woche. Weg. Der Mann in Weiß hatte ein Stethoskop um den Hals hängen, das sich dicht vor meiner Nase hin- und herbewegte wie das Pendel einer Uhr.

Spulen wir sechs Tage zurück. Decker Phillips, mein bester Freund seit ewigen Zeiten und noch länger mein Nachbar, brüllte am Fuß der Treppe: »Beweg deinen Arsch hier runter, Delaney! Wir sind spät dran!«

Mist. Ich klappte meine Englischhausaufgaben zu und suchte in der Kommode nach meiner Skiunterwäsche.

»Sekunde!«, rief ich, während ich mich in meine Skiunterhose zwängte. Sie musste seit letztem Winter eingegangen sein. Ich schaffte es, sie mir über die Hüften zu zerren, und versuchte, den Bund etwas zu lockern, der mir den Bauch einschnürte. Aber sosehr ich den Gummi auch dehnte, er schnalzte sofort wieder in die Ausgangsposition zurück. Schließlich packte ich den Bund an beiden Seiten an der Naht und zog so lange, bis ich den Stoff reißen hörte. Sieg.

Dann kamen die Skihose, die Jacke und die Mütze dran. Die Handschuhe stopfte ich in die Jackentaschen. Durch die vielen Stoffschichten wirkte ich doppelt so breit wie sonst, aber es war schließlich Winter. Noch dazu Winter in Maine. Ich rannte die Treppe hinunter und übersprang die letzten drei Stufen.

»Fertig«, sagte ich.

»Bist du verrückt?«, fragte Decker und musterte mich.

»Was meinst du?« Ich stemmte die Hände in die Hüften.

»Das ist nicht dein Ernst.«

Wir wollten *Manhunt* spielen, eine Art Versteckfangen. Die meisten spielten es im Dunkeln und trugen Schwarz. Wir spielten es im Schnee und trugen deshalb Weiß. Leider hatte meine Mutter meinen alten weißen Anorak entsorgt und als Ersatz eine rote Skijacke gekauft.

»Na ja, besser als erfrieren«, sagte ich.

»Keine Ahnung, warum ich jedes Mal wieder so blöd bin, dich in mein Team zu wählen. Du bist lahm. Du bist laut. Und jetzt auch noch die perfekte Zielscheibe.«

»Du wählst mich, weil du mich liebst.«

Decker schüttelte den Kopf und kniff die Augen zusammen. »Du blendest.«

Ich sah an mir hinunter. Er hatte Recht. Meine Jacke strahlte in grellem Rot. »Ich zieh sie falsch rum an, wenn wir da sind. Das Futter ist nicht ganz so schlimm.«

Decker drehte sich zur Tür, und ich hätte schwören können, dass er grinste.

»Übrigens reg ich mich ja auch nicht über deine Haare auf. Meine passen sich wenigstens der Umgebung an.« Ich wuschelte mit beiden Händen durch seinen schwarzen Schopf, aber er schüttelte mich ab wie einen aufdringlichen Moskito. Als wäre ich ihm lästig.

Decker packte mich am Handgelenk und zerrte mich durch die Tür. Ich stolperte hinter ihm her. Wir durchquerten erst unseren, dann Deckers Garten nebenan. Anschließend kletterten wir über eine Schneewehe am Straßenrand.

Dann rannten wir mitten auf der Straße weiter, denn die Bürgersteige waren mit einer frischen Schneeschicht bedeckt. Ich korrigiere: Decker rannte. Ich rannte nur, wenn er sich nach mir umdrehte, meistens ging ich. Trotzdem war ich ziemlich außer Puste, als wir um die Straßenecke bogen.

An der Abzweigung zum See flog Decker in sechs Riesenschritten den Hügel hinunter. Ich machte einen Umweg und ging die Böschung entlang, bis auch ich den Falcon Lake erreichte, wo Decker schon wartete. Ich beugte mich nach vorn, stützte mich mit den Händen auf den Knien ab und versuchte, zu Atem zu kommen.

»Gib mir eine Minute«, keuchte ich.

»Machst du Witze?«

Immer wenn ich ausatmete, quollen weiße Wölkchen aus meinem Mund, die sich auf dem Weg in Richtung Boden auflösten. Als ich mich wieder aufrichtete, folgte ich Deckers Blick über die Mitte des Sees zur gegenüberliegenden Seite. Ich konnte die Bewegungen vor dem weißen Hintergrund kaum erkennen. Selbst wenn ich meine Jacke falsch herum anzog, hatten wir keine Chance.

Zwischen den weiß überzogenen Büschen an der Uferlinie war unter der frischen Schneedecke eine dreckige Spur zu erahnen. Decker folgte der Spur mit den Augen, dann wandte er seine Aufmerksamkeit wieder dem Geschehen auf der anderen Seite zu.

»Lass uns rübergehen.« Er packte mich am Ellbogen und zog mich in Richtung See.

»Ich leg' mich bestimmt flach.« Ich hatte zwar Profilsohlen, aber das wog meine fehlende Körperbeherrschung bei Weitem nicht auf.

»Wirst du nicht.« Decker trat auf die schneebedeckte Eisfläche. Er wartete einen Augenblick, bis ich an seiner Seite war, dann ging er weiter.

Im Januar liefen wir auf dem See Schlittschuh. Im August saßen wir barfuß am Kiesufer und hielten unsere Zehen ins Wasser. Selbst im Hochsommer war das Wasser zum Schwimmen zu kalt. Jetzt war es Anfang Dezember. Ein bisschen früh fürs Schlittschuhlaufen, aber die einheimischen Eisfischer meinten, die Seen seien in diesem Jahr schon zugefroren. Sie planten bereits einen Trip in den Norden.

Decker war sportlich und ging so schnell und sicher über den See, als hätte er festen Boden unter den Füßen. Ich dagegen stolperte und schlitterte fast bei jedem Schritt, obwohl ich die Arme waagerecht zur Seite gestreckt hatte, als würde ich auf einem Drahtseil balancieren.

Auf halber Strecke rutschte ich aus und prallte gegen Decker. Er umklammerte meine Taille.

»Pass auf«, sagte er und hielt mich an seine Seite gepresst.

»Ich will zurück«, jammerte ich. Ich war gerade weit genug gekommen, um die Gesichter von acht meiner Mitschüler auf der anderen Seite des Sees zu erkennen. Dieselben acht, die ich schon mein ganzes Leben kannte, in guten wie in schlechten Tagen.

Carson Levine, dessen blonde Locken unter seiner Mütze hervorquollen, formte mit den Händen einen Trichter und rief: »Hält es?«

Decker ließ die Arme sinken und ging weiter. »Tot bin ich jedenfalls noch nicht«, rief er zurück. Er wandte sich zu mir und stieß zwischen zusammengebissenen Zähnen hervor: »Dein *Freund* wartet.«

»Er ist nicht mein ...«, begann ich, aber Decker hörte gar nicht zu. Er ging einfach weiter. Ich blieb stehen – so lange, bis er festen Boden unter den Füßen hatte und ich allein in der Mitte des Sees stand.

Carson klopfte Decker auf den Rücken. *Ihm* würgte Decker keinen Spruch rein. Was für ein Heuchler.

Vor zwei Tagen hatte ich das Beste-Freunde-Gebot Nummer eins gebrochen: Du sollst nicht mit dem besten Freund deines besten Freundes auf der Couch des besagten besten Freundes rummachen. Ich drehte mich langsam um die eigene Achse, um zu beurteilen, wie ich schneller wieder an Land kommen würde: zurück oder vorwärts. Die Strecke zu Decker und den anderen war etwas kürzer.

»Mach schon, Delaney!«, rief Decker. »Wir haben nicht den ganzen Tag Zeit.«

»Ich komm ja schon«, murmelte ich. Ich ging schneller – und dann rutschte ich aus. Als ich fiel, streckte ich die Hände nach Decker aus, obwohl ich wusste, dass er zu weit weg war. Ich landete direkt auf meinem Arm und fühlte etwas brechen. Mein Knochen war es nicht. Es war das Eis.

Nein.

Mein linkes Ohr war gegen die Eisfläche gepresst, und ich hörte, wie sich der Riss verzweigte – erst langsam, dann immer schneller. Aus einem leisen Knistern wurde ein Knacken und Bersten. Dann war es still.

Stocksteif blieb ich liegen. Vielleicht würde das Eis halten, wenn ich mich nicht bewegte. Ich sah Deckers Beine auf mich zurennen. Und in diesem Moment gab das Eis nach.

»Decker!«, schrie ich. Ich spürte das Wasser, dickflüssig und schwer, kurz bevor ich versank – und dann war da nur noch Panik, Panik, Panik.

Ich war nicht klar genug im Kopf, um zu denken: *Bitte, Gott, lass mich nicht sterben.* Mir fehlte der Mut, um zu denken: *Ich hoffe, Decker ist nicht aufs Eis gelaufen.* Mein einziger Gedanke, der sich in einer Endlosschleife drehte, war: *Nein, nein, nein, nein, nein.*

Zuerst kam der Schmerz wie Nadeln, die mir in die Haut stachen. Meine Eingeweide zogen sich zusammen, alles rollte sich ein, um vor der Kälte zu fliehen. Dann kam der Lärm. Wasser, das in meine Ohren strömte, und der Schmerz meiner erfrierenden Trommelfelle. Dieser Schmerz hatte einen Klang, ein hohes, schrilles Rauschen. Schnell sank ich in die Tiefe. Meine dicke Daunenjacke zog mich nach unten, und ich versuchte verzweifelt, mich zu orientieren.

Um mich herum war nichts als aufgewühltes schwarzes Wasser, doch über mir waren Fußabdrücke, die sich immer weiter entfernten ... kleine helle Flächen, dort, wo Decker und ich Spuren hinterlassen hatten. Ich kämpfte mich darauf zu. Mein Hirn befahl meinen Beinen, sich kraftvoller zu bewegen, aber sie reagierten nur mit einem schwachen Paddeln. Ich würde es vielleicht bis zur Wasseroberfläche schaffen, aber das Loch, durch das ich gefallen war, würde ich nicht wiederfinden. Ich schlug um mich, immer und immer wieder, aber das Wasser war zäh wie Sirup und das Eis dick und hart wie Stahl. In meiner Panik schluckte ich Unmengen eiskaltes Wasser. Ich hustete und schluckte und hustete und schluckte, bis sich der Druck auf meiner Brust bleischwer anfühlte und meine Arme und Beine nicht mehr in der Lage waren, sich zu bewegen.

Aber dann, einen Augenblick bevor alles dunkel wurde, hörte ich eine Stimme. Ein Flüstern. Als würde sich ein Mund gegen mein Ohr pressen.

Kämpfe, sagte die Stimme. *Wüte. Wüte gegen das Splitterlicht.*

Blinzeln.

Die energische Stimme sagte: »Und heute atmet sie ohne Beatmungsgerät. Prognose?«

»Wachkoma, im besten Fall.«

Das Gemurmel im Hintergrund wurde klarer.

»Dann wäre sie tot besser dran. Warum wurde sie überhaupt intubiert, wenn sie doch eindeutig hirntot ist?«

»Sie ist minderjährig«, sagte der diensthabende Arzt und beugte sich über mich, um die Schläuche zu überprüfen. »Man hält ein Kind immer so lange am Leben, bis die Eltern da sind.«

Der Arzt trat einen Schritt zurück und gab den Blick auf einen Engelschor frei. Frauen und Männer in weißen Kitteln lehnten an den Wänden, ihre Münder waren geöffnet, als würden sie himmlische Lieder singen.

»Dr. Logan, ich glaube, sie ist wach.«

Sie starrten mich an, ich starrte sie an.

Dr. Logan lachte leise. »Dr. Klein, Sie werden noch lernen, dass viele komatöse Patienten ihre Augen öffnen. Das heißt aber nicht, dass sie auch etwas wahrnehmen.«

Beweg dich. Sag was. Wieder flüsterte die Stimme in mein Ohr. Sie verlangte *Wut.* Und ich war wütend. Ich schlug gegen die Arme des Arztes, ich zerrte an seinem weißen Kittel. Ich bohrte meine Nägel in sein Fleisch, als er versuchte, mich abzuwehren. Ich strampelte mit den Beinen und versuchte mit aller Kraft, mich von den weißen Laken zu befreien. Ich war wütend, weil ich die Stimme in meinem Ohr erkannte. Es war meine eigene.

»Der Name! *Ihr Name!*«, schrie der Arzt. Er beugte sich über mein Bett und hielt mich zurück, den Unterarm mit aller Kraft auf meine Brust gedrückt. Aber ich schlug weiter um mich, die ganze Zeit.

»Delaney. Sie heißt Delaney Maxwell«, rief eine Stimme hinter ihm.

Mit der freien Hand umfasste der Arzt mein Kinn und zog meinen Kopf zu sich heran. Sein Gesicht kam mir so nah, dass ich den Pfefferminzgeruch in seinem Atem riechen und die Fältchen an seinen Mundwinkeln erkennen konnte. Er sagte kein Wort, bis sich unsere Blicke trafen, dann wich er zurück.

»Delaney. Delaney Maxwell. Ich bin Dr. Logan. Du hattest einen Unfall. Du bist im Krankenhaus. Dir geht es gut.«

Die Panik legte sich. Ich war frei. Befreit vom Eis, befreit aus meinem eiskalten Gefängnis. Ich bewegte die Lippen, um etwas zu sagen, aber sein Arm auf meiner Brust und seine Hand an meinem Kinn erstickten meine Frage. Langsam gab Dr. Logan mich frei.

»Wo«, setzte ich an. Meine Stimme war ganz rau und heiser, wie bei einem starken Raucher. Ich räusperte mich und fuhr fort: »Wo ist …« Ich konnte nicht weitersprechen. Das Eis brach. Ich sank in die Tiefe. Und er war nicht da.

»Deine Eltern?«, beendete Dr. Logan die Frage für mich. »Keine Sorge, sie sind hier.« Er drehte sich zum Engelschor um und sagte barsch: »Holt sie her.«

Aber das wollte ich gar nicht fragen. Meine Eltern hatte ich gar nicht gemeint.

Dr. Logan schob die anderen aus dem Zimmer, allerdings blieben sie in der Nähe. Sie drängten sich an der Tür und flüsterten miteinander. Der Arzt stand mit verschränkten Armen in der Ecke und beobachtete mich. Sein Blick wanderte über meinen Körper, als wollte er mich ausziehen. Mir war jedoch ziemlich klar, dass es ihm mehr um eine ärztliche Analyse meines Zustands ging. Sein stechender Blick wanderte Stück für Stück weiter, zog meine Haut ab, durchtrennte meine Muskeln und meine Knochen. Ich versuchte, mich von ihm wegzudrehen, aber alles fühlte sich so unendlich schwer an.

Meine Mutter bahnte sich einen Weg durch die Engelschar und hielt sich am Türrahmen fest. Dann griff sie sich mit beiden Händen an die Brust und stürzte auf mich zu.

»Oh, mein Liebling!« Sie nahm meine Hand und legte sie sich auf das Gesicht. Dann schmiegte sie den Kopf an meine Schulter und weinte. Ihre heißen Tränen rannen mir den Nacken hinunter, ihre braunen Locken rochen nach abgestandenem Haarspray. Ich drehte den Kopf weg und atmete durch den Mund.

»Mum«, sagte ich, aber sie schüttelte nur den Kopf und ihre Locken kratzten mich am Kinn.

Mein Vater folgte ihr ins Zimmer. Er lächelte und lachte und schüttelte dem Arzt die Hand. Dem Arzt, der nicht einmal meinen Vornamen gekannt und angenommen hatte, ich würde nie wieder aufwachen. Dad schüttelte ihm die Hand, als wäre das alles sein Verdienst.

Ich nahm all meinen Mut zusammen, um die Frage zu stellen, die mich eigentlich beschäftigte: »Wo ist Decker?« Meine Stimme klang rau und fremd.

Mum antwortete nicht, hörte aber auf zu weinen. Sie richtete sich auf und wischte sich mit dem Ärmel die Tränen aus dem Gesicht.

»Dad, wo ist Decker?«, fragte ich mit einem Anflug von Panik in der Stimme.

Mein Vater kam zur anderen Seite des Bettes und legte eine Hand auf meine Wange. »Er ist hier irgendwo.«

Ich schloss die Augen, die Anspannung ließ nach. Decker ging es gut. Mir ging es gut. Wir waren beide okay.

Dr. Logan begann wieder zu sprechen: »Delaney, du warst eine ganze Weile ohne Sauerstoffzufuhr und es gab einige … Schäden. Mach dir keine Sorgen, wenn dir bestimmte Wörter nicht einfallen oder du dich nicht erinnern kannst. Du brauchst Zeit, um wieder gesund zu werden.«

Offensichtlich war ich doch nicht okay.

Und dann hörte ich ihn. Lange Schritte, die den Flur entlanghasteten, Stiefel, die um die Ecke bogen, das Quietschen auf dem Linoleum, als er ins Zimmer schlitterte. »Was ist los? Was ist passiert?«, fragte er völlig außer Atem, während er die Gesichter im Raum musterte.

»Überzeug dich selbst, Decker«, antwortete Dad und trat einen Schritt zurück.

Deckers schwarze Haare hingen über seinen grauen Augen. Darunter zogen sich purpurrote Ringe bis zu den Wangenknochen. Ich hatte ihn noch nie so blass und mutlos erlebt. Schließlich schaute er mich an.

»Du siehst richtig scheiße aus«, sagte ich und versuchte zu lächeln.

Er lächelte nicht zurück, sondern brach weinend neben meinem Bett zusammen. Heftige Schluchzer ließen seinen Körper erzittern. Mit jedem Atemzug krallten sich seine bandagierten Finger in mein Bettlaken.

Decker war nicht der weinerliche Typ. Ich hatte ihn nur ein einziges Mal weinen sehen, nachdem er zu alt dafür geworden war, in der Öffentlichkeit Schwäche zu zeigen. In unserem ersten Jahr an der Highschool. Er war beim Baseball ausgerutscht und hatte sich den Arm gebrochen. Das war grenzwertig, aber gerade noch akzeptabel gewesen. Immerhin ragte ihm ein Knochen aus dem Fleisch. Außerdem hatte seine Mannschaft durch seinen Einsatz das Spiel gewonnen, was das Weinen ausglich.

»Decker«, sagte ich. Ich hob die Hand, um ihn zu trösten. Aber dann erinnerte ich mich an das letzte Mal, als ich ihm übers Haar streichen wollte – er hatte mich abgeschüttelt.

Vor sechs Tagen, hatten sie gesagt. Mir kam es wie ein paar Minuten vor.

»Es tut mir leid.« Das war alles, was er zwischen den Schluchzern über die Lippen brachte.

»Was denn?«

»Alles. Es ist alles meine Schuld.«

»Junge …«, mischte sich Dad ein.

Doch Decker sprach unter Tränen weiter. »Ich hatte es so verdammt eilig. Es war meine Idee. Ich wollte, dass du über den See gehst. Und ich habe dich alleingelassen. Ich kann gar nicht glauben, dass ich dich allein …« Er setzte sich auf und wischte sich die Tränen aus den Augen. »Ich hätte sofort zu dir rennen müssen. Ich hätte nicht zulassen dürfen, dass sie mich zurückhalten.« Er vergrub das Gesicht in seinen Händen.

Ich dachte schon, er würde erneut zusammenbrechen, aber er riss sich zusammen und atmete nur ein paarmal tief durch. Dann blickte er besorgt auf meine Verbände und verzog das Gesicht. »Delaney, ich hab dir ein paar Rippen gebrochen.«

»Was?« Daran hätte ich mich erinnert.

»Schatz«, sagte Mum, »er hat dich wiederbelebt. Er hat dir das Leben gerettet.«

Decker schüttelte den Kopf, sagte aber nichts mehr.

Dad legte ihm die Hände auf die Schultern. »Es gibt nichts, was dir leidtun müsste, Junge.«

Im Nebel aus Medikamenten, die durch meine Blutbahn rauschten, stellte ich mir Decker vor, wie er eine tote Version von mir wiederbelebte. In Bio im zweiten Highschooljahr hatte ich Tara Spano als Partnerin bei der Wiederbelebungsübung. Mr Gersham zeigte uns, wo wir unsere Hände hinlegen sollten, und zählte laut mit, während wir eine Herzdruckmassage simulierten, ohne dabei jedoch richtigen Druck auszuüben.

Hinterher machte Tara ein Riesentamtam. Sie rückte ihren D-Körbchen-BH zurecht und stöhnte: »Mensch Delaney, das war ja mehr Action, als ich sonst in einer ganzen Woche erlebe.«

Für mich war das mehr Action als in meinem ganzen bisherigen Leben gewesen, aber das behielt ich für mich. Daraufhin kursierten ein paar Tage lang Gerüchte, Tara und ich seien lesbisch. Bis Tara den Gegenbeweis antrat – und zwar mit Jim Harding, dem Captain des Football-Teams.

Ich führte meine Hand an meine Lippen und schloss die Augen. Deckers Mund auf meinem Mund. Sein Atem in meiner Lunge. Seine Hände auf meinem Brustkorb. Der Arzt, meine Eltern, seine Freunde – alle wussten es. Es war zu intim. Zu privat und jetzt zu öffentlich. Ich achtete darauf, dass ich Decker nicht ansah, als ich die Augen wieder öffnete.

»Es tut mir leid«, sagte Dr. Logan und rettete mich aus meiner Verlegenheit, »aber ich muss dich jetzt komplett durchchecken.«

»Geh nach Hause, Decker«, sagte Dad. »Ruh dich aus. Sie wird danach immer noch hier sein.«

Mum, Dad und Decker lächelten dieses breite, wissende Lächeln, als teilten sie ein Geheimnis, das ich niemals erfahren würde.

Die anderen Ärzte marschierten wieder auf, drängten sich um mein Bett und kritzelten auf ihre Notizblöcke. Dieses Mal lehnten sie nicht an der Wand.

»Was ist passiert?«, fragte ich in die Runde und spürte, wie sich meine Kehle zuschnürte.

»Du warst tot.« Dr. Klein lächelte, als er das sagte. »Ich war hier, als du eingeliefert wurdest. Du warst tot.«

»Und jetzt bist du es nicht mehr«, sagte eine jüngere Ärztin.

Dr. Logan pikste in meine Haut und verdrehte meine Arme und Beine, aber es tat nicht weh. Ich konnte kaum etwas spüren. Hoffentlich würden sie die Schläuche bald herausziehen.

»Ein Wunder«, sagte Dr. Klein. Das Wort klang luftigleicht.

Ich schloss die Augen. Ich fühlte mich gar nicht luftigleicht. Ich fühlte mich bleischwer. An die Erde gekettet. Gar nicht wie ein Wunder. Eher wie Ballast. Ein Zufallstreffer. Oder eine Anomalie. Ein Wort, das weniger Ehrfurcht gebietend klang.